suhrkamp taschenbuch 4178

»Hier passiert nicht die Welt«, sagt der alte Dorfpolizist Krüger zu seinem Nachfolger Robert Hansen, der aus Kopenhagen kommt. Dem ist das recht. Hier in Højer, Südjütland, will er zur Ruhe kommen. Seine Exfrau vergessen, die mit der gemeinsamen Tochter und ihrem Liebhaber nach Australien abgehauen ist, und seine nervige Mutter samt Rollstuhl zurücklassen. Aber so ruhig ist es hier gar nicht. Jeder hat eine Leiche im Keller und bald auch Hansen, der sich die fragwürdigen Methoden der Verbrechensbekämpfung schnell zu eigen macht, nachdem er sich in Ingerlise, die Frau des gewalttätigen Jørgen, verliebt. Eine Rückversetzung nach Kopenhagen könnte ihn retten. Aber wie standen seine Chancen, dort glücklich zu werden? Schlecht. Glücklich war er nur hier, fürchterlich glücklich.

»Ein prachtvoller Roman. Südjütland wird zum Wilden Westen.« *Politiken*

Erling Jepsen wurde 1956 in der Kleinstadt Gram in Südjütland geboren. Er studierte in Aarhus und debütierte als Schriftsteller 1977 mit einem Hörspiel. Er lebt als Dramatiker und Romanautor in Kopenhagen. Zuletzt erschien sein Roman *Die Kunst, im Chor zu weinen* (st 4030).

# Erling Jepsen

# *Fürchterlich glücklich*

Roman

Aus dem Dänischen von
Ulrich Sonnenberg

Suhrkamp

Umschlagabbildung:
Szenenfoto aus dem Film »Frygtelig lykkelig«
von Henrik Ruben Genz, 2008

Revidierte Übersetzung des 2006 unter dem Titel
*Dreck am Stecken*
erschienenen Romans

Die Originalausgabe *Frygtelig lykkelig*
erschien 2002 bei Borgens Forlag, Kopenhagen

suhrkamp taschenbuch 4178
Erste Auflage 2010

Suhrkamp Taschenbuch Verlag

Druck: Druckhaus Nomos, Sinzheim
Printed in Germany
Umschlag: Göllner, Michels, Zegarzewski
ISBN 978-3-518-46178-5

1 2 3 4 5 6 – 15 14 13 12 11 10

# *Fürchterlich glücklich*

# *Kapitel 1*

Als er eintrat, saß sie wie immer am Schminktisch. Eigentlich war es rührend, schließlich wollten sie nicht ausgehen, sondern sich nur im Fernsehen das Fußballtoto ansehen.

Aber er verhielt sich auch nicht besser, er hatte Blumen gekauft. Gelbe Rosen, kein großes Bouquet, allerdings mit langen Stielen. Aus einem richtigen Blumengeschäft. Er arrangierte die Blumen in einer Vase und stellte sie auf den Schminktisch. Sie lächelte ihm im Spiegel zu.

»Setz dich doch, Schatz, ich bin gleich fertig.«

Er freute sich jedes Mal, wenn sie ihn Schatz nannte. Als er ihr kleines Wohnzimmer betrat, versuchte er einen vorsichtigen Tanzschritt. Soweit er sehen konnte, war alles vorbereitet. Sie hatte den Fernseher eingeschaltet, und ihr Tippschein lag auf dem Tisch, daneben Papier und Bleistift. Er sah sich den Coupon an. Nur eine Reihe war ausgefüllt. Die gleiche Zahlenreihe wie immer, er kannte sie auswendig. Wie oft hatte ihn das schon irritiert, ja, um es deutlich zu sagen, geradezu verrückt gemacht, aber heute nicht. Im Gegenteil. Er bekam einen Kloß im Hals und die dreizehn Zahlen tanzten vor seinen Augen. Er ließ sie tanzen, ja, er tanzte mit ihnen – bis er die Rosen auf der Anrichte entdeckte.

»Du hast ja schon Rosen bekommen«, sagte er. »Von wem?«

Die Stimme klang nicht wie seine eigene, und doch war es genau seine Tonlage, kurz bevor er zu weinen begann.

»Von mir«, antwortete sie.

Ach so, gut, jetzt begriff er. Sie hatte sich die Rosen selbst geschenkt, das sah ihr ähnlich. Dunkelrote Rosen, ebenfalls langstielig, allerdings ein doppelt so großes Gebinde. Es war nicht leicht, ihr Geschenke zu machen.

»Komm jetzt«, sagte er und setzte sich aufs Sofa. »Vergiss die Schminkerei. Wir wollen doch nicht ausgehen, wir sind doch unter uns.«

»Du bist einfach freundlicher zu mir, wenn ich mich geschminkt habe«, entgegnete sie.

Er spürte einen Stich im Herzen, war er denn nicht immer freundlich zu ihr? Offenbar nicht. Er saß ganz allein im Wohnzimmer und wartete geduldig. Heute würde er sich Mühe geben. Wenn sie sich hinterher verabschiedeten, dann als Freunde, eine andere Situation wäre nicht zu ertragen.

Er legte seinen Tippzettel auf den Kaffeetisch. Hatte ein neues System ausprobiert. Ziemlich kostspielig, aber diesmal sollte nichts schiefgehen. Diesmal konnte nichts schiefgehen.

Der Schiedsrichter pfiff das Spiel an und Robert lehnte sich im Sofa zurück, allerdings spürte er etwas Hartes an seinem Hinterteil. Da lag irgendetwas unter dem Kissen ... Er zog einen Dildo hervor, sehr naturgetreu, mindestens zwanzig Zentimeter lang. Er spürte, wie ihm die Röte ins Gesicht schoss; schnell unters Sofa damit, und dann mit den Fersen noch weiter nach hinten geschoben. Es hätte ihn überrascht, wenn es nicht Absicht gewesen wäre, nur um ihn zu ärgern. Wieso lag der wohl sonst gerade dort, wo er gewöhnlich saß? Er kicherte leise vor sich hin und hatte Mühe, wieder aufzuhören.

Nun kam sie ins Wohnzimmer. Knallrote Lippen und ein kräftiger Lidschatten, dunkelgrün. Sie sah einfach hinreißend aus, fand er. Man vergaß völlig, dass sie im Rollstuhl saß. Zwischen den Speichen des einen Rads steckte eine Papierblume, die sie an einem der Schießstände im Tivoli selbst geschossen hatte. Manche Leute hielten ihren Stil für vulgär, doch seltsamerweise passte er zu ihr, sie konnte es sich leisten. Wenn sie so aussah, hatte er noch größere Lust, freundlich zu ihr zu sein. Sie hatte also recht. Er musste es sich eingestehen, dass es ihm etwas bedeutete, wie sie aussah.

»Wie geht's dir eigentlich?«, erkundigte er sich.

»Gut«, antwortete sie.

»Und wie läuft's mit dem Physiotherapeuten? Hast du herausbekommen, ob er verheiratet ist?«

»Erik ist verheiratet und hat vier Kinder. Aber es ist nicht, wie du denkst, ich erwarte nichts von ihm.«

»Natürlich nicht, das weiß ich doch.«

Er griff nach ihrer Hand, drückte sie sanft. Und dann schenkte sie ihm dieses Lächeln, das er so mochte und von dem er nicht wusste, ob er es entbehren könnte.

So saßen sie eine Weile im Wohnzimmer, die Sonne schien durchs Fenster, die Vögel sangen. Und vor ihnen lag ein langer Toto-Samstag.

»Hoffentlich habe ich genug Bier«, sagte sie und ließ seine Hand wieder los.

Das hoffte er auch. Sie verteilten die Spiele untereinander, fünf für jeden – und drei für den Rollstuhl. Die Nummern wurden aufgeschrieben, dann warteten sie. Es dauerte nicht lange, bis das erste Tor fiel, dong, »Tottenham 1:0 Arsenal« wurde unten auf dem Bildschirm angezeigt, es war eines seiner Spiele. Er öffnete sein erstes Bier. Sie blickte ihn neidisch an, als er es in einem Zug leerte. Aber Regeln waren Regeln und mussten eingehalten werden; sie hatte auf ein Tor in einem ihrer Spiele zu warten.

Als beide einige Flaschen Bier getrunken hatten, hielt er den richtigen Zeitpunkt für gekommen, nun würde er es einfach sagen, komme, was da wolle.

»Ich hatte heute ein Treffen mit Preben«, begann er. »Und wir sind uns einig, dass es wohl das Beste ist, wenn ich versetzt werde. In die Provinz.«

Sie wandte die Augen vom Bildschirm ab und sah ihn genau so an, wie er es befürchtet hatte. Unwillkürlich rückte er ein paar Zentimeter von ihr ab.

»Es war meine eigene Entscheidung«, fuhr er fort. »Ich habe lange darüber nachgedacht.«

»Was ist passiert?«

»Nichts. Ich habe nur nie im Sinn gehabt, ewig auf dem 4. Revier zu bleiben. Das macht niemand. Wir müssen flexibel bleiben, vor allem, wenn es um die Karriere geht.«

»Aha, soso.«

»Ja, Mutter«, sagte er.

Einen Moment lang sagte niemand im Wohnzimmer ein Wort, den Fernseher beachteten sie kaum. Mutter war beruhigt. Also beinahe. Aber er sah, wie sie nachdachte, er konnte es fast knirschen hören – noch gab es keinen Grund, sich zu entspannen. »Dong« tönte es, in einem der Spiele des Rollstuhls war ein Tor gefallen – es wurde übersprungen. Zum Glück, denn beide hatten sie ihre Flasche noch nicht ausgetrunken. Sie mussten das Tempo erhöhen.

»Nach Jütland, vermute ich?«, wollte sie nach der kleinen Trinkpause wissen.

»Südjütland«, sagte er. »Ein kleines Städtchen namens Højer. Es liegt unten an der Grenze, nahe am Wattenmeer. Dort begrüßen sie sich mit Mojn, das bedeutet: Guten Tag. Aber wohl auch: Auf Wiedersehen … Na ja, das kriege ich schon noch raus. Ich glaube, es gibt dort viele Vögel.«

»Lässt du dich versetzen, um Vögel zu beobachten?«

»Nein. Aber jetzt hör schon auf, ich habe dir doch gerade erklärt, warum. Es gibt dort einen Landpolizisten, der in Pension geht. Ich kann sein Haus zum Ersten übernehmen. Allzu viel muss man nicht umbauen, um es behindertenfreundlich einzurichten, das habe ich überprüft. Außerdem gehört ein großer Garten dazu, ein bisschen so wie der, den wir zu Hause hatten. Ich habe mich für zwei Jahre verpflichtet. Wir werden uns also in der nächsten Zeit nicht mehr so oft sehen. Es sei denn, du kommst mit.«

»Nein danke«, sagte sie und stellte die leere Flasche auf den Tisch. »Ich muss nicht nach Jütland. Und schon gar nicht nach Südjütland. Da gibt es keine zivilisierten Menschen, nur Bauern und Kühe. Mir geht's gut hier.«

»Dann werden wir uns seltener sehen«, sagte er. »Wesentlich seltener.«

Sie wollte gerade etwas erwidern, als – dong! – erneut ein Tor fiel. In einem seiner Spiele, doch bevor er eine weitere Flasche öffnen konnte, dongte es auch für sie. Nun lief es, es fiel ihnen schwer mitzuhalten. Aber er hatte gesagt, was er sagen wollte, jedenfalls das meiste, und nun brauchte es eine gewisse Zeit, bis es sich setzen konnte.

Sie saßen nebeneinander und schrieben die dreizehn Richtigen vom Bildschirm ab. Und verglichen sie ein letztes Mal mit ihren Coupons. Er war nicht wirklich zufrieden, das neue System hatte seine Erwartungen nicht erfüllt. Sie war dafür umso entzückter, obwohl sie eigentlich gar keinen Grund dazu hatte. Meinte er.

»Ha!«, rief sie. »Dacht ich's mir doch, meine Zahlen raten die nie!«

»Zum Teufel, Mutter«, sagte er. »Die sollen deine Zahlen auch gar nicht erraten. Das weißt du doch ganz genau. Du sollst raten, wie die Spiele ausgehen. Dreizehn Mal.«

»Na von mir aus«, erwiderte sie. Und etwas später: »Bist du sicher?«

Könnte er nur dieses Lächeln aus ihrem Gesicht wischen.

»Ja, so ist das!«, schrie er und warf ein paar von den leeren Flaschen um, die auf dem Tisch standen.

Langsam stellte er sie wieder auf, eine nach der anderen. Sie griff zu ihrem Schminktäschchen, das in ihrem Schoß lag, und zog ihren Lippenstift nach, und er wusste, dass er zu grob mit ihr gewesen war. Aber sie hatte ihn provoziert. Diese verdammte Zahlenreihe. Als ob die Spiele nur angepfiffen würden, um zu ermitteln, was sie, Sonja Hansen, erwerbsunfähige Rentnerin, getippt hatte. Sie hatte keinerlei Respekt gegenüber den Fußballern, sie machte sich über den Toto-Samstag lustig.

»Auf diese Weise gewinnst du nie etwas«, sagte er.

»Du gewinnst ja auch nicht«, antwortete sie. »Und ich spare so eine Menge Geld.«

»Du verdrehst die Realität.«

»Dann musst du mir eben eine Geldbuße verpassen, wäre ja nicht das erste Mal.«

Sie hatte ihm nie verziehen, dass er sie einmal mit einem Bußgeld belegt hatte. Aber es gab keine andere Möglichkeit. Er wollte sie damals in seiner Mittagspause besuchen, um sie zu trösten, weil sie Liebeskummer hatte. Nur hatte sie sich über seinen Besuch nicht sonderlich gefreut, sondern ihn beschimpft, da er sich ständig in ihr Privatleben einmischen würde. Das hatte sie gesagt, und noch eine Menge anderer Dinge, die sie im Grunde genommen nicht so meinte. Er hätte es ihr gern nachgesehen, zumal sie nicht mehr ganz nüchtern war und noch zwei große Schnäpse trank, während er bei ihr saß. Doch als er sie überreden wollte, ins Bett zu gehen, lief es vollkommen aus dem Ruder. Nun wollte sie plötzlich mit ihrem Behindertenauto zum Strand fahren! Er folgte ihr in die Garage, und tatsächlich gelang es ihr, auf den Vordersitz zu klettern, bevor er sie aufhalten konnte. Er wusste nicht, was er tun sollte, denn auch den Schlüssel konnte er ihr nur unter Gewaltanwendung abnehmen. Daraufhin fing sie an, um Hilfe zu rufen. Ein paar Nachbarn kamen angelaufen, glücklicherweise hatte er jedoch Dienst und trug die Uniform – schließlich hatte er ihr einen Strafzettel geben können. Allerdings war es nicht ganz leicht gewesen, sie zum Bezahlen der Strafe zu bewegen, er selbst hatte etwas beisteuern müssen.

Aber über all diese Dinge wollte er jetzt nicht reden. Es war alles genau so gekommen, wie es seiner Ansicht nach nicht hätte kommen sollen. Sie stritten sich. Und vielleicht würden Monate vergehen, bevor sie sich wieder sahen. So konnten sie nicht auseinandergehen. Er stand auf und schaltete den Fernseher aus.

»Mutter«, sagte er. »Lass uns in den Garten gehen.«

»Ja«, sagte sie. »Ein bisschen Luft wird uns sicher guttun.«

Offenbar wollte auch sie den Nachmittag friedlich zu Ende gehen lassen. Sie liebten es, in ihrem kleinen Vorgarten zu sitzen und den Leuten zuzuschauen, die auf dem Bürgersteig vorbeigingen. Und das Wetter war schön genug, wenn sie sich etwas anzogen. Er holte ihre Jacke, dachte sogar an das rote Halstuch, das die Falten an ihrem Hals verbarg, und schob den Rollstuhl in den Flur. Dabei stieß er an den Türrahmen. Sie schimpfte lauthals: So viele Tore wären es nun auch nicht gewesen, jedenfalls nicht mehr als gewöhnlich, oder vertrug er möglicherweise das Trinken nicht mehr?

Er fuhr sie in die kleine Ecke des Gartens, wo der Sonnenschirm stand. Hier gab es Schatten und sie konnte auf die Straße blicken. Er setzte sich auf die Bank hinter ihr.

»Auch wenn eine Frau lahme Beine hat, soll ihr Gesicht doch noch ein bisschen Farbe bekommen«, sagte sie und rollte ein Stückchen vorwärts, um in der Sonne zu sitzen. Er blieb, wo er war. Machte es sich bequem; wenn er Glück hatte, gab es irgendetwas Spannendes zu sehen.

Als sie aus ihrem alten Haus in eine betreute Wohnung gezogen war, hatte sie sich an einen kleineren

Garten gewöhnen müssen. Allerdings fiel ihr die Umstellung nicht sonderlich schwer, ja, sie schien beinahe erleichtert zu sein. In gewisser Hinsicht konnte er es verstehen, aber so richtig eigentlich nicht. Er vermisste die Staudenbeete, gar nicht zu reden von der Blutbuche. Wenn sie im Sommer dort gesessen hatten, alle drei, bis hinein in den Abend, hatte die Zeit stillgestanden. Und sich gleichzeitig ausgedehnt. Jede Sekunde schien eine Gnadengabe zu sein. Diesen Ausdruck hatte Robert von seinem Vater gelernt, eine Gnadengabe. Vater sprach auch von den »stillen Freuden«, das wären die größten. Und wie recht er hatte.

Robert hatte versucht, mit seiner Mutter darüber zu sprechen, doch sie hatte ihn nicht verstanden. Vielleicht empfand sie es nicht so.

Überhaupt hatte er ihr versprochen, nicht so viel über das alte Haus und ihr früheres Leben zu reden, sie wollte nicht daran erinnert werden. Komischerweise wollte sie das nie. Sie behauptete, es ginge ihr jetzt besser. Aber handelte es sich dabei nicht nur um ihren üblichen Trick, die Dinge auf den Kopf zu stellen, vermutlich aus Selbstschutz und um weiterleben zu können? Das Beste war, Nachsicht zu üben. Die arme Frau hatte so viel durchmachen müssen.

Robert schloss die Augen. Es war fast so wie daheim unter der Blutbuche. Niemand konnte ihn daran hindern, sich zu erinnern. Nun waren sie gleich wieder da, sie alle drei – da rief ihn ihre Stimme in die Realität zurück.

»Robert«, sagte sie. Sie sprach ihn selten mit seinem Namen an, und wenn sie es tat, gab es allen Grund, auf der Hut zu sein. »Wenn du mir erzählst, warum du in dieses Kaff nach Jütland sollst, dann werde ich über deinen Vorschlag nachdenken, mit dir umzuziehen. Aber es muss die Wahrheit sein.«

»Die Wahrheit. Bist du sicher, dass du sie vertragen kannst?«, fragte er.

Sie nickte, wobei ihre Hände nach den Rädern ihres Rollstuhls griffen, als würde sie sich zur Flucht vorbereiten.

»Hast du jemanden umgebracht?«

»Nein. So schlimm ist es nicht«, sagte er. »Trotz allem.«

»Was dann? Nun sag's doch endlich!«

Aber er wusste nicht recht, wo er beginnen sollte. Er wusste, wie betrübt sie sein würde, und dann würde auch er traurig werden, vielleicht würde er weinen – und das durfte nicht passieren. Sie verachtete ihn, wenn er weinte, sie brachte es fertig, ihn dann regelrecht auszulachen, höhnisch. Es würde alles nur verschlimmern, das durfte einfach nicht passieren. Und schon gar nicht hier, wo andere Menschen ihn sehen konnten.

Sie musste es selbst erraten. Dazu war sie glücklicherweise fähig.

»Du schaffst es nicht mehr, ist es so?«

Er nickte und senkte den Kopf.

»Die Polizeiarbeit. Du eignest dich nicht dazu. Erst war es das Magengeschwür. Damit bist du ja noch fertig geworden, so einigermaßen jedenfalls, inzwischen gehst du nur ziemlich oft auf die Toilette. Dann kam irgendetwas mit dem Herzen. Du hattest so ein Stechen, wenn etwas passierte, und es passiert ja die ganze Zeit etwas, wenn man Polizeibeamter ist, oder?«

Wieder nickte er.

»Am Anfang haben sie gesagt, es würde sich geben. Das erste Jahr wäre das schlimmste, und mit der Zeit würdest du abgehärtet. Aber es änderte sich nichts. Und wie viele Jahre sind es jetzt? Drei? Vier?«

»Fünf«, flüsterte er.

»Du hältst es einfach nicht aus«, brachte sie es auf den Punkt.

Genau. Jetzt war es heraus. Welch eine Erleichterung. Er hielt es einfach nicht aus, so einfach war das. Sie lachte nicht. Sie verdrehte die Augen und schüttelte den Kopf, aber das durfte sie. Das konnte er ertragen.

»Wir werden ja sehen, wie ich mich als Landpolizist mache«, sagte er und versuchte, zuversichtlich zu wirken. »Es heißt, es sei eine friedliche Stadt, in der nie etwas passiert, also, das müsste ich doch hinkriegen. Es wäre schön, wenn mir mal etwas gelänge.«

»Herrgott, sieht es wirklich so schlimm aus«, jammerte sie. »Ich habe es ja immer gesagt, du hättest nie auf diese Polizeischule gehen sollen. Nur weil dein Schwiegervater es wollte. Immer hattest du so viel Angst vor ihm.«

»Ex-Schwiegervater.«

»Nur weil du seiner Tochter ein Kind gemacht hast, glaubt er, er könnte dich herumkommandieren, wie es ihm passt. Jetzt versteh ich, warum du deiner Versetzung ans andere Ende des Landes zugestimmt hast. Du willst ihn endlich los sein!«

»Ja, eigentlich schon«, pflichtete Robert ihr bei und bekam etwas bessere Laune. Daran hatte er noch gar nicht gedacht, aber es war eine einleuchtende Erklärung. Und wenn er erst mal da unten war, hatte er wahrscheinlich seine Ruhe, auch vor Preben.

»Jetzt versteh ich es besser.«

»Kommst du mit?«, wollte er wissen.

Nach einer langen Pause antwortete sie: »Ich würde gern darüber nachdenken.«

Er seufzte resignierend, doch sie reichte ihm eine Hand und lächelte ihn an. Das hieß doch wohl, sie würde mitkommen, oder? In diesem Moment begann eine Amsel zu singen, vielleicht tat sie es schon länger, aber er hörte es erst jetzt. Es war schön. Allmählich wurde es Frühling. Hoffentlich gibt es in diesem Jahr einen schönen Sommer.

Sie saßen noch lange da und hielten sich an der Hand, und wie gewöhnlich wäre er beinahe eingenickt, als sie ihn plötzlich losließ. Ohne ein Wort zu sagen, fuhr sie mit dem Rollstuhl über den Rasen auf den Bürgersteig.

»Wo willst du hin?«, fragte er.

Aber sie war bereits zu weit weg. Er stand auf, um über die Hecke zu schauen. Auf der anderen Straßenseite standen zwei junge Männer und unterhielten sich, einen von ihnen erkannte Robert, es war der Physiotherapeut. Sonja fuhr auf ihn zu und stellte irgendeine Frage, sie mussten ihr antworten. Wie peinlich. Der Physiotherapeut lächelte höflich; sie war eine seiner Patientinnen, ihm blieb gar nichts anderes übrig. Nun brach sein Gesprächspartner auf. Sonja öffnete einen Knopf ihrer Bluse. Wenn sie sich bloß nicht erkältete. Sie saß tatsächlich in ihrem Rollstuhl und flirtete mit einem Mann, der dreißig Jahre jünger war als sie. Dass sie sich nicht schämte. Wieso sprachen die beiden so gedämpft, sie flüsterten geradezu. Worüber? Ging es um ihn? Nun blickten sie mit ernsten Gesichtern zu ihm hinüber. Er hob eine Hand zum Gruß – und setzte sich rasch wieder auf die Bank, er wollte trotz allem nicht dastehen und sie anstarren.

Still blieb er sitzen, während die Minuten verstrichen. Ohne dass er sie sehen konnte. Zum Teufel noch mal, ausgerechnet heute.

Es dauerte eine Ewigkeit, bis Sonja zurückkam. Sie wirkte wie ein verliebter Teenager, es stand ihr nicht. Überhaupt nicht.

»War er das?«

»Erik? Ja, wer sonst? Und ich muss jetzt gehen. Ich muss mich ein wenig in Ordnung bringen. Ich habe ihn um sieben zum Essen in die Stadt eingeladen. Seine Frau ist mit den Kindern in Spanien, vierzehn Tage, ich glaube, der arme Kerl bekommt überhaupt nichts Ordentliches zu essen und zu trinken.«

Robert überlegte einen Moment, ob er ins Pflegeheim auf der anderen Straßenseite gehen sollte, um wie gewöhnlich dort etwas zu essen, doch ohne seine Mutter wäre es ein wenig ungewöhnlich. Und eventuell auch gar nicht erlaubt.

»Tja, dann lasst es euch mal gut gehen«, sagte er.

»Ich werde über dein Angebot nachdenken«, erklärte sie, zog seinen Kopf zu sich hinunter und gab ihm einen Kuss auf die Wange. Damit war die Audienz beendet.

Sie rollte auf die Eingangstür zu. Unglaublich, wie schnell sie sich in dem Rollstuhl bewegen konnte, wenn es sein musste. Sie trug den Kopf hoch und fast schien es, als wackele sie mit dem Hintern.

Robert blieb allein zurück und schaute ihr nach, bis sie im Haus verschwand. Er entschloss sich, nach Hause zu laufen. Es war nicht der Abschied, den er erwartet hatte. Auf der Bank war er nicht wie gewöhnlich zu einem Nickerchen gekommen. Und er hatte auch nichts zu essen bekommen. Glücklicherweise hatten sie sich jedoch nicht im Streit getrennt, der Nachmittag wurde nicht mit einer Zankerei beendet, aber nun wäre es ihm fast lieber gewesen. So wie es aussah, war er überflüssig. Das dritte Rad, ihr eigener Sohn. Wie lange war es her, dass sie ihn zum Essen in die Stadt eingeladen hatte? Mehrere Monate, und am Ende hatte er bezahlen müssen, obwohl sie ihn eingeladen hatte! Das würde sich der Physiotherapeut bestimmt nicht gefallen lassen.

Vielleicht sollte er sich auf dem Weg nach Hause einen Jumbo-Burger und ein Video besorgen und sich heute Abend mal richtig verwöhnen. Es müsste ein Liebesfilm sein, durchaus mit etwas Erotik, aber nicht so einer von der Sorte, die man nicht auszuleihen wagte. Wenn er seinen Mut zusammennahm, könnte er sich auch erkundigen, ob Polizeibeamte mitspielen, denn dann hätte er kein Interesse an dem Film, jedenfalls nicht heute Abend. Aber solche Fragen erregten allzu sehr Aufmerksamkeit, und er wollte keinesfalls als neurotisch gelten.

*Liebe Josefine, meine kleine Prinzessinnen-Fee,*
Dank für deinen Brief, es war wunderbar, von dir zu hören. Ich vermisse dich von hier bis zum Himmel, dreimal rund um alle Sterne und wieder zurück. Und wenn ich mich abends ins Bett lege, dann bist das Letzte, auf das ich gucke – du. Ich habe das schöne Schul-

foto, das du mir geschickt hast, in meinem Schlafzimmer aufgehängt, das mit dir und deinen neuen Klassenkameraden. Aber Josefine, bei dieser Gelegenheit: Schickst du mir ein neues Foto, also ein Bild nur von dir? Das Foto, das ich habe, ist über ein Jahr alt, und ich kann dich auf dem Foto von der Schule kaum wiedererkennen, so groß bist du geworden.

Hier geht es gut, es passiert nicht sonderlich viel. Das heißt, ein bisschen passiert jetzt doch, denn ich werde bald Polizist auf dem Land. Ich bin ja einige Jahre Beamter in der Stadt gewesen, das war auch eine interessante Arbeit, aber jetzt brauche ich Luftveränderung. So wie du mit deiner Mutter und John damals nach Australien gereist bist, so verreise ich jetzt auch, nur nicht ganz so weit weg. Ich habe eine Landkarte von Dänemark gezeichnet und ein Kreuz dort gemacht, wo ich arbeiten werde. Das ist ein interessanter Ort, glaub mir. Es gibt Wiesen mit Kühen und Pferden, und es ist nah am Wattenmeer, in dem man baden kann. Du kannst ja deine Mutter und John fragen, ob du mich in den Sommerferien besuchen darfst.

*Liebe Grüße von deinem Vater*

PS: Wenn ich schreibe, ich brauche Luftveränderung, dann bin ich dir gegenüber nicht ganz ehrlich, Josefine. Das nennt man wohl die halbe Wahrheit. Ich habe ein bisschen darüber nachgedacht und beschlossen, dass du alles erfahren sollst. Du bist ja inzwischen ein großes Mädchen, bald acht Jahre alt, und ich möchte dir gegenüber lieber ehrlich sein.

Bestimmt hast du über das, was passiert ist, das ein oder andere von deiner Mutter gehört, aber bitte glaub nicht, ich würde sie verdächtigen, schlecht über mich zu reden. Aber ich finde, du sollst die Geschichte auch von mir hören. Ja, ich finde wirklich, du hast Anspruch darauf.

Dein Großvater und ich verstehen uns noch immer ziemlich gut, aber du weißt ja, er kommandiert mich herum, und auch die Versetzung ist seine Idee gewesen, nicht meine. Doch wie sich die Dinge entwickelt haben, bin ich gar nicht so unglücklich darüber. Und ich erzähle dir gern, warum.

In der letzten Woche brach wirklich alles über mir zusammen. Eigentlich dachte ich, ich mache meine Sache recht gut. Okay, vielleicht habe ich ein bisschen lange gebraucht, um den kleinen Ausländer, der sich verlaufen hatte, nach Hause zu begleiten. Auf dem Weg von der Schule hatte er den verkehrten Bus genommen und war an einer völlig falschen Stelle ausgestiegen. Seine Adresse hatte er in der Tasche, aber offensichtlich fand niemand die Zeit, ihn an die Hand zu nehmen und nach Hause zu bringen. Schließlich kam er in Tränen aufgelöst aufs 4. Revier. Das sind die Aufgaben, mit denen dein Großvater dann mich betraut. Und ich habe überhaupt nichts dagegen, denn ich denke, es ist eine wirklich wichtige Arbeit, die korrekt erledigt werden muss. Also nahm ich den Jungen bei der Hand, brachte ihn nach Hause, und seine Eltern waren glücklich. Sie konnten kein Wort Dänisch, luden mich aber zu einer Tasse Tee ein. Ich dankte ihnen für die Einladung, aber nicht ohne noch einmal auf dem Revier anzurufen und deinen Großvater um Erlaubnis zu fragen. An einem Tag mit Hochbetrieb wäre ich natürlich sofort zurückgekommen. Aber es hieß, es läge nichts Eiliges an, ich solle den Tee ruhig trinken. Also blieb ich bei den Eltern des kleinen Jungen und verbrachte den größten Teil des Nachmittags mit ihnen. Dreimal habe ich auf dem Revier angerufen und gefragt, ob ich noch bleiben dürfe. Und jedes Mal bekam ich die Erlaubnis. Glaub mir, für mich war das ein großes Erlebnis, sie stammten aus Pakistan, und ich wette, es war auch für sie ein großes Erlebnis, einen dänischen Polizeibeamten zu Besuch zu haben. Ich glaube nicht, dass man die Bedeutung dieser Arbeit überschätzen kann. Ihr Bild von der dänischen Polizei ist nach meinem Besuch ein anderes gewesen. Ich habe keinerlei Alkohol getrunken, denn das darf man nicht, wenn man im Dienst ist, und ich habe es auch abgelehnt, Wasserpfeife zu rauchen. Das war möglicherweise ein wenig übervorsichtig, aber es kam mir vor, als ob sie nach Hasch roch, und das ist etwas, wovon man sich fernhalten sollte. Aber ich habe mit der Spielzeugeisenbahn des Jungen gespielt und die Windeln seiner kleinen Schwester gewechselt. Und »Dort liegt ein schönes Land« für die Eltern gesungen; die haben das auf Band aufgenommen und Bilder von mir mit den Kindern auf dem Schoß gemacht. Glaub mir, dein Großvater hat mich gehänselt, als ich zurückkam und ihm von meinem Erlebnis erzählt habe, und seither höre ich auch meine Kollegen darüber tuscheln. Aber ich habe nichts unternommen, ohne vorher um Erlaubnis zu fragen, und ich meine wirklich, so etwas ist ebenso wichtig, wie einen Einbrecher zu fangen. Woran ich mich auch schon mehrmals beteiligt habe. Das ist schlimmer, aber wenn es sein muss, bin ich auf dem Posten. Allerdings wird dein Großvater jetzt behaupten, es sei zu kostspielig gewesen, mich hinterher zu der Psychologin zu schicken, aber ich bin nur ihm zuliebe dorthin gegangen, nur, um ihm einen Gefallen zu tun. Eine Psychologin soll untersuchen, ob man richtig im Kopf ist oder nicht, und wenn man es nicht ist, versucht sie, einen zu ändern. Aber so jemanden brauche ich nicht. Seit ich Polizeibeamter bin, war ich nicht einen Tag krank, nicht einmal damals, als ich das Magengeschwür hatte!

Ich traue dieser Psychologin nicht allzu viel zu, aber ich habe den Verdacht, dass sie Großvater überredet hat, mich versetzen zu lassen. Wogegen ich, wie gesagt, nicht das Geringste einzuwenden habe, aber so etwas muss doch ordentlich ablaufen. Ich jedenfalls werde böse, wenn sie mir ständig diese alte Geschichte vorhält, ich wäre bei der Razzia in Christiania in einem ziemlich ungelegenen Moment hinter einem Busch verschwunden. Ich konnte doch nichts für meinen Durchfall. Und ich habe auch nicht die Angewohnheit, mich auf öffentlichen Toiletten zu verstecken, wenn es brenzlig wird, das ist böswilliges Gerede! Aber dann kam dein Großvater mit dieser anderen Geschichte, bei der ich angeblich einen Bankräuber übersehen habe, der mit dem Geld an mir vorbeilief, während ich auf meinem Motorrad saß und einen Brief las. Mitten auf einer Kreuzung, an der ich aufpassen sollte. Leider stimmt das so einigermaßen, Josefine. Es war der Brief von dir und deiner Mutter, aber ich habe ihn nicht einmal gelesen, so weit ist es ja gar nicht gekommen, ich habe mir nur das Foto genau angesehen. Und zu erraten versucht, wer von den Kindern wohl meine kleine Prinzessinnen-Fee sei. Es ist lange her, seit ich dich gesehen habe, und das letzte Bild ist über ein Jahr alt, also war ich nicht sicher. Ich sah mir gerade meine Gesichtszüge im Seitenspiegel des Motorrads an und verglich sie mit den Gesichtern der Mädchen auf dem Bild, weil ich wissen wollte, wer mir am ähnlichsten sieht, als der Bankräuber offenbar hinter mir vorbeilief. Ich habe ihn nicht gesehen. Er konnte entkommen. Das haben mir meine Kollegen erzählt, außerdem gab es noch andere Zeugen; unter anderen einen Bankangestellten, der den Räuber verfolgte, aber mit mir zusammenstieß – mit dem Ergebnis, dass ich das Foto fallen ließ. Bis ich es aufgesammelt, in die Tasche gesteckt und mir die Motorradhandschuhe wieder angezogen hatte, war es natürlich zu spät.

Als meine Kollegen davon hörten, brüllten und schimpften sie, einer von ihnen hat mich sogar gepackt und durchgeschüttelt! Es tut mir weh, wenn ich nur daran denke, Josefine. Natürlich habe ich mich damit verteidigt, dass ich dich so vermisse. Du und deine Mutter, ihr schreibt so selten, und an diesem Morgen hatte ich einen Brief von euch bekommen, den ich noch nicht einmal hatte öffnen können. Den ganzen Tag hatte er in meiner Innentasche gesteckt und regelrecht gebrannt, und schließlich konnte ich nicht länger warten. Doch es half nichts. Danach wurde ich nur noch eingesetzt, um Kinder, die sich verlaufen hatten, nach Hause zu bringen, oder fortgelaufene Hunde, so was in der Art. Ich habe gedacht, ich wäre am Ende. Und als ich den ganzen Nachmittag bei den Pakistanern verbrachte und mit ihnen dänische Lieder sang und mit der Eisenbahn spielte, war es deinem Großvater auch nicht recht. Also blieb mir nichts anderes übrig, als Landpolizist in Südjütland zu werden. Als ich ihn fragte, ob ich ein wenig Bedenkzeit bekommen könnte, denn ich hätte es gern mit Oma, also mit meiner Mutter, besprochen, erklärte dein Großvater, es gäbe nichts mehr zu bedenken; entweder würde ich sein Angebot annehmen oder ich müsste meinen Abschied einreichen. »Ich bin noch nie in Südjütland gewesen«, sagte ich. »Das ist da, wo alle Mojn sagen«, hat die Psychologin darauf geantwortet. Und dann zeigten sie mir die Stadt auf der Landkarte und wussten über die Gegend eine Menge guter Sachen zu erzählen, besonders die kleine Stadt Højer soll schön sein. Fachwerkhäuser, Kopfsteinpflaster und Störche, alles wäre wie damals, bevor die Welt aus den Fugen geriet. Wie für mich gemacht, meinten sie. »Und keine Kriminalität«, sagte dein Großvater. Ich wusste überhaupt nicht, dass man im Alter von vierunddreißig Jahren schon Landpolizist werden kann, normalerweise muss man längere Zeit im Dienst sein, aber die Psychologin füllte eine Bescheinigung aus, in der sie mir eine Sondererlaubnis gab. Ich habe nicht weiter nachgefragt. So also liegen die Dinge, nun gibt es keinen Weg mehr zurück, und ich muss sehen, wie ich das Beste daraus mache. Ich nehme es wie ein Mann.

Oma ist natürlich traurig, denn künftig wird sie mich nicht so oft sehen, aber ich habe ihr angeboten mitzukommen, und ich glaube, sie überlegt sich meinen Vorschlag ernsthaft. Ich könnte mich ganz anders um sie kümmern, wenn wir unter einem Dach wohnen, und sie hätte es verdient. Sie ist einsam und unglücklich nach Opas Tod – selbst wenn sie es nicht zugeben will.

Na, jetzt ist der Brief doch länger geworden, als ich gedacht hatte, aber du bist ein großes Mädchen und es wird dir bestimmt nicht schaden, die Geschichte auch von meiner Seite zu erfahren. Es wird schon alles gut gehen, ich jedenfalls bin guten Mutes. Es bedeutet mir so unendlich viel, dass ich dich habe.

*Liebe Grüße, dein Vater*

PPS: Und dann noch eine letzte Sache, Josefine: Von deiner Mutter habe ich erfahren, dass du dich derzeit mit John nicht sonderlich gut verstehst, und das betrübt mich. John ist ein feiner Kerl, er will nur das Beste für dich. Man kann durchaus seinen Vater und den neuen Freund seiner Mutter mögen, das können viele. John liebt deine Mutter, und deine Mutter liebt ihn. Und ich liebe dich. Das ist nicht so schwer. Ja, manchmal ist es schwer, auch für mich, das ist kein Geheimnis. Aber ich schaffe das, und du kannst es auch. Wir zwei lassen uns doch nicht so einfach aus der Bahn werfen, oder? Wollen wir uns das versprechen? I love you.

Robert las den Brief noch einmal. Hanne hatte ihm vorgeworfen, zu pathetisch zu sein, wenn er schrieb, das wollte er unbedingt vermeiden. Aber soweit er sehen konnte, gab es diesmal nichts zu beanstanden. Er schrieb, was er auf dem Herzen hatte, und das konnte doch nicht verkehrt sein. Das hatte ihm sein Vater beigebracht. Man müsse ehrlich sein – und gleichzeitig großzügig, nicht nachtragend. Das wäre nicht immer ganz einfach, aber man müsse es versuchen. Merkwürdig, immer wenn er das Gefühl hatte, es sei ihm gelungen, wie zum Beispiel jetzt, bekam er besonders unangenehme Herzstiche.

Er hatte mit der Ärztin darüber geredet, und sie hatte ihn mit einem Stethoskop abgehört, aber alles klang normal. Es könnte nervöse Ursachen haben, hatte sie gesagt. Er wäre ja frisch geschieden, da käme eins zum anderen. Sie schlug vor, es seiner Psychologin zu erzählen.

Jetzt bereute er, es getan zu haben. Es war zu einem ziemlich heftigen Streit gekommen; schließlich hatte niemand infrage zu stellen, was sein Vater ihm beigebracht hatte, auch keine Psychologin. Sein Vater war an einem Blutgerinnsel im Herzen gestorben, fiel ihm plötzlich ein. Gut, dass er das nicht der Psychologin erzählt hatte.

Er steckte den Brief in einen Umschlag und schrieb die Adresse darauf. Dann rief er seine Mutter an. Sie nahm noch immer nicht ab. Seit zehn Uhr hatte er jede halbe Stunde angerufen, jetzt war es nach zwölf und allmählich begann er sich Sorgen zu machen. Aber er musste aufpassen, was er tat, immerhin hatte sie ihm schon einmal vorgeworfen, sich in ihr Privatleben einzumischen. Mischte man sich ein, wenn man anrief, um zu hören, ob es der eigenen Mutter gut ging?

Robert konnte nicht schlafen, bevor er nicht mit ihr gesprochen hatte. Sollte er sich den Videofilm noch einmal ansehen? Er war gar nicht so schlecht, der Film ging gut aus und es spielten keine Polizisten mit. Allerdings hatten sie es ihm in dem Laden auch versprochen. Er hatte danach gefragt, als würde es sich um einen Scherz handeln; im Zweifel hätte man die Situation immer noch retten können, aber das Mädchen war reizend gewesen und hatte ohne zu blinzeln geantwortet: Der Film ende gut und es spielen keine Polizisten mit. Zu gern hätte er gewusst, ob sie ihn auch beim letzten Mal beraten hatte.

Nach zehn Minuten schaltete er den Videorekorder wieder aus, er konnte sich nicht konzentrieren. Sollte er ein bisschen durch die Gegend fahren? Danach schlief er oft besser. Er konnte ja einen kleinen Abstecher zum Pflegeheim machen. Bei seiner Mutter zu klingeln, ohne sich vorher anzukündigen, wäre ihm nicht in den Sinn gekommen. Aber er konnte ja nachsehen, ob noch Licht bei ihr brannte.

Das Licht brannte. Wieso ging sie nicht ans Telefon, wenn sie zu Hause war? Wenn sie ins Bett gegangen wäre, hätte sie das Licht im Wohnzimmer ausgeschaltet.

Er fuhr durch das Viertel mit den Altenwohnanlagen und beobachtete das Haus seiner Mutter. Im Garten hinter dem Haus entdeckte er etwas. Oben am Fahnenmast. Sah das nicht aus wie ein Rollstuhl? Robert parkte den Wagen und flankte über eine Hecke, um auf den Rasen zu gelangen. Wenn ihn jemand sah, würde er die Wahrheit sagen. Es war immer am klügsten, ehrlich zu sein; er konnte sich höchstens ein wenig blamieren, aber daran war er gewöhnt. Und das nahm er auf sich.

Es war tatsächlich ihr Rollstuhl, er erkannte ihn sofort an der Papierblume in den Speichen. Wer zum Teufel hatte ihn den Fahnenmast hochgezogen? Er ließ den Rollstuhl herab, wie es aussah, war er unbeschädigt.

Er stellte den Rollstuhl vor die Haustür, klingelte aber nicht. Bei Sonja Hansen konnte man nicht vorsichtig genug sein. Stattdessen warf er einen Blick ins Wohnzimmerfenster. Er war auf das Schlimmste vorbereitet, doch es gab nichts Ungewöhnliches zu sehen. Er konnte sie nicht entdecken, sie musste ins Bett gegangen sein. Vielleicht betrunken? In diesem Moment sah er sie, und es war schlimmer, als er befürchtet hatte. Sie lag auf einem der Esszimmerstühle, ihr Hinterteil ragte in die Luft. Und sie trug nichts als das rote Halstuch.

War sie tot? Er klopfte ans Fenster. Sie reagierte nicht. Er klopfte noch einmal, fester. Wenn er nur ihr Gesicht sehen könnte, aber es sah aus, als hätte man es in den Teppich gepresst. Robert wollte gerade das Fenster einschlagen, als er sah, wie sie eine Hand hob und ihm winkte.

Er lief zur Haustür, die natürlich abgeschlossen war. Klingeln hatte wenig Sinn, allerdings stand das Toilettenfenster auf und es gelang ihm hineinzuklettern. Gut, dass bei den Nachbarn alles ruhig blieb.

Ins Wohnzimmer. Sie lag noch immer in derselben Position.

Atmete sie überhaupt? Er drehte sie um, setzte sie sich auf die Knie und löste das Tuch um ihren Hals. Der Knoten saß sehr stramm, als hätte jemand versucht, sie zu erdrosseln. Jetzt schnappte sie nach Luft.

»Mutter, was ist passiert? Ist dir etwas zugestoßen?«

Sie schüttelte den Kopf und zupfte sich einige Wollflusen des Teppichs aus dem Mund.

»War er das? Erik?«

Sie nickte. Arme Frau. Dass so etwas seiner Mutter passieren musste. Er hatte nicht genügend auf sie aufgepasst.

»Männer können solche Schweine sein«, sagte er.

»Was weißt du denn darüber?«, fragte sie mit heiserer Stimme. »Bring mich ins Bett.«

Er trug sie ins Schlafzimmer. Legte sie ins Bett, deckte sie sorgfältig zu. Sie zitterte vor Kälte, als er sich auf die Bettkante setzte.

»Mutter, was ist passiert?«

Sie lächelte wieder dieses Lächeln, das er hasste. Es war ganz einfach nicht das Lächeln seiner Mutter, nicht das Lächeln, das er von früher kannte, als sein Vater noch lebte.

»Hast du ihn bezahlt?«

»Bezahlt? Nein«, sagte sie. »Aber ich hätte es gern getan.«

Er verstand kein Wort. Sie hätte tot sein können, wenn er nicht gekommen wäre.

»Er nutzt dich aus, Mutter, du bist doch wehrlos.«

»Eben. Das ist ja das Tolle«, sagte sie. »Es ist viel besser als vor dem Unfall. Mir ist es immer so schwergefallen, mich wirklich hinzugeben, aber jetzt habe ich gar keine andere Wahl mehr. Ich kann ja nicht fort, oder? Ich bin ausgeliefert. Und er genießt es auch, glaub mir. Er macht mit mir, was er will, ich bin seine kleine Puppe. Und die will ich auch sein, die wollte ich schon immer gern sein. Eine Puppe, mit der die Männer spielen können. Ach, Robert, wie ich mich danach gesehnt habe …«

»Heißt das, es war nicht das letzte Mal?«

Sie sah zu ihm auf, ohne den Kopf zu heben, und

lächelte wie ein kleines ungezogenes Mädchen. War es so merkwürdig, dass ihn ein Brechreiz überkam?

»Wenn das Vater wüsste!«, sagte er und bereute es in der gleichen Sekunde.

»Vater ist tot, Robert. Er ist seit acht Jahren tot. Und ich habe ihn nicht eine Sekunde vermisst!«

Das war der Tropfen, der den Becher zum Überlaufen brachte. So über Vater zu reden, während sie beinahe vergewaltigt worden war.

»Wenn ich dich noch einmal so finde, sind wir geschiedene Leute«, sagte er und ging, ohne sich zu verabschieden oder sich umzusehen. Auf dem Weg zum Auto hielt er eine Hand vor den Mund und versuchte, den Brechreiz zu unterdrücken.

Er musste fort hier, je eher, desto besser, weit weg. Die Stadt war krank. Er gehörte nicht hierher, er musste aufs Land, dorthin, wo es noch ein wenig Anstand gab. Zumindest war das zu hoffen.

Als er hinter dem Lenkrad saß, fühlte er sich ein wenig besser. Dann fiel ihm ein, dass er nicht nach dem Rollstuhl gefragt hatte. Was hatte der Rollstuhl am Fahnenmast zu suchen? Sollte es irgendein Symbol sein, und wenn ja, welches? Doch im Grunde war er nicht sicher, ob er es wirklich wissen wollte.

## *Kapitel 2*

Es war lange her, seit Robert sich in einer Zeitung gesehen hatte. Das letzte Mal damals, als er heiratete, aber das Foto hatte er nicht aufheben wollen. Dieses war besser und größer, fast ebenso groß wie das zweite Bild auf der Seite, es zeigte einen Mähdrescher.

Er hatte freundliche Augen, fand er. Ein jungenhaftes Lachen, beinahe kindlich. Seiner Ansicht nach sah er nicht aus wie ein Polizeibeamter. Wie denn? Wie eine Mischung aus David Bowie und Doof von Dick und Doof.

Die Zeitung hatte kein Bild des alten Beamten abgedruckt, das hielt man offenbar nicht für nötig, schließlich kannten ihn alle. Der alte Landpolizist hieß Krüger, der neue Hansen. Zwei vollkommen unterschiedliche Namen, was immer das bedeuten mochte. Hansen sei vierunddreißig Jahre alt und geschieden, stand da. Und interessiere sich für Vögel.

Robert legte das Wochenblatt wieder ins Handschuhfach. Er bedauerte, den Satz mit den Vögeln gesagt zu haben. Es wirkte ein bisschen komisch in diesem Zusammenhang. Hoffentlich würde ihn niemand den »Vogelbeamten« nennen oder ihm einen noch schlimmeren Spitznamen geben.

Wie lange musste er hier noch warten? Die Uhr zeigte Viertel nach eins, sie hatten sich um eins verabredet. Die Adresse war korrekt, Krügers Name stand an der Tür und an der Hauswand hing ein Polizeischild. Das Schild ließ sich allerdings nicht so einfach erkennen, wenn man nicht wusste, dass es dort hing.

Es war von Efeu umrankt und die Blätter hingen halb über den Buchstaben.

Vielleicht war Krüger gar nicht zu Hause. Vielleicht war irgendetwas vorgefallen, ein Raub oder ein Überfall, und er hatte ausrücken müssen.

Robert stieg aus dem Auto und ging noch einmal zur Eingangstür. Er drückte auf die Klingel, aber niemand antwortete. Und doch schien er von innen jemanden zu hören, ein merkwürdiges Röcheln, es hörte sich an, als würde gerade jemand erwürgt. Er griff zur Türklinke und die Tür ging auf – es stimmte also, die Jütländer schlossen ihre Haustüren nie ab. Schon nach einem Schritt in den Flur konnte er das Geräusch identifizieren, es war ein lautstarkes Schnarchen. Durch die Scheibe des Bürofensters sah er Krüger an seinem Schreibtisch sitzen und schlafen. Herrgott. Darum hatte er so verhalten reagiert, als Robert ein Uhr vorschlug. In seiner Mittagspause hielt er einen kleinen Mittagsschlaf, das hätte er doch nur zu sagen brauchen. Robert zog sich zurück und schloss die Haustür so vorsichtig, wie er konnte.

Er ließ den Wagen stehen und entschied sich für einen kleinen Spaziergang. Der Ort wirkte größer, als er gedacht hatte. Aber gleichzeitig auch friedlicher, er sah so gut wie keinen Menschen. Wo waren sie alle? Als wäre er in eine Geisterstadt geraten, ein bisschen wie in einem Wildwestfilm. Der neue Sheriff trifft ein und die Bevölkerung hält sich versteckt, steht hinter den Fensterläden und wartet – worauf? Lauert eine Bande Gesetzloser hinter der nächsten Ecke und erwartet ihn mit ihren Schießeisen?

Robert ging um eine Ecke. Vor ihm lag eine weitere

öde Straße, kopfsteingepflastert. Dort gab es immerhin einen Bäcker. Er versuchte, die Ladentür zu öffnen, sie war verschlossen. Die privaten Türen standen offen, während die Türen zum Laden geschlossen waren. Merkwürdige Stadt. »Mittagspause« stand auf einem Schild. Zwischen zwölf und vierzehn Uhr. Dann konnte der Landpolizist ja in Ruhe seinen Mittagsschlaf halten, wenn alle anderen es auch taten. Die ganze Stadt hielt Siesta, genau wie im Süden.

Er kam am Rathaus vorbei, ein reetgedecktes Dach. Hier könnte er heimisch werden, ging ihm durch den Kopf, in einer Stadt, deren Rathaus mit Reet gedeckt ist. Und damit nicht genug, auf dem Dach stand ein Storchennest. Allerdings gab es keinen Storch. Dafür aber einen Fahrradhändler, einen Metzger – und eine alte Mühle, in der ein Museum untergebracht war. Das Sturmflutmuseum. Wie ungewöhnlich. Aber leider auch geschlossen. Schließlich fand er einen Konsum, der geöffnet hatte. Es hielten sich sogar lebendige Menschen darin auf.

Er wagte sich hinein. Der Laden sah aus wie jeder andere Konsum auch, verfügte aber über eine außerordentlich große Auswahl an Gummistiefeln. In allen Farben und Größen. Sie erinnerten ihn daran, dass er auf den Feldern ziemlich viel Wasser gesehen hatte. Möglicherweise hatte es in letzter Zeit besonders viel geregnet. Und das Wasser hatte ein wenig länger gebraucht, um zu versickern. Hier im Flachland stand das Grundwasser sicher hoch. Hoffentlich war es abgelaufen, bevor das Vieh auf die Weiden kam.

Er suchte sich ein Paar Gummistiefel aus, die konnte man ja immer gebrauchen, und ging zur Kasse, um zu bezahlen. Die Verkäuferin nahm das Geld entgegen, und nun kam der Moment, auf den er gewartet hatte – die Gelegenheit, »Mojn« zu sagen.

»Mojn«, sagte er.

»Wiedersehen«, sagte sie.

»Ich dachte, hier in Südjütland sagt man Mojn?«

»Aber du bist doch aus Kopenhagen, oder? Du bist doch der neue Beamte. Krüger ist jetzt wahrscheinlich wieder wach. Er wartet auf dich. Das nächste Mal kannst du ihn einfach wecken, das machen wir auch so.«

Robert ging durch den Ort zurück zu seinem Wagen und legte die Tüte mit den Stiefeln auf den Rücksitz. Dann ging er über die Straße zum Polizeirevier. Krüger stand in der Tür und empfing ihn. Er sah ziemlich wach aus, grinste über das ganze Gesicht, und als er Robert begrüßte, schüttelte er seine Hand ungewöhnlich lange.

»Willkommen in Højer«, sagte er.

»Danke«, erwiderte Robert.

»Wie ich höre, hast du dir ein Paar Gummistiefel gekauft. Blaue? Na ja, warum nicht.«

Robert merkte, dass er bereits den ersten kleinen Fehler gemacht hatte. Er hätte doch die grünen nehmen sollen.

»Ja, hier kannst du nichts unternehmen, ohne dass es nicht sofort alle wissen, daran kannst du dich gleich gewöhnen.«

»Das ist doch ganz gemütlich«, sagte Robert. Aber wirklich sicher war er sich nicht.

»Ich schlage vor, wir gehen erst einmal in den Krug

und schauen, ob wir etwas zu essen bekommen«, sagte Krüger. »So zum Einstieg. Da kannst du gleich ein paar Leute begrüßen. Einige sitzen bestimmt schon da und sind ganz gespannt, dich kennenzulernen.«

Robert war nicht darauf vorbereitet, herumgezeigt zu werden, aber vieles war hier anders, also konnte er sich ebenso gut daran gewöhnen. Das Haus konnte er sich auch später noch ansehen.

Die beiden Männer gingen auf dem Bürgersteig, Seite an Seite, ohne etwas zu sagen. Robert hatte eine gewisse Wortkargheit der Menschen in Jütland erwartet, und er hatte sich gedacht, eigentlich ist das gar nicht so schlecht, denn wieso musste immer alles kommentiert werden? Nachdem sie jedoch einige Minuten unterwegs waren, die ihm wie eine Viertelstunde vorkamen, begann die Stille an ihm zu nagen. Er hatte hoffentlich nichts falsch gemacht? War es vielleicht unhöflich von ihm, nicht zu versuchen, ein Gespräch zu beginnen?

Er beschloss, sich nach der Arbeit zu erkundigen, die ihn erwartete. Doch als er den Mund aufmachen wollte, unterbrach ihn Krüger: »Jetzt gehen wir erst mal da rein und sehen, ob wir etwas zu essen bekommen.«

Die Gaststube war eingerichtet wie der Saloon eines Wildwestfilms, mit Schwingtür und Zaumzeug an den Wänden. Als Musik ertönte Country and Western, aber eigenartigerweise mit deutschen Texten.

Etwa ein halbes Dutzend Männer trank Bier und unterhielt sich ziemlich laut – bis Krüger und Robert eintraten. Wie auf Kommando verstummten sie. Krüger grüßte mit einem kurzen Nicken, ein paar von den

Gästen nickten zurück. Robert sagte »Mojn«, aber das schienen sie nicht zu verstehen. Niemand erwiderte seinen Gruß, man begnügte sich, ihn neugierig anzusehen – um dann die Gespräche und das Biertrinken wieder aufzunehmen.

Krüger zog Robert in eine Ecke, in der ein paar Tische mit Tischdecken standen.

»Da musst du dir nichts draus machen«, sagte er. »Es ist nur so, und das sag ich nicht, um zu prahlen, aber es gibt viele hier im Ort, die mit ihrem alten Landgendarm sehr zufrieden sind.«

»Ja, natürlich«, sagte Robert, »das merkt man.«

»Mich kennen sie und wissen, was ich für einer bin, aber wer ist der Neue?«

»Gibt es irgendetwas, was ich tun kann?«, fragte Robert.

»Nein«, sagte Krüger.

Er bestellte beim Kellner vier belegte Brote und ein Bier, und da es keine Speisekarte gab, orderte Robert dasselbe. Dann saßen die beiden Männer sich wieder still gegenüber. An der Wand hing ein Fernsehapparat, der mit abgedrehtem Ton eine bunte Tirolershow zeigte; nachdem sie ein bisschen zugesehen hatten, dachte Robert, nun müsste der Zeitpunkt gekommen sein, um sich nach der Arbeit zu erkundigen, die ihn erwartete. Er war eben im Begriff, den Mund zu öffnen, als Krüger ihn erneut unterbrach. Er entschuldigte sich, stand auf und setzte sich zu den anderen Gästen. Das erschien Robert etwas unhöflich. Er hörte, wie sie über ihn redeten. Wieso kamen sie nicht zu ihm und fragten ihn selbst? Sie verhielten sich, als wäre er nicht da. Sie redeten mit gedämpften Stimmen, doch er verstand ohnehin das meiste, und den Rest erriet er.

Sie sprachen darüber, aus welchem Grund ein junger, in Kopenhagen ausgebildeter Mann sich ausgerechnet hierher versetzen ließ. Es gab doch auch Vögel in Nordjütland, oder drüben auf Fünen, wenn er wirklich darauf aus war. Man musste unwillkürlich an den Arzt denken, der vor gut zwölf Jahren hier auftauchte. Die Erwartungen waren damals zu hoch gewesen, das wusste man jetzt. Und so ähnlich verhielt es sich auch mit dem Pastor, obwohl der eigentlich aus Århus kam. Es stand zu befürchten, dass hierher nur das übliche Pack geschickt wurde, Leute, die anderswo keinen Job mehr bekamen. Aber der alte Polizist mahnte zur Besonnenheit.

»Gebt ihm eine Chance«, sagte er. »Soweit ich weiß, ist er ein feiner Kerl. Ganz in Ordnung. Er ist ein bisschen jung, er braucht eure Unterstützung.«

»Und deine Anleitung«, sagte einer. »Du musst ihm erklären, wie wir hier im Ort die Dinge regeln. Wir können keinen gebrauchen, der alles auf den Kopf stellt.«

»Das werde ich tun. Aber gebt ihm eine Chance«, wiederholte der alte Landpolizist.

Der Kellner brachte Smørrebrød und Bier an Roberts Tisch. Mit langen Armen in einem viel zu kurzen Hemd servierte er rasch und lautlos, während er versuchte, dem Gespräch zu folgen.

»Das ist sein Steckenpferd«, flüsterte er Robert zu, als er sich über den Tisch beugte, »wir müssen uns gegenseitig eine Chance geben. Das machen wir auch, jedenfalls meistens. Aber es gibt auch Leute, die meinen, es hätte schon genügend Chancen gegeben. Jetzt sollte mal ein neuer Beamter ran, einer, der die heißen Eisen anpackt und in unserer kleinen Stadt aufräumt. Denn natürlich ist hier nicht alles so, wie es sein sollte. Das gibt's ja nirgendwo.«

Robert wollte gerade fragen, worauf er hinauswollte, als Krüger zurückkam. Der Kellner zog sich genauso rasch und lautlos zurück, wie er gekommen war. Krüger setzte sich wortlos hin und begann zu essen. Er blickte Robert an, der ein wenig verdutzt aussah.

»Das wird schon alles gut gehen«, sagte Krüger. »Hier passiert wirklich nicht die Welt.«

»Irgendetwas muss doch aber passieren«, sagte Robert.

»Sicher. Aber es ist wichtig, zunächst mal den Finger in die Erde zu stecken und den ungeschriebenen Gesetzen zu folgen.«

»Den ungeschriebenen Gesetzen?«

»Ja«, erklärte Krüger, »es gibt gewisse Regeln, die nicht aufgeschrieben sind, die du aber kennen solltest. Regel Nummer eins heißt, hier lösen wir die Probleme so weit wie möglich selbst. Während meiner Amtszeit gab es hier nicht viel Kriminalität, und das soll auch so bleiben. Es soll niemand mit dem Finger auf unsere Stadt zeigen können.«

»Ihr löst die Probleme selbst?«, fragte Robert.

»Ja. Lass mich ein Beispiel erzählen: Auch wir haben im Ort junge Menschen, die nicht recht wissen, was sie mit sich anstellen sollen; sie brechen ein, rauchen Hasch und so weiter. Ich greife bei so etwas hart durch und stelle sie vor die Wahl: Entweder nehme ich ein Protokoll auf – oder sie bekommen eine Tracht

Prügel. Was, glaubst du, ziehen sie vor? In der Regel eine Abreibung, denn davon erfährt niemand, nicht einmal ihre Eltern. Und wenn sie ihre Tracht bekommen haben, ist die Sache aus der Welt. So machen wir das hier, und ich würde dir empfehlen, es ebenso zu halten. Und halt dich nicht zurück, wenn du jemanden vermöbelst, sonst verschaffst du dir nie ihren Respekt. Du musst verdammt noch mal richtig zuschlagen.«

Krüger hieb auf den Tisch, dass die Gläser klirrten und der Fernseher den Kanal wechselte. Robert glaubte einen Moment, der alte Beamte würde scherzen, aber es war sein voller Ernst. Unglaublich! Teufel auch, man konnte doch nicht einfach auf ein Protokoll verzichten? Und schon gar nicht die Bürger verprügeln! Undenkbar für Robert, solche Methoden anzuwenden.

»Aber wir haben doch beide auf der Polizeischule gelernt ...«, wandte er ein, doch Krüger unterbrach ihn sofort.

»Die Theorie ist eine Sache, eine andere die Praxis«, entgegnete er. »Ich sage das nur um deinetwillen, wenn du dir Hoffnung machst, hier heimisch zu werden.«

Robert lehnte sich zurück und sah sich im Lokal um, als würde er nach einem vernünftigen Menschen suchen, der ihm zu Hilfe kommen könnte. Er gab ziemlich schnell auf.

»Und was ist Regel Nummer zwei?«

»Es gibt keine andere«, sagte Krüger und hob sein Bierglas. »Prost.«

Krüger lag auf dem Tisch und schnarchte, genau wie in der Mittagspause in seinem Büro. Nur mit dem Unterschied, dass er jetzt nicht nur müde, sondern auch betrunken war.

Robert hatte glücklicherweise nicht so viel getrunken. Fast hätte er sich verführen lassen, denn Krüger mochte nicht allein trinken, das war nicht üblich in Jütland. Allerdings hatte Robert widerstanden, denn er wollte ja noch nach Hause fahren, bevor es dunkel wurde. Und nun konnte er dem alten Beamten auf die Beine helfen – wenn er ihn überhaupt wach bekam.

Robert schüttelte ihn einige Male und schaute sich nach Hilfe um. Doch die meisten Gäste waren gegangen, und diejenigen, die noch in der Gaststube saßen, waren zwar wach, aber nicht weniger betrunken. Eigentlich unglaublich, sicher, es war Samstag, aber doch erst Samstagnachmittag.

Der Kellner kam Robert zu Hilfe. Er wusste, was half: ein in Terpentin getränkter Lappen. Es sah zwar ziemlich brutal aus, wurde aber mit exakten Bewegungsabläufen und großer Geschicklichkeit ausgeführt: Der Kellner griff Krüger in die Haare und hob seinen Kopf von der Tischplatte. Dann schob er den Lappen unter die Nase des alten Mannes. Unter dem Tisch zuckten die Beine. Dann riss Krüger erschrocken die Augen auf, starrte Robert an und verkündete auf Deutsch: »Abfahrt!«

Robert fasste ihn unter den Arm und half ihm aufstehen. Als sie die Kneipe verließen, hielt der Kellner ihnen die Tür auf, sagte höflich »Auf Wiedersehen« und dankte für den Besuch.

Auf dem Bürgersteig blieb der alte Beamte längst nicht so still wie bei ihrem Hinweg, denn je mehr er trank, desto redseliger wurde Krüger. Fast war es des

Guten zu viel. Robert fiel es schwer, überhaupt noch zu Wort zu kommen. Und vollkommen ahnungslos war er schließlich auch nicht.

Ihn irritierte zum Beispiel Krügers Behauptung, eigentlich alles über Kopenhagen zu wissen. Obwohl er nie dort gewesen war. Aber Krüger hielt sich »auf dem Laufenden«, wie er es ausdrückte, er sah sich regelmäßig die Nachrichten im Fernsehen an. Dadurch war er zu der festen Überzeugung gelangt, Kopenhagen sei eine gefährliche Stadt, weitaus gefährlicher als beispielsweise Flensburg oder Hamburg, Städte, die er häufig besucht hatte. Um von New York gar nicht erst zu reden.

Die Leute aus dieser Gegend reisten gern nach New York, wenn die Nachkommen vor vielen Generationen ausgewanderter Verwandter zu Hochzeiten, Taufen und anderen Familienfesten einluden. Das war nichts Besonderes. Sie wurden am Flughafen abgeholt und zu einem Fabrikarbeiterviertel in New Jersey gefahren, in dem es eine kleine Kolonie von West-Südjütländern gab. Ein Mann aus Föhr, einer Insel auf der deutschen Seite des Wattenmeeres, hatte hier irgendwann in den vierziger Jahren eine Schuhfabrik gegründet und südjütländische Arbeitskräfte vorgezogen: Die Amerikaner, so soll er einmal gesagt haben, beschäftigen sich überwiegend mit Lockenwicklern und Fernsehserien und wüssten nicht, was es heißt zu arbeiten. Das aber wussten die Südjütländer, und daher stellte er bevorzugt Familien und Freunde von daheim ein. Hier wurde westsüdjütländisch, friesisch und plattdeutsch in einem heillosen Durcheinander gesprochen, und es sorgte immer wieder für große Freude, wenn man einen

Stapel alter Ausgaben des Nordschleswigers oder von Jyske-Vestkysten mitbrachte.

Robert wunderte sich über den Unterschied zwischen West- und Ost-Südjütländern, schließlich betrug die Entfernung zwischen den beiden Küsten doch nicht mehr als knapp fünfzig Kilometer. Aber er spürte, wie sich etwas in Krügers Tonfall veränderte, eine scheue Vorsicht kam dazu, wenn er von »denen da drüben« sprach.

»Was ist denn mit den Ost-Südjütländern?«

»Gar nichts«, behauptete Krüger. »Fahr doch selbst mal rüber, es heißt, es sei schön dort. Ich versteh's nicht, ich finde, es ist nicht mehr als ein Haufen Hügel. Und so halbgroße Städte wie Haderslev oder weiter südlich Åbenrå oder Sønderborg. Es gibt mehr Leute als hier, und es ist verdammt schwer, jemanden allein anzutreffen. Normalerweise laufen die Ost-Südjütländer immer in kleinen Gruppen herum, sie fühlen sich in Gruppen einfach am wohlsten. Sie sprechen einen etwas anderen Dialekt als wir, mehr so ein Singsang, schön ist das nicht. Und sie reden schnell und viel – von weitem glaubt man, es ginge um die großen Fragen des Lebens, aber wenn man näher kommt und genauer zuhört, handelt es sich in der Regel um ganz banale, alltägliche Sachen. Vielleicht bin ich ja ein wenig voreingenommen, aber um ehrlich zu sein, machen Ost-Südjütländer auf mich einen ziemlich leichtfertigen Eindruck, und ich würde dich ganz entschieden davor warnen, bei ihnen zu kaufen. Viele, die bei jemandem aus Sønderborg oder Åbenrå ein Auto gekauft haben, sind beschissen worden. Die können dem Teufel ein Ohr abschwätzen, jawohl, und sie schämen sich nicht einmal dafür!«

»Das werd ich mir merken«, sagte Robert. »Gibt's denn solche Typen auch hier im Ort?«

»Ja, ein paar. Vor allem ein Mädchen aus Åbenrå, Ingerliese. Sie ist ein paar Mal zu mir gekommen und hat behauptet, ihr Mann hätte sie geschlagen. Sie hatte schon ein paar blaue Flecken hier und da, die hat sie mir gezeigt. Aber das war nicht ihr Mann, die hatte sie sich selbst beigebracht. Ich kenne ihren Mann zufälligerweise, er könnte keiner Katze etwas zuleide tun.«

»Aber wenn sie blaue Flecken hatte?«, fragte Robert.

»Sie schlägt sich selbst«, behauptete Krüger. »Sie braucht die Aufmerksamkeit, sie ist völlig unberechenbar. Du wirst es noch erleben.«

Sie hatten jetzt das Polizeirevier erreicht, Krüger blieb stehen und streckte zum Abschied die Hand aus. Robert hatte eigentlich gehofft, noch eingeladen zu werden, um sich das Haus anzusehen und weil es noch so viele Fragen gab, auf die er bisher keine Antwort bekommen hatte. Er hatte einen Zettel mit Fragen vorbereitet, der in seiner Jackentasche steckte, denn er wollte ungern etwas vergessen. Bisher konnte er noch nichts von dieser Liste streichen. Und nun war es zu spät, Krüger schwankte bedrohlich und würde wahrscheinlich mitten im Gespräch einschlafen.

Außerhalb der Stadt fuhr Robert an einem Feld vorbei, das teilweise unter Wasser stand, auf dem aber Tiere weideten. Er bemerkte eine Kuh, die im Morast steckte; er hatte den Eindruck, als könnte sie sich nicht mehr bewegen. Sie schien Robert verzweifelt hinterherzublicken.

Ein Stück weiter hievte ein Traktor eine Kuh aus einem Schlammloch. Um den Leib des armen Tieres waren dicke Eisenketten geschlungen, an denen der Trecker zog und zerrte. Robert hielt auf dem Seitenstreifen, er war wie gebannt von dem Anblick. Endlich gelang es dem Mann, die Kuh herauszuziehen, mit einem gewaltigen Schwappen entkam sie dem Schlick und hatte wieder festen Boden unter den Hufen. Der Bauer kletterte vom Traktor und löste die Ketten. Robert stieg aus dem Wagen und ging auf ihn zu.

»Könnt ihr nicht warten, bis das Wasser versickert ist, bevor das Vieh auf die Weide kommt?«, fragte er.

»Dann könnten wir lange warten«, antwortete der Bauer. »Hier in der Gegend steht das Wasser bis in den Juli auf den Feldern, aber wir haben gelernt, damit zu leben.«

Er trug ein Paar große Gummistiefel, selbstverständlich grüne, aber noch größer als die auf Roberts Rücksitz. Beinahe so eine Art Wattstiefel. Kleiner ging es offenbar nicht.

»Da hinten steht noch eine Kuh, die bald rausgezogen werden muss«, sagte Robert. »Ich bin gerade dran vorbeigefahren. Man kann kaum noch die Beine sehen.«

Er hörte den Vorwurf in seiner Stimme und ärgerte sich. Denn dieser Ton gefiel dem Bauern gar nicht; fast schien es, als ließe er sich nun besonders viel Zeit, nur um den Kopenhagener zu ärgern.

»Ich habe schon Kühe herausgezogen, die bis zum Hals im Schlick steckten«, sagte er und zündete sich eine Pfeife an. »Mein Großvater behauptet, eine seiner Kühe sei einmal so tief eingesunken, dass sie nicht mehr zu retten gewesen sei, die Kuh verschwand einfach unter der Erde und war weg. Aber wie das so geht, im Herbst tauchte sie wieder auf. Sie war total aufgebläht, die Leute glaubten, weil sie so viel Wasser und Erde geschluckt hatte. Doch dann bekam sie ein Kalb, ein merkwürdiges Kalb, halb Kuh, halb Teufel. Mein Großvater hat nicht viele die Missgeburt sehen lassen, bevor er sie verschwinden ließ, und er wollte auch nur sehr ungern über das, was er gesehen hatte, sprechen. Ich persönlich glaube ja, das ist alles nur ein Märchen.«

»Das glaub ich auch«, sagte Robert.

»Aber man weiß natürlich nie«, fuhr der Bauer fort. »Es gibt auch Leute, die behaupten, die Kühe hier aus der Gegend würden am Heiligen Abend um zwölf vor unserem Herrn knien. Es heißt, man darf nicht zum Zuschauen in den Stall gehen, so etwas sollen wir Menschen nicht sehen. Und wenn man sich nicht beherrschen kann, stirbt man, noch bevor das Jahr zu Ende ist. Aber wahrscheinlich ist das auch ein Märchen.«

»Tja, wahrscheinlich«, sagte Robert.

»Man weiß natürlich nie. Und ich gebe ehrlich zu, ich habe mich noch nie getraut, nachzuschauen, ob …«

Der Bauer blieb einfach stehen, sog an seiner Pfeife und hatte es überhaupt nicht eilig. Zum Teufel, er musste die andere Kuh herausziehen. Bevor es zu spät war. Das war doch Tierquälerei.

Robert setzte sich wieder in den Wagen, schlug die Tür zu und fuhr los. In den Rückspiegel blickend, hoffte er den Bauern zurück zu seinem Trecker gehen zu sehen, aber der Idiot blieb einfach stehen, beide Hände in den Hosentaschen, und sah dem Auto nach.

Er wäre nicht rechtzeitig gekommen, hätte er sich beim Packen nicht so beeilt. Vor vier Tagen war er nach Hause zurückgekommen, und noch hatte er nichts von seiner Mutter gehört.

Er hatte auf keinen Fall Kontakt zu ihr aufnehmen wollen, so wie sie ihn beim letzten Mal behandelt hatte. Es gehörte sich einfach nicht. Sie hatte bitte schön anzurufen und sich zu entschuldigen.

Er würde von sich aus jedenfalls nicht zum Telefon greifen. Er fuhr nicht einmal an ihrer Wohnung vorbei, nicht einmal abends, um zu sehen, ob Licht brannte und sie eventuell Herrenbesuch hatte.

Natürlich hatte sie Herrenbesuch. Vermutlich von einem gewissen Erik. Was mochte er wohl diesmal an der Fahnenstange hochziehen? Den Fernseher? Ihr Bett? Oder vielleicht Mutter selbst – mit nichts anderem bekleidet als ihrem roten Halstuch? Dann konnte sie da hängen, wunderbar, zum Abschrecken und Fürchten. Nur kam ihr Sohn diesmal nicht, um sie im letzten Moment zu retten.

Dann rief sie Gott sei Dank an. Er bekam einen Kloß im Hals, als er ihre Stimme hörte. Die Freundlichkeit, die ihm direkt zu Herzen ging. Und sie erkundigte sich aufrichtig interessiert nach seiner Reise ins Südjütländische. Es sei ein großes Erlebnis gewesen, erzählte er ihr, ohne ins Detail zu gehen. Er freue sich, dorthin zu ziehen und seine neue Arbeit anzutreten.

Sie entschuldigte sich nicht, das tat sie nie. Sie erwähnte den Vorfall vor einigen Tagen gar nicht. Aber er kannte sie gut genug und wusste, wie es ihr ging, innerlich. Ihr ging es richtig schlecht. Als sie ihm erzählte, sie hätte einen Kuchen gebacken, war er hundertprozentig sicher. Ihr schlechtes Gewissen quälte sie. Das letzte Mal hatte sie einen Kuchen gebacken, als er ihre Strafzettel für zu schnelles Fahren bezahlt hatte.

»Was ist es denn für ein Kuchen?«, fragte er, als hätte er es nicht längst erraten.

»Traumkuchen«, sagte sie, »den du so gern magst.«

»Aha«, sagte er nur.

»Wenn du magst, kannst du ja vorbeikommen.«

»Ja, ja«, erwiderte er; er wollte es ihr nicht zu leicht machen.

»Wir könnten doch einen Ausflug machen. Zum alten Haus. Kannst du heute Nachmittag?«

»Ich muss noch packen«, sagte er.

Und dann legte er auf. Einfach so.

Er hörte sie noch immer sagen: »Wenn du magst.« Er lachte in sich hinein. Selbstverständlich mochte er. Bestimmt würde sie ein dummes Gesicht ziehen, wenn er plötzlich abgereist wäre, ohne sich ordentlich verabschiedet zu haben. Warum musste sie aber auch so verdammt stolz sein.

Dieses Mal würde er ihr keine Blumen mitbringen.

Sie parkten am Waldrand und aßen Traumkuchen. Sie verstand nicht, warum sie nicht näher ans Haus heranfahren konnten, aber er wollte von niemandem wiedererkannt werden. Außerdem konnten sie von hier aus alles sehen, vor allem, wenn sie das Fernglas benutzten.

Als sie einmal zu nahe am Haus hielten, hatten die neuen Eigentümer sie erkannt. Es war nicht sonderlich angenehm gewesen, zumindest nicht für ihn. Die jungen Menschen kamen heraus, begrüßten sie und luden sie ins Haus ein. Sonja sagte ja, danke, er sagte nein, aber schließlich hatten sie ihn überredet.

Mutter hatte es nicht gestört, die Inneneinrichtung des Hauses umgestaltet, ja, bis ins Unkenntliche misshandelt zu sehen; sie schien geradezu erleichtert darüber. Er musste heimlich weinen. Vor allem, weil sein altes Zimmer verschwunden und zur Gästetoilette umgebaut worden war. Danach hatte er viele Nächte nicht schlafen können, als hätte man etwas in ihm in Stücke gerissen. Von da an konnte er nicht mehr an sein altes Zimmer denken, ohne eine Toilette vor sich zu sehen.

Sie zog ihn ein wenig auf und nannte ihn sentimental, aber schließlich handelte es sich auch nicht um das Haus ihrer Kindheit. Sie hatte viele Jahre dort gewohnt, länger als er, aber sie war dort nicht zur Welt gekommen. Und sie war dort nicht aufgewachsen. Der Ort, an dem man seine Kindheit verbracht hat, würde immer etwas Besonderes sein. Eine heilige Stätte! Sie zeigte Verständnis, wenn er es ihr erklärte. Schließlich war sie mit hierhergekommen. Und sie hatte Traumkuchen gebacken. Er schmeckte wie immer.

»Sie haben neue Fenster«, sagte er und reichte ihr das Fernglas.

»Das wurde aber auch Zeit«, sagte sie, »die alten ließen sich gar nicht mehr öffnen.«

»Aber diese neuen Fenster sind hässlich. Warum suchen sie sich nicht Fenster aus, die aussehen wie die alten?«

»Wieso fahren wir überhaupt hierher, wenn es dir so wehtut, wie sie das Haus umbauen?«, fragte sie.

Nein, es war doch nicht allein der Schmerz, der ihn hierherzog, noch immer lag etwas über dem Haus, das in ihm die Erinnerungen wachrief. Noch immer gab es ein paar kleine Dinge. Im Garten zum Beispiel. Die Blutbuche stand noch. Und solange sie stand, hatte es Sinn, hierherzukommen.

Auch die alte Garage existierte noch. Eigentlich merkwürdig, dass man sie nicht abgerissen hatte. Die Garage war total verfallen, aber die Kinder wussten etwas mir ihr anzufangen. So wie es aussah, wurde sie als Spielhütte genutzt.

Es hatte etwas Rührendes, hier wieder Kinder zu sehen. Und gleichzeitig etwas Beunruhigendes. Eigentlich eher Letzteres. Denn es würde nun auch ihr Elternhaus werden. Als Robert das letzte Mal sein Elternhaus besucht hatte, kurz bevor das Haus verkauft wurde, hatte er in der Garagentür kleine Löcher gefunden. Und als er lange genug mit einem Nagel am Lack gekratzt hatte, stieß er auf Schrot. Aus einem Luftgewehr. Schrot, den er damals als Junge verschossen hatte. Mit einem Luftgewehr der Marke Diana 22. Er hatte eine Schießscheibe ans Tor gehängt, doch der Schrot schlug durch die Scheibe ins Holz dahinter. In wenigen Jahren, wenn die neuen Kinder größer waren, würden sie vielleicht auch ein Luftgewehr bekommen, und dann würden neue Löcher mit neuem Schrot geschossen, die den alten überdeckten. Und irgendwann würde man nicht mehr wissen, wie es einmal begonnen hatte. Ein beunruhigender Gedanke. Robert mochte ihn nicht zu Ende denken.

»Wieso bist du eigentlich nicht hier wohnen geblieben?«, wollte er von seiner Mutter wissen.

»Weil Vater starb«, antwortete sie.

»Deshalb hättest du doch wohnen bleiben können. Dann würden wir jetzt unter der Blutbuche sitzen und Traumkuchen essen. Und über Vater reden.«

Sie zuckte ein wenig zusammen; das tat sie immer, wenn er Vater erwähnte. Auch wenn sie damit angefangen hatte. Noch immer hatte sie es nicht überwunden.

»Ich wollte fort, ich wollte von vorn anfangen«, sagte sie.

»Hattest du Angst, du würdest ihn zu sehr vermissen?«

Es dauerte ziemlich lange, bis sie antwortete, aber es lag auch an einem Stückchen Traumkuchen, an dem sie sich verschluckt hatte. Sie hustete und räusperte sich, bis sie rote Augen bekam. Schließlich sagte sie: »Ja. Vielleicht.«

»Aber wieso in die Stadt? Zu einer Jugendliebe, die du seit dreißig Jahren nicht mehr gesehen hattest! Du bist in schlechte Gesellschaft geraten, Mutter. Und du hast geglaubt, du könntest dich von allem wegsaufen. Wenn du weiter in dem alten Haus gewohnt hättest, wäre das nicht passiert. Möglicherweise hättest du dann auch keinen Autounfall gehabt und wärst jetzt nicht auf den Rollstuhl angewiesen.«

»Ich habe viel mehr getrunken, als Vater noch lebte. Das hast du bloß nie gemerkt. Und wahrlich nicht nur Kirschwein!«

Er stieg aus dem Auto, denn er hatte plötzlich das Gefühl, seine Beine ein wenig strecken zu müssen.

Über ihm sangen die Vögel, er versuchte, ihre Stimmen zu dechiffrieren. Es war jedes Jahr das Gleiche, gegen Ende des Sommers glaubte er, sie alle zu kennen, doch im nächsten Frühjahr musste er wieder von vorn anfangen.

Seine Mutter streckte den Kopf aus dem Fenster, um sicherzugehen, dass er sie hörte.

»Wenn ihr nicht hingeguckt habt, habe ich mir Brennspiritus reingekippt!«

Robert beschloss, ein wenig im Wald spazieren zu gehen. Er hatte das Bedürfnis, das Frühjahr allein zu genießen, wenigstens eine Viertelstunde lang. Zum Glück konnte seine gelähmte Mutter nicht so ohne weiteres hinter ihm herlaufen. Und da sie sein Auto genommen hatten, das sie nicht fahren konnte, musste sie warten, bis er zurückkam.

Sie rief ihm nach, aber ihre Rufe wurden schwächer, je weiter er sich von der Straße entfernte. Er lief, bis er sie nicht mehr hörte. Dann pflückte er ein paar Anemonen, über der Wiese kreiste ein Turmfalke.

Das kleine Wirtshaus kannte er recht gut. Er setzte sich an einen Tisch auf der Terrasse, unter den Jasminbusch in der Ecke. Zum Glück war der Tisch frei. Wenn er sich beeilte, konnte er schon ein Glas Bier trinken. Mutter schadete es nicht, wenn sie eine Weile auf ihn warten musste; schließlich hatte er vier Tage auf ihren Anruf gewartet. Und um einen Streit zu vermeiden, mussten sie sich beide ein wenig abkühlen.

Als er eine Stunde später zum Auto zurückging, bekam er plötzlich Angst, einen Fehler begangen zu haben. Er war ein mieser Kerl, der seine eigene Mutter misshandelte. Aber er tat es doch nur, weil er sie liebte, vielleicht zu sehr; aber eben deshalb konnte sie ihn ja so leicht aus der Fassung bringen.

Hauptsache, sie war nicht verschwunden und ihr war nichts zugestoßen! Möglicherweise hatte sie jemanden zu Hilfe gerufen … Es hätte jemand vorbeikommen können. Was würde sie dem wohl erzählt haben?

Robert lief das letzte Stück des Wegs und hatte mit einem Mal das Gefühl, den Wald nicht mehr zu kennen; wo hatte er den Wagen geparkt?

Schließlich fand er ihn, Gott sei Dank, und Mutter saß noch im Auto. Sie schien zu schlafen, doch als er die Wagentür zuschlug, erwachte sie.

»Wo bist du gewesen?«, jammerte sie.

»Ich habe einen kleinen Spaziergang gemacht«, sagte er. »Und dabei offenbar die Zeit vergessen. Aber ich habe eine Überraschung für dich.«

Er überreichte ihr die Anemonen. Sie ließen ein wenig die Köpfe hängen, wie es bei Anemonen rasch passiert, aber es war ja der Gedanke, der zählte. Seltsamerweise freute sie sich nicht sonderlich darüber. Auch sie ließ den Kopf hängen.

Dann begriff er, was geschehen war. Nun roch er es. Auf der Fahrt sorgte er für Durchzug. Und aus den Augenwinkeln sah er den Fleck auf ihrem Sitz. Er ließ sich nichts anmerken, so viel Feingefühl hatte er. Sie tat ihm leid, er wusste, wie eitel sie war und wie stolz auf ihr neues Kleid. Das konnte man waschen. Den Autositz auch. Sobald sie nach Hause kamen, würde sie ein warmes Bad nehmen, dafür würde er sorgen. Er wollte sie schrubben und scheuern und hinterher ins Bett stecken.

Im Großen und Ganzen war es ein schöner Nachmittag gewesen. Sie hatten sich nicht gestritten, das war das Wichtigste. Und sie hatten sich in gewisser Weise voneinander verabschiedet. Wenn sie nur aufhören würde, den Kopf so hängen zu lassen.

## *Kapitel 3*

Als der neue Landpolizist zum ersten Mal zu einem Einsatz gerufen wurde, stand er im Garten und installierte ein Futterbrett für die Vögel. Ein tadelloses Futterbrett, mit Strohdach, er hatte es vom Bürgermeister als Begrüßungsgeschenk bekommen. Warum auch nicht? Wenn das Rathaus der Stadt ein Reetdach hatte, konnte doch auch das Futterbrett vor dem Fenster des Landpolizisten ein Strohdach haben. Zumal Robert nichts dagegen hatte, an seinem Schreibtisch zu sitzen und den Vögeln in seinem Garten zuzuschauen. Aber selbstverständlich nur, wenn es nichts anderes zu erledigen gab. Bisher hatte es nicht sehr viel gegeben.

Aber dann klingelte tatsächlich das Telefon, und es war nicht das private, sondern der Apparat im Büro. Das Fenster stand offen, er hatte das Telefon auf das Fensterbrett gestellt, um es vom Garten aus erreichen zu können. Der Leiter des Konsums wollte einen Ladendiebstahl anzeigen. Er hätte zwei Jugendliche auf frischer Tat ertappt, sagte er, als sie Süßigkeiten und Zigaretten stahlen. Robert versprach, sofort zu kommen.

Er musste sich nur die Gummistiefel ausziehen, über sein Haar bürsten und die Uniform richten.

Es gab keinen Grund, den Wagen zu nehmen, denn der Konsum lag nur einen Steinwurf weit entfernt. Es war bedeckt und windig; seit Robert vor einer Woche begonnen hatte, hatte sich das Wetter nicht geändert. Aber der Sommer konnte jetzt jeden Tag kommen. Zumindest behauptete es der deutsche Wetterbericht, dem man hier in der Gegend vertraute. Tatsächlich sahen nicht viele das dänische Fernsehprogramm, außer Robert. Vor allem auf das Fußballtoto am Samstag konnte er nicht verzichten. Beim letzten Mal hatte er das Dong-Spiel allein gespielt und sich dabei ziemlich betrunken. Er war eingeschlafen, ohne die Sendung zu Ende zu sehen, auch die dreizehn Richtigen hatte er sich nicht notieren können. Als er am nächsten Morgen aufwachte, lag er mit einer Bierflasche in der Hand auf dem Teppich, während er die andere Hand nach dem noch immer laufenden Fernseher ausstreckte. Er hatte den Fernseher offenbar abschalten wollen, auf allen vieren, war aber auf halbem Wege eingeschlafen.

Natürlich hatte er nichts gewonnen. Und Mutter auch nicht, ihre Reihe kannte er ja auswendig. Hatte sie die Sendung am Samstag auch allein gesehen? Und sich betrunken? Am Abend würde er sie anrufen, vielleicht vermisste sie ihn ja. Oder hatte sie inzwischen andere Interessen ... Aber daran mochte er jetzt nicht denken.

Vor ihm lag seine erste Polizeiaufgabe, und er freute sich. Ein Ladendiebstahl war nicht schwierig, damit hatte er in Kopenhagen oft zu tun gehabt. Er vollführte ein paar Tanzschritte auf dem Bürgersteig. Eins, zwei, Wiegeschritt. Es sah sicher niemand zu.

Als er den Laden betrat, erwartete ihn der Inhaber bereits. Es war ein kleiner, korpulenter Mann mit einer großen Brille, der Moos hieß. Die meisten nannten ihn Kaufmann Moos, das klang so gemütlich; offenbar hatte er auch nichts dagegen, denn seine Frau nannte ihn ebenfalls so. Sie hieß Nina und hatte Robert bedient, als er am ersten Tag in der Stadt die Gummistiefel gekauft hatte. Mit Zöpfen und Holzschuhen stand sie neben ihrem Mann. Außerdem hielten sich noch ein paar Kunden im Laden auf, die zwar ihre Einkäufe erledigt, es aber nicht sonderlich eilig hatten; sie sahen keinerlei Veranlassung, ausgerechnet jetzt nach Hause zu gehen, wenn endlich einmal etwas passierte. Wie würde der neue Beamte eine solche Aufgabe angehen, das interessierte schließlich den ganzen Ort.

Robert überlegte, wo sich die jungen Leute befinden könnten, und der Kaufmann bat ihn, ihm in sein Büro zu folgen. Das Büro war leer, und Robert sah sich desorientiert um – bis Moos einen kleinen Schlüssel hervorzog. Er schloss einen Besenschrank auf, und in der Dunkelheit, zwischen Staubsauger und Reinigungsmitteln, standen die beiden Jungen und duckten sich. Moos steckte die Arme hinein, zog sie, wie Dohlen aus einem Schornstein, nacheinander ans Licht und präsentierte sie Robert.

»So, hier sind die Sünder«, verkündete er.

Als Robert sie nach ihren Namen fragte, antworteten sie so leise und stotternd, dass Moos die Namen wiederholen musste. Knud hatte rote Haare und das Gesicht voller Sommersprossen. Allan war blond und trug eine starke Brille. Und da der Kaufmann ohnehin dabei war, erzählte er auch gleich, wo die beiden wohnten und wer ihre Eltern waren. Moos fügte hinzu: »Mir war die Art, wie sie hier herumstrichen, gleich verdächtig. Man achtet ja mit der Zeit auf so etwas, und ich hatte recht. Ich blinzelte Nina zu, die an der Kasse saß. Als sie gingen und so taten, als wollten sie nichts kaufen, bat ich sie, ihre Pullover hochzuziehen.

Und was soll ich sagen, sie bekamen rote Köpfe. Dann versuchten sie abzuhauen, aber ich war schneller. Ich habe sie in der Besenkammer eingeschlossen, da weiß man wenigstens, wo man sie hat, bis die Polizei kommt. Ja, ja, auf diese Weise haben Nina und ich schon viele Ladendiebe erwischt.«

Moos berichtete es nicht ohne einen gewissen Stolz, allerdings schien Nina diesen Stolz nicht unbedingt zu teilen. So viele Ladendiebe gäbe es in der Stadt ja nun auch wieder nicht, meinte sie. Doch ihr Mann erinnerte sie an den Fall, als sie eine ganze Familie Ausländer erwischt hatten. Vier Kinder, eine Mutter und ein Opa, sie hatten ihre liebe Not damit, alle in den Schrank zu sperren. Nina erzählte es mit einem verlegenen Lachen. Robert wandte sich an die Jungen.

Hatten sie etwas zu sagen? Sie schüttelten den Kopf, stritten nichts ab. Die Schokolade und die Zigaretten lagen auf dem Tisch vor ihnen.

»Seid ihr das erste Mal mit dem Gesetz in Konflikt gekommen?«, wollte Robert wissen.

Beide Jungen sagten ja, laut und gleichzeitig. Nun schaltete sich Kaufmann Moos wieder ein; er meinte, Krüger hätte diesen Knud schon einmal erwischt und ihm eine Verwarnung gegeben. Der Junge widersprach heftig. Eins war jedenfalls klar: Es war kein Protokoll aufgenommen worden.

Die Frage war, ob nun ein Protokoll geschrieben werden sollte. Es gibt gar keine andere Möglichkeit, sagte Robert und zog einen kleinen Notizblock, notierte sich allerdings nichts. Kaufmann Moos räusperte sich und blickte Robert und den Block fragend an, und als er die Handbewegung einer Ohrfeige machte, wiederholte Robert, es gäbe gar keine andere Möglichkeit … Dann verstand Moos endlich die Andeutung. Er zog sich rücklings aus dem Büro zurück und schubste Nina und die Kunden ein wenig zur Seite, die das Ganze von der Tür aus verfolgten und sich auf gar keinen Fall irgendetwas entgehen lassen wollten. Insbesondere als der Landpolizist die Jacke auszog und die Ärmel aufkrempelte, um zu zeigen, dass er wusste, was von ihm erwartet wurde. Moos schloss die Tür von außen.

Robert war allein mit den beiden Dieben.

»Und, was höre ich?«, fragte er.

Er ging auf die beiden zu. Sie wichen erschrocken zurück, einer von ihnen begann bereits zu schluchzen und hatte Tränen in den Augen.

»Soll ich ein Protokoll aufnehmen? Oder wollt ihr lieber eine Ohrfeige?«

»Ohrfeige«, sagte Knud, ohne zu zögern. Der andere überlegte noch. Dann sagte er: »Kommt drauf an, wie hart du zuschlägst. Ob du mit der flachen Hand schlägst oder mit der Faust.«

»Krüger schlug immer nur mit der flachen Hand«, behauptete Knud.

»Woher weißt du denn das?«, fragte Robert. »Ich dachte, du hättest noch nichts mit dem Gesetz zu tun gehabt?«

Sie gingen noch mehr in Deckung. Doch seltsamerweise schlug der neue Polizist nicht. Er blickte zur Tür, um sicherzugehen, dass sie geschlossen war. Hatte er irgendetwas noch Schlimmeres vor? Vielleicht musste man ihm eine Hand in die Hosentasche stecken, wie dem Schmied, wenn sie einen Ball in seinen Garten geschossen hatten und ihn gern wiederhaben wollten? Aber nein, offenbar nicht.

Plötzlich klatschte Robert in die Hände, ein paar Mal, so fest er konnte. Die Jungen sahen ihn verwirrt an.

»Verflucht noch mal, es tut euch weh!«, flüsterte er.

Und dann klatschte er wieder, direkt vor ihren Gesichtern. Nun begriffen sie allmählich, ihre Schreie waren vermutlich noch auf der Hauptstraße zu hören.

»Aufhören, nicht mehr!«, flehte einer der beiden Jungen und der andere schlug mit dem Ellenbogen auf den Tisch, wieder und wieder, wobei er die Augen verdrehte und Speichel aus seinem Mundwinkel das Kinn hinunterrinnen ließ; offenbar war er wohl doch schon mal mit dem Gesetz in Konflikt geraten.

Als sie einen Moment verschnauften, ging die Tür einen Spalt auf und Nina steckte den Kopf herein; eindringlich fragte sie, ob es denn nicht genug sei. Doch Robert schlug ihr die Tür vor der Nase zu, er war noch nicht fertig, er klatschte noch einmal in die Hände und warf einen Stuhl um, bevor er innehielt.

»Versprecht ihr, es nie wieder zu tun?«, fragte er.

»Ja«, schrien die Bengel.

Bevor er sie gehen ließ, flüsterte er ihnen zu: »So billig kommt ihr mir das nächste Mal nicht davon.«

Als er die Tür öffnete, war Nina zur Stelle, um die Kinder zu trösten. Natürlich hatten sie etwas falsch gemacht und mussten bestraft werden, daran ließ sich nichts ändern, aber hinterher wurden sie normalerweise umarmt, bekamen Küsse auf die nassen Wangen und die Versicherung, nun wäre alles wieder gut. Wenn sie versprächen, nicht mehr zu stehlen, wären sie auch im Laden weiterhin willkommen. Doch merkwürdigerweise rannten die Burschen, so schnell sie konnten, an ihr vorbei. Enttäuscht blickte sie ihnen nach.

»Ich hoffe, ich war nicht zu hart«, sagte Robert.

»Ach was«, erwiderte Moos, der Waren in ein Regal sortierte.

»Was werden ihre Eltern sagen?«

»Die erfahren gar nichts davon. Die Jungen behaupten einfach, sie hätten sich geprügelt. Und du musst keine Angst haben, zu hart gewesen zu sein, die können das vertragen. Die sind das gewohnt. Krüger hat bei so einer Gelegenheit mal einen Arm gebrochen, einem Mädchen, und ich glaube, die Eltern haben sogar herausgefunden, wie es passiert ist. Aber sie haben ihm keinerlei Vorwürfe gemacht, und seither hat sie ihre Finger unter Kontrolle behalten. Heute ist Lone ein ziemlich süßes und hübsches Ding, das andere Möglichkeiten hat, um zurechtzukommen ...«

Kaufmann Moos ließ ein anzügliches Lachen hören, und Robert lächelte höflich. Nina sah ihren Mann vorwurfsvoll an.

»Meine Frau mag das nicht«, sagte er. »Sie hat Kinder so gern. Ich weiß nicht, vielleicht, weil wir selbst keine haben.«

Dann lachte er noch einmal und zog Robert zwischen die Regale, schräg gegenüber von den Gummistiefeln stand Keramikgeschirr. Kaufmann Moos zeigte auf einige mit einem gewöhnlichen Blau grundierte und kleinen weißen Blumen verzierte Teebecher.

»Die sind von Nina«, sagte er. »Sie ist gelernte Töpferin und hat mal einen eigenen Laden gehabt. Aber er warf nicht genug ab, die Leute wollen heutzutage kein Kunsthandwerk mehr kaufen. Also versuchen wir, etwas davon hier im Laden loszuwerden.«

Er seufzte schwer; offenbar war es nicht ganz einfach, die Sachen zu verkaufen. Die Becher waren eigentlich nett. Vielleicht ein wenig bunt für Roberts Geschmack, außerdem trank er keinen Tee. Aber eigentlich sollte er damit beginnen, schon oft hatte er sich überlegt, dass Tee seinem Magen besser bekommen würde als all der Kaffee – also beschloss er, vier Becher für vierzig Kronen das Stück zu kaufen.

Als er bezahlte, versicherte er Nina, er würde die Becher nicht aus Nettigkeit kaufen. Sie wären wirklich hübsch, seiner Ansicht nach.

»Hat mein Mann wieder behauptet, sie wären von mir?«, erkundigte sie sich.

»Ja«, sagte er.

»Aber doch nicht die, von mir sind die grünen mit den Fischen, wie oft soll ich ihm denn das noch sagen?«

»Diese sind auch hübsch«, murmelte Robert und konnte sich nicht entscheiden, ob er versuchen sollte, sie umzutauschen, oder ob das total dämlich aussehen würde. Während er noch grübelte, vergaß ihn Nina völlig. Vor dem Ladenfenster stand ein großer Lastwagen und ihre Augen klebten an dem Mann, der darin saß. Er sprang aus dem Führerhaus und lief auf die Ladentür zu. Nun bemerkte Robert ihn auch.

Der große und muskulöse Mann trug einen Cowboyhut und eine Lederjacke mit Fransen. Er sah wirklich aus wie ein Held aus einem der Western, die Robert so gern vor dem Einschlafen sah. Besonders der

Hut wirkte authentisch, Robert hätte gern gewusst, wo er ihn gekauft hatte …

»Jørgen! Was ist denn los?«, rief Nina, als er eintrat.

Statt einer Antwort gab der Mann ihr einen Kuss auf die Wange und hob sie von ihrem Stuhl. Dann schwang er sie herum, bis sie einen Holzschuh verlor. Sie lachte unsicher, aber offenbar gefiel es ihr recht gut.

»Gib mir eine Packung grüne Cecil«, sagte er, als er sie wieder absetzte, »ich hab's wahnsinnig eilig.«

»Was ist denn so dringend?«

»Tages Stier ist ausgebrochen. Und er kann ihn doch nicht allein einfangen.«

»Pass auf dich auf«, sagte Nina.

Aber er hörte sie schon nicht mehr. Bevor er durch die Tür verschwand, hielt er die Zigaretten hoch und rief: »Schreib sie einfach auf die Rechnung!«

Dann saß er wieder in seinem Lastwagen. Nina stand am Fenster und blickte ihm nach, bis er außer Sichtweite geriet.

»Kann man noch immer anschreiben lassen?«, fragte Robert.

»Der ein oder andere schon«, sagte Moos. Er hatte die ganze Zeit über neben ihnen gestanden, aber niemand hatte ihn bemerkt; Jørgen hatte ihn kaum gegrüßt. Nun wandte er sich an Robert.

»Tage ist Ökobauer und meint, den Kühen gehe es am besten, wenn sie auf die traditionelle Weise gedeckt werden, wer auch immer ihm das erzählt hat … Darum hat er einen Stier. Das Problem ist nur, dass der ständig aus seiner Umzäunung ausbricht.«

»Zum Glück haben wir einen Mann wie Jørgen«, sagte Nina. »Er ist der Einzige, der ihn einfangen kann.«

Sie hatte noch immer gerötete Wangen. Auch in den Augen stand etwas, das er vorher nicht bemerkt hatte. Es passt zu ihr, dachte Robert. Wenn man genau hinsah, war sie eigentlich recht hübsch …

»Wir können doch keinen Stier durch die Straßen laufen lassen«, sagte er. »Und auch nicht zulassen, wenn jemand Leib und Leben riskiert, um ihn einzufangen.«

»Ich glaube, Jørgen mag das«, erwiderte Moos. »Da kann er ein bisschen die Muskeln spielen lassen.«

»Trotzdem. Es ist verantwortungslos. Ich kann das nicht gutheißen. Entweder wird der Stier ordentlich angebunden oder der Bauer muss sich von ihm trennen.«

Das Ehepaar lächelte ihn so eigenartig an; sie nahmen ihn doch hoffentlich ernst, schließlich war er hier der Landpolizist.

»Ich danke dir jedenfalls für deine Hilfe bei den Jungen«, sagte Moos. »Wie es scheint, kannst du dir Respekt verschaffen. Jedenfalls bei denen. Ich werde jetzt rausfahren und zusehen, ob Jørgen den Stier einfängt. Oder ob er aufgespießt wird. Du kannst ja mitkommen, wenn du willst.«

Robert hatte bisher noch nie gesehen, wie jemand einen Stier einfing oder aufgespießt wurde. Außer im Fernsehen, besonders in den Cowboyfilmen. Es hatte ihm immer gut gefallen – aber es passierte im Film, niemandem geschah wirklich etwas, doch dies war die Realität. Es war wahrlich etwas anderes. Er entschloss sich mitzukommen, um einzuschätzen, ob die Situation außer Kontrolle geriet. Und gegebenenfalls der Tierarzt geholt werden musste, um den Stier zu töten.

Als sie sich in den Wagen setzten und losfahren wollten, kam Nina mit Roberts Einkaufstüte angelaufen. Die Teebecher!

Kaufmann Moos fuhr an Tages Hof vorbei, hier war der Stier natürlich nicht. Aber sie fanden ihn vergleichsweise schnell, auf dem Wiesenstück unten am Bach. Dort hielten bereits einige Autos, darunter Jørgens Lastwagen. In sicherem Abstand, hinter einem Stacheldrahtzaun, stand eine Handvoll Zuschauer in grünen Gummistiefeln. Robert und Kaufmann Moos gesellten sich zu ihnen. Robert fiel auf, dass er als Einziger keine Gummistiefel trug. Ärgerlich, denn er hatte sich doch gerade ein Paar gekauft; ja, gut, sie waren blau, aber dennoch. Blau passte einfach besser zur Uniform.

In den Filmen wurde gern ein Lasso benutzt, und auch Jørgen hatte ein Seil in der Hand. Aber er warf es nicht, er stand nur da und wartete. Der Stier fraß Gras. Sonst passierte nichts, es war nicht besonders aufregend. Robert wandte sich an die anderen Zuschauer, er begrüßte sie und gab ihnen die Hand. Das gehörte sich so hier draußen auf dem Land, außerdem konnte es nicht schaden. Auf diese Weise lernte er gleich noch ein paar von den Einheimischen kennen. Er gab Hansi die Hand, einem pensionierten Bauern, der noch immer ein bisschen Vieh hielt, obwohl er es eigentlich nicht mehr nötig hatte.

»Er liebt seine Kühe«, sagte Moos, und die anderen nickten ernst.

Neben Hansi stand eine große schüchterne Frau, und als Robert ihr die Hand gab, sagte Hansi: »Tja, das ist also meine Frau. Die beste Kuh im Stall.«

Robert zuckte bei dieser ungewöhnlich derben Art, seine bessere Hälfte vorzustellen, zusammen.

Sie hatte auch gleich Tränen in den Augen, doch dann wiederholte Moos, Hansi würde seine Kühe wirklich lieben. Langsam begriff Robert, dass die Frau weinte, weil sie sich geschmeichelt fühlte.

Dann stand da noch Helmuth, der Postbote. Das Postauto mit den Briefen parkte er oben an der Straße, aber das meiste wären ja ohnehin nur Rechnungen, meinte Helmuth, die würden schon noch rechtzeitig ankommen.

Als Robert Tage die Hand gab und ein ernstes Wort mit ihm reden wollte, wurde er zur Seite geschubst, denn nun geschah etwas auf der Weide. Der Stier ging mit gesenktem Kopf auf Jørgen los und Jørgen musste rückwärts laufen, schneller und schneller; jetzt nahm er die Beine in die Hand und rannte, so schnell er konnte. Glücklicherweise gab es einen Baum, auf den er klettern konnte. Es war nur kein sonderlich großer Baum und der Stier stieß immer wieder seine Hörner gegen den Stamm. Die Baumkrone schwankte gefährlich, die Zweige schaukelten und Jørgen konnte sich nur mit Mühe festhalten. Man durfte nicht an die Folgen denken, wenn er herunterfiele. Eigentlich sollte Jørgen den Stier doch einfangen und in sein Gatter zurückbringen. Auf diese Weise würde es ihm allerdings nicht gelingen, das begriff sogar Robert. Würde er etwa auf den Rücken des Stieres springen und ausprobieren, wie lange er sitzen bleiben konnte, wie in einem

Rodeo? Nur um anzugeben? Nichts deutete darauf hin – und das war auch besser so, denn hier ging es nicht um einen Cowboyfilm, sondern um die Wirklichkeit. Robert sah, wie Jørgen mit dem Stier redete, offenbar versuchte er, ihn durch Freundlichkeit zu beruhigen. Und tatsächlich schien es zu funktionieren. Jetzt ließ sich der Stier sogar hinter den Ohren kraulen! Jørgen hing über einem Zweig und versuchte, dem Stier das Seil über den Kopf zu ziehen. Fast wäre es ihm gelungen, doch dann ließ sich der Stier diesen Unfug nicht länger gefallen; er schüttelte den Kopf und ging mit den Hörnern wieder auf den Baumstamm los.

»Wieso macht er aus dem Seil nicht einfach ein Lasso und wirft es?«, fragte Robert.

»Weil er zwei Schlingen braucht«, erklärte Moos. »Eine fürs Maul und die andere um den Hals, sonst hat es keinen Zweck. Aber vor allem muss er ihn erst einmal beruhigen.«

»Und er muss von dem Baum runter«, sagte Tage. »So kann er ihn doch nicht einfangen.«

»Wie denn?«, wollte Robert wissen.

Tage stand ein wenig abseits und fummelte an dem Stacheldrahtzaun, der auch schon bessere Tage gesehen hatte.

»Wie beim letzten Mal: Sich in einem Ohr festbeißen und mitschleifen lassen, bis er müde ist.«

»Wieso machst du das eigentlich nicht selbst, Tage?«, fragte Hansi. »Ist doch dein Stier.«

Und als einige »hört, hört« riefen, beteiligte sich auch Robert. Er bereute es sofort, denn beinahe hätte er vergessen, warum er mitgekommen war.

»Wenn es nicht bald gelingt, ihn einzufangen«, erklärte er, »muss ein Tierarzt angerufen werden, damit das Tier getötet werden kann. Er könnte sonst auf die Hauptstraße laufen und die Leute auf die Hörner nehmen.«

»Na, so schlimm wird's schon nicht werden«, meinte Tage. Jetzt hatte er die anderen auf seiner Seite.

»Nu' ma' sutje«, sagte Moos und legte eine Hand beruhigend auf Roberts Schulter. »Das heißt, immer mit der Ruhe. Sagen wir hier häufig.«

»Das bedeutet ungefähr das Gleiche wie ruhig Blut«, meinte Helmuth.

»Ja, oder immer langsam mit den jungen Pferden«, ergänzte Hansi und seine Frau griff zu einer Thermoskanne, die im Gras stand.

Sie bot Robert eine Tasse Kaffee an. Helmuth holte ein paar Kekse aus dem Postwagen und verteilte sie. Der Kaffee schmeckte eigenartig, fand Robert, eigentlich nach Schnaps. Es handelte sich um Kaffeepunsch, Kaffee mit Schnaps und Zucker. Robert musste zugeben, dass er gut schmeckte, ihm wurde noch eine Tasse eingegossen. Ein paar Leute hatte er noch nicht begrüßt, jetzt ergab sich die Gelegenheit, Robert gab ihnen die Hand. Auch Nissum war erschienen, der Fahrradmechaniker. Robert hatte ihn an seinem ersten Tag in der Stadt in der Mittagspause besucht, doch Nissum hatte hinten im Laden geschnarcht. Es gab keinen Grund, das zu erwähnen. Nissum musste über siebzig sein, er hatte eine Glatze und zog ein Bein ein wenig nach.

»Du kannst mich ruhig ›Anderthalbschritt-Nissum‹ nennen«, sagte er, »so wie die anderen. Wenn ich mit dem linken Bein einen Schritt mache, mache ich mit dem rechten einen halben. Aber gewöhnlich komme ich dort an, wo ich hinwill.«

»Tja, das kann man wohl sagen«, ließ sich Hansi vernehmen. »Du hast vor allen anderen hier gestanden.«

»Bei uns passiert ja nicht viel«, sagte Anderthalbschritt-Nissum, fast ein wenig entschuldigend. »Es ist schon ein Ereignis, wenn ein Stier ausbricht. Und ich habe es nicht so eilig, ich bin schließlich pensioniert. Oder so gut wie.«

»Na, ganz so weit ist es ja noch nicht. Sonst hättest du Theis nicht solche Konkurrenz gemacht«, sagte Moos. Alle lachten, bis auf Robert. Moos drehte sich um und klärte ihn auf: »Als sich herumsprach, dass Anderthalbschritt-Nissum in Rente gehen wollte, versuchte ein junger Mann mit einer Fahrradwerkstatt sein Glück bei uns. Das hätte er nicht tun sollen. Nein, wirklich nicht, denn er wusste nicht, wie viele Möglichkeiten es gibt, in Rente zu gehen. Nissums Frau hat Geld auf der Bank, darum kann ihr Mann Reparaturen zu Dumpingpreisen übernehmen! Nun ja, allzu viele Kunden hatte Theis nicht. Und zuletzt konnte er seine Rechnungen nicht mehr bezahlen und musste Haus und Hof verlassen. Jetzt ist Nissum wieder der einzige Fahrradmechaniker in der Stadt.«

»Und dann ist er doch noch in Rente gegangen«, sagte Hansi.

Anderthalbschritt-Nissum lachte mit einem zahnlosen Mund und Helmuth von der Post wusste noch zu berichten, oben im Postauto lägen vier Mahnbriefe an Theis. Aber unter seiner alten Adresse könnte man ihn nicht mehr erreichen, und es gab niemanden, der wusste, wohin er gezogen war. Eine schöne Geschichte, nur dumm für die, denen er noch Geld schuldete.

Es wurde sehr ernst genickt, schließlich hatte man zu bezahlen, was man schuldete. Aber das Leben ging weiter, musste ja, und so prosteten sie sich mit Kaffeepunsch zu.

Schließlich begrüßte er noch Doktor Zerlang. Auch er sei zugezogen, teilte der Arzt mit, auch aus Kopenhagen, Robert und er hätten sich sicher viel zu erzählen. Nur hatte Robert irgendwie das Gefühl, als sollte dieses Gespräch erst später stattfinden, sozusagen unter vier Augen. Zerlang trug langes grau meliertes Haar, das zu einem Pferdeschwanz gebunden war, und einen Ring im Ohr. Aber es handelte sich um den Arzt der Gemeinde, das behauptete er zumindest. Und Zerlang fügte hinzu, seiner Ansicht nach hätte Robert gute Chancen, sich hier in der Stadt zurechtzufinden, das würde er regelrecht spüren.

Der Stier lief immer noch um den Baum herum und blickte scheel zu Jørgen hinauf, der auf einem Ast saß und mit den Beinen schlenkerte. Er redete mit dem Stier, nur worüber? Erzählte er ihm Märchen? Kaufmann Moos grinste vor sich hin; so liebevoll würde Jørgen mit seiner Frau jedenfalls nicht sprechen, sagte er.

Nun begann Tage mit aufmunternden Zurufen, allerdings nicht sonderlich laut, er murmelte eher leise vor sich hin. Auch Robert fing an zu rufen – allerdings war er zu laut, und vielleicht auch etwas zu schrill, jedenfalls reichte es aus. Alle zischten ihm zu, still zu sein. Doch zu spät. Der Stier verlor das Interesse an Jørgen und drehte sich zu den Zuschauern um. Ja, beinahe schien es, als wendete er sich Robert zu.

Er zog sich einige Schritte zurück. Hinter dem Stacheldraht befanden sie sich durchaus in Sicherheit, aber andererseits hatte der Stier schon einmal an diesem Tag genau so einen Zaun durchbrochen.

Jørgen nutzte die Gelegenheit, von dem Baum zu klettern. Ohne dass der Stier etwas bemerkte, lief er in einem großen Bogen bis zum anderen Ende der Weide. Dort gab es keinen Baum, Robert verstand es nicht; der Mann stand völlig ungeschützt da.

Es kam Bewegung in die Gruppe der Männer hinter dem Stacheldrahtzaun.

»Oh nein, nicht so«, sagte Tage. »Nicht dahin!«

»Er hat keine andere Möglichkeit«, sagte Moos.

Jørgen warf einen Stein nach dem Stier, der sich erneut umdrehte und direkt auf Jørgen zustürmte. Es sah ziemlich eigenartig aus, denn Jørgen versuchte nicht wegzulaufen; er blieb stehen und wartete ab, mit verschränkten Armen und Todesverachtung im Blick. Robert hielt sich die Hände vor die Augen, konnte es aber nicht lassen, durch die Finger zu blinzeln. Der Stier wurde langsamer, aber sicher nicht aus Gutwilligkeit. Seine Beine schienen plötzlich schwer zu werden, als ob etwas an ihnen zöge. Mit jedem Schritt, den er tat, sank er tiefer und tiefer in den Morast, und schließlich konnte er sich kaum noch bewegen. Er kam einfach nicht mehr weiter, wenige Meter von Jørgen entfernt. Er versank! Und brüllte zum Gotterbarmen, es klang wie das Nebelhorn eines kenternden Schiffs.

Jørgen sprang auf einen kleinen Erdhügel direkt vor der Nase des Tieres. Jetzt sank auch er ein, allerdings nur mit einem Bein; glücklicherweise konnte er es herausziehen und fand festen Grund unter den Füßen. Dann bückte er sich und band vorsichtig das Seil fest.

»Hier hast du deinen Stier, Tage«, sagte er und wandte sich den Zuschauern zu.

Natürlich folgte wüster Jubel. Alle klatschten und pfiffen. Ein paar Kinder, die inzwischen auch dazugestoßen waren, begannen zu tanzen. Tage hingegen murmelte, Jørgen hätte doch bloß die halbe Arbeit erledigt, denn es war ziemlich anstrengend, den Stier herauszuziehen und nach Haus zu bringen. Aber das mochte niemand hören.

Mit unverhohlenem Stolz sprang Jørgen von Grasbüschel zu Grasbüschel bis zu seinen Anhängern.

»Und nun ein Bier«, sagte er.

Die Wirtschaft war gut besucht. Alle sprachen über das dramatische Ereignis, die Stimmung war ausgezeichnet. Robert stand an der Theke, trank ein Mineralwasser und ließ seinen Blick über die Anwesenden schweifen.

Eine Ansammlung von Torfköppen, die nicht trinken konnten, entschied er im Geiste. Kein sonderlich höflicher Gedankengang, doch er konnte nichts dagegen tun. Sie bemühten sich, aber sie vertrugen nichts. Wie viel Zeit war vergangen? Ein paar Stunden, höchstens. Wenn sie wenigstens Whisky getrunken hätten, oder anderen Schnaps, aber alle tranken nur Bier. Gewöhnliches Bier. Sie taumelten zwischen den Tischen, schlugen sich auf die Schultern, prahlten und wurden sentimental. Peinlich, sie zu beobachten und ihnen zuzuhören.

Jørgen gehörte zu den Schlimmsten. Er mochte Stiere einfangen und Frauen herumwirbeln, bis sie rote Bäckchen und lebhafte Augen bekamen, aber nach einem halben Dutzend Gläsern Bier hatte er eine unklare Aussprache und sein Cowboyhut saß schief. Schon eigenartig, dieser Hut. Als Jørgen vor dem Stier davonlief, saß der Hut gerade. Und als wäre er festgeklebt, blieb der Hut auch sitzen, als Jørgen mit dem Kopf nach unten an dem Ast hing und den Stier hinter den Ohren kraulte – und nun hing er ihm schief über dem Ohr. Allerdings hatte er auch außergewöhnlich große und abstehende Ohren. Wenn man genau hinsah, gab es hier in der Gegend wirklich viele Leute mit Segelohren; Segelohren und eine leicht geduckte Haltung – und immer in Gummistiefeln.

Als Jørgen der ganzen Kneipe ein Bier ausgeben wollte, also auch Robert, war er verstimmt, als Robert ablehnte. So etwas tat man hier nicht. Der frühere Wachtmeister hatte immer mit ihnen getrunken, eigentlich hatte er immer am meisten getrunken. Behauptete Jørgen. Unterstützt von Anderthalbschritt-Nissum, Hansi, dem Arzt Zerlang und anderen. Vielleicht verhielt es sich tatsächlich so, doch Robert hatte seinen eigenen Kopf, er ging die Dinge auf seine Weise an. Und jetzt war er der Polizist im Ort. Wenn Jørgen darauf bestand, könnte er ihm gern ein Mineralwasser ausgeben. Aber dazu kam es nicht. Außerdem hatte Robert schon vier Flaschen Mineralwasser getrunken.

Er hätte Jørgen jederzeit unter den Tisch trinken können, da war er sicher, er würde alle hier im Lokal unter den Tisch trinken können. Leider konnte er es nicht unter Beweis stellen, obwohl es ihnen bestimmt ein wenig Respekt abgenötigt hätte. Aber ein Landpolizist musste nüchtern bleiben, möglicherweise wurde er schon bald benötigt.

Ihn wunderte, dass so viele Leute Zeit hatten, an einem gewöhnlichen Wochentag nachmittags im Wirtshaus zu sitzen, eigentlich müssten sie doch ihrer Arbeit nachgehen. Aber möglicherweise waren es ja pensionierte Bauern, soweit er wusste, gab es hier in der Gegend viele von ihnen. Ja, im Grunde handelte es sich um nichts anderes als eine Ansammlung pensionierter Bauern in Gummistiefeln, dachte er, mit abstehenden Ohren und einer geduckten Haltung – ein weiterer nicht sonderlich höflicher Gedankengang. Aber aus irgendeinem Grund fühlte er sich nicht in der Stimmung, höflich zu sein, er war durstig. Sehr durstig. Er bestellte noch ein Mineralwasser.

In diesem Moment betrat Tage das Lokal. Er hatte den Stier offenbar aus dem Schlick gezogen und nach Hause geschafft. Und nun wollte er schauen, ob ihm irgendetwas entging. Was auch immer es sein mochte. Er musste sein Bier selbst bezahlen. So weit kam's noch, eigentlich hätte er doch eine Runde ausgeben müssen.

Tage war bei den anderen nicht sonderlich beliebt, das war zu spüren. Und nach und nach unterhielten sie sich über ihn, als wäre er gar nicht da.

»Wir haben ihm ja gesagt, er soll sich keinen Stier anschaffen. Aber er wollte nicht hören. Er wusste es ja besser als wir alle zusammen. Aber so ist das mit diesen Ökobauern, sie glauben zu wissen, wie man die Landwirtschaft zu betreiben hat. Und das, was wir anderen machen, ist vollkommen falsch. Die haben ein gutes Gewissen, denn sie haben das Grundwasser ja nicht verunreinigt und das Land nicht an den Rand des Ruins gebracht. Aber dafür sind sie für eine ganze Menge anderer Unglücke verantwortlich. Und dann ist es gut, wenn andere zu Hilfe kommen können, zum Beispiel Jørgen. Die Frage ist nur, wie lange er noch dazu bereit ist.«

Und in dieser Form ging es weiter.

»Nun aber mal halblang«, unterbrach Jørgen die Gespräche. »Was soll denn das heißen, zum Beispiel Jørgen? Das ist eine Beleidigung. Es gibt doch gar keinen anderen außer mir. Oder habe ich jemanden vergessen? Wen außer mir könnt ihr denn anrufen, wenn ihr Probleme habt?«

Sie blieben ihm die Antwort schuldig.

Tage warf einen vorsichtigen Blick auf den Landpolizisten, und Robert überlegte, ob er auf sich aufmerksam machen und sagen sollte, sie wären jederzeit willkommen, sich mit ihm in Verbindung zu setzen, wenn irgendetwas anläge. Aber er ließ es. Hier in der Provinz musste man mit derartiger Reklame für sich vorsichtig sein. Das würde alles schon noch kommen, wenn sie ihn erst einmal besser kennengelernt hatten.

Jørgen begann zu erzählen, wie er einmal ein Wildschwein mit bloßen Fäusten gefangen hatte. Ein Bauer oben am Wald hatte sich gewundert, warum seine Säue gestreifte Ferkel warfen, denn normalerweise wurden sie rosa geboren. Also rief er Jørgen, was sonst. Jørgen legte sich auf die Lauer, und gegen Morgen sah er, wie ein Wildschweineber aus dem Wald kam, in den Schweinestall des Bauern eindrang und sämtliche Säue deckte, eine nach der anderen. Das war vielleicht ein Anblick. Der ging richtig zur Sache und die Säue hatten bestimmt nichts dagegen. Aber das konnte ja nicht angehen, und so stürzte sich Jørgen schließlich auf das Wildschwein, drehte ihm den Hals um und setzte sich drauf …

Die Gäste genossen einige Zeit in andächtiger Stille die spektakuläre Vorstellung vor ihrem inneren Blick, einige legten den Kopf in den Nacken und lachten in Richtung Decke. Dann erzählte ihnen Jørgen den letzten Teil der Geschichte noch einmal.

Irritiert über Jørgens lallend fröhliche Selbstzufriedenheit und die übertriebene Heldenverehrung der anderen unterbrach ihn Tage.

»Ja, du kannst mit Tieren, Jørgen. Das muss man dir lassen. Du bist unglaublich gut zu Tieren.«

»Was meinst du damit?«

In Roberts Innereien begann es zu rumoren, er spürte, wie sich etwas anbahnte, also sprang er vom Thekenhocker und beeilte sich, auf die Toilette zu kommen. Auf dem Weg hörte er, wie Tage fortfuhr.

»Nichts anderes als das, was ich sage. Na ja, bevor ich es vergesse, ich soll dich von deiner Frau grüßen. Sie war gerade bei mir. Sie hatte keine Ahnung, wo du bleibst. Sie hatte von der Sache mit dem Stier gehört und hat sich Sorgen gemacht. Aber ich konnte sie beruhigen ... Weil du doch selbst keine Zeit hast.«

Jørgen sprang auf und holte in Tages Richtung aus. Robert hatte es bis zur Toilette geschafft und konnte sich nur vorstellen, was sich in der Wirtsstube abspielte. Er hörte einen Tumult und das Splittern von Glas, während er auf dem Klo saß und presste; aber es kam nichts als eine Menge Luft – allerdings so plötzlich, dass das Spektakel nebenan beinahe übertönt wurde.

Auf dem Rückweg blieb er einen Moment an der Tür stehen, bevor er den Schankraum betrat. Man hatte Jørgen in eine Ecke geschubst, er wurde von einigen

Männern festgehalten, unter anderem von Doktor Zerlang. Robert ging mit drohender Miene auf sie zu.

»Was geht hier vor?«

Niemand sagte etwas, aber das war auch nicht nötig. Tage lag auf einem Tisch, Blut tropfte ihm aus der Nase. Und Jørgen versuchte sich loszureißen.

»Schluss jetzt«, befahl Robert. »Oder du kommst mit! Hast du verstanden?«

»Genau, ruhig Blut«, sagte Zerlang.

»Immer langsam mit den jungen Pferden«, sagte Hansi unter einem der Tische.

Und Robert ergänzte in gebrochenem Jütländisch: »Nu' ma' sutje.«

Jørgen blickte ihn fassungslos an, was zum Teufel war denn das? Dann begann er zu lachen, er riss sich los und setzte sich auf seinen Platz. Robert und Doktor Zerlang fanden es am sinnvollsten, sich neben ihn zu setzen, jeder an einer Seite. Jørgen wollte wissen, ob er nun eine besondere pädagogische Betreuung bekäme, und zog an Zerlangs Pferdeschwanz, eigentlich nur aus Spaß, doch fest genug, um Zerlang das Wasser in die Augen treten zu lassen.

Tage war aufgestanden und setzte sich in die entgegengesetzte Ecke, er wischte sich mit dem Ärmel ein wenig Nasenblut ab.

Als der Kellner die gröbsten Glasscherben aufgekehrt hatte und wieder Bestellungen entgegennahm, bat Robert um ein Starkbier.

»Ich dachte, du trinkst nur Mineralwasser«, sagte Jørgen.

»Dachte ich auch«, antwortete Robert.

Er hatte höhnisches Gelächter erwartet, doch es war

ihm vollkommen egal, er musste jetzt ein ausgewachsenes Bier trinken. Und tatsächlich lachte der ein oder andere, allerdings nicht boshaft, eher respektvoll. Sie verstanden, wie es ihm ging.

Schon kam der Kellner mit der Flasche und schenkte ein. Zügig und elegant, gleichzeitig sah er Robert mit einem Blick an, als wollte er fragen: Ist das auch klug? Dann warf er einen Blick auf den leeren Stuhl, auf dem Krüger wohl gewöhnlich saß. Robert reagierte nicht und nahm einen Schluck, während alle Augen sich auf ihn richteten.

»Unser neuer Wachtmeister trinkt Starkbier«, brüllte Jørgen in die Runde.

Alle prosteten Robert zu und hießen ihn noch einmal in der Stadt willkommen, auch der Kellner, so wäre es schließlich nicht gemeint gewesen. Und Zerlang wiederholte seine Ansicht, dass Robert gute Chancen hätte, sich hier einzuleben. Er solle bloß der sein, der er war, alles andere würde sich mit der Zeit ergeben.

Robert hatte plötzlich eine bessere Meinung über die Runde. Alle lächelten ihm so freundlich zu, bei Licht besehen handelte es sich doch um nette und angenehme Menschen. Und sie mochten ihn, das spürte er, und es tat ihm gut. Er sollte bloß der sein, der er war, und abwarten – das sollte ihm wohl noch gelingen. Jørgen roch ziemlich grenzwertig nach Kuhstall, aber selbst darin lag eine gewisse Geborgenheit. Gern hätte er den Kopf an seine Schulter gelehnt, aber das würde zu nichts führen. Das Starkbier schmeckte richtig gut! Wenn er nicht achtgab, würde er möglicherweise noch eins bestellen.

Jørgen ließ sich nun darüber aus, welch eine wunderbare Frau er hätte. Und er wüsste, dass Ingerlise ihm treu war. Möglicherweise flirtete sie manchmal mit dem ein oder anderen, aber das hatte nichts zu bedeuten, er konnte ihr vertrauen. Doktor Zerlang gab ihm recht, Jørgen wäre ein glücklicher Mann.

Tage schaute boshaft von der anderen Seite des Raumes herüber. Plötzlich stand er auf und brüllte über die Gäste hinweg: »Zum Teufel, wieso landet dieser Mann nicht im Gefängnis? Der ist verdammt gefährlich. Krüger wollte nichts unternehmen, aber jetzt haben wir doch einen neuen Polizisten. Sieht aber nicht so aus, als wäre der viel besser. Verflucht noch mal: Jørgen hat seine ›geliebte‹ Ingerlise mehr als einmal ins Krankenhaus gebracht!«

Jørgen sprang auf und wollte wieder auf Tage losgehen, dem es gelang, sich hinter einem Tisch zu verschanzen. Robert versuchte, zur Besonnenheit zu mahnen, aber ohne größeren Erfolg. Jørgen schlug um sich, und noch ein paar Flaschen fielen vom Tisch und zersplitterten am Boden. Der Kellner beschwor Robert: »Du musst ihn jetzt aufhalten oder anrufen und um Unterstützung bitten, sonst erledige ich das!«

Robert verwarnte Jørgen ein letztes Mal; wenn er nicht sofort aufhöre, müsse er ihn nach Tønder ins Untersuchungsgefängnis bringen. Doch das beeindruckte Jørgen nicht sonderlich. Er sah Robert in die Augen und fragte: »Wieso bist du hier? Normalerweise ist irgendetwas nicht in Ordnung mit denen, die wir aus der Hauptstadt geschickt bekommen. Irgendetwas ist los, das hat auch Krüger gesagt, das stand in seinen Papieren. Er wollte bloß nicht verraten, was. Aber das kriegen wir schon noch raus, früher oder später …«

Robert trat ganz dicht an Jørgen heran, bis ihre Gesichter sich beinahe berührten. Die Gäste zogen sich ein wenig zurück. Robert bebte vor Zorn, aber er wusste nicht, was er unternehmen sollte. Es rumorte schon wieder in seinem Magen, und er blickte verstohlen zur Toilettentür. Aber er blieb stehen, denn das wäre jetzt sicherlich nicht hilfreich. Stattdessen ließ er die Finger an der Rückenlehne eines Stuhles hinabgleiten, griff fest zu und hob ihn in die Luft – in diesem Moment trat ein neuer Gast in die Tür. Eine hübsche Frau Anfang vierzig in einem kurzen, eng sitzenden Kleid. Jørgen widmete ihr sofort seine gesamte Aufmerksamkeit, Robert vergaß er vollkommen.

»Ingerlise«, seufzte er und ging ihr entgegen.

Robert stellte den Stuhl ab und setzte sich wieder auf seinen Platz. Er war über sich selbst erschrocken und vertraute Zerlang an, am liebsten niemanden einsperren zu wollen, jedenfalls nicht in der ersten Zeit. Es sei denn, es läge ein wirklich triftiger Grund vor, und das schien ihm hier nicht der Fall zu sein. Wenn man alles in Betracht zog. Jørgen sei offenbar ein schwieriger Fall, aber das war er ja auch für den alten Polizisten gewesen.

Zerlangs Blick wanderte immer wieder zu dem Stuhl, den Robert sich gegriffen hatte.

Jørgen und Ingerlise standen an der Theke und stritten sich.

»Du hättest zumindest zu Hause anrufen können«, zischte sie. »Du hast gesagt, du wärst bei Tage, aber da warst du nicht. Also konnte ich mir ja ausrechnen, wo ich dich finde.«

Er bat sie, still zu sein, aber ohne Wirkung; sie

schien sich in einen hysterischen Anfall hineinzusteigern. Und plötzlich drückte sie sich unglücklich an ihn.

»Alle lachen über mich«, sagte sie, »auch jetzt, hörst du es nicht?«

Jørgen nahm sie liebevoll in den Arm: »Solange ich hier bin, wird dir niemand etwas tun.«

Genau das wollte Ingerlise hören. Zusammen gingen sie auf die Straße. Die Gäste des Wirtshauses sahen kopfschüttelnd zu.

Es wurde allmählich dunkel. Das aufsehenerregende Paar blieb auf dem Bürgersteig vor dem Lokal stehen. Ein paar Gäste waren ihnen auf die Eingangstreppe gefolgt, von dort aus schauten sie ihnen zu.

Ohne Rücksicht auf eventuelle Zuschauer verlor das Pärchen sich ineinander. Mit einem leidenschaftlichen Zungenkuss klebte sie an ihm. Dann gingen sie den Bürgersteig hinunter, eng umschlungen.

Robert und Zerlang waren sitzen geblieben, konnten den Auftritt aber durchs Fenster verfolgen.

»Er hat wirklich mehr als einmal Bürgern dieser Stadt Arme und Beine gebrochen«, sagte Zerlang, »besonders die seiner Frau.«

»Wir müssen hier Ordnung schaffen«, sagte Robert. »Diese Stadt muss zivilisiert werden. Und es gibt niemand anderen als uns, um es zu tun.«

»Zivilisiert?«, fragte Zerlang. »Das klingt schon wieder so gewaltig, geht es nicht ein bisschen kleiner?«

Robert begriff, dass er den Mund wohl ein wenig zu voll genommen hatte. Er klang wie der Sheriff in einem Wildwestfilm, einer von denen, die bis zum bitteren

Ende für die Gerechtigkeit kämpfen. Eigentlich war er doch glücklich, wenn er Probleme vermeiden konnte.

»Jedenfalls müssen die Vorschriften beachtet werden«, sagte er.

Das verstand Zerlang besser. Robert gab ihm zum Abschied die Hand und winkte den anderen zu. Dann ging er nach Hause. Doch er gestattete sich einen kleinen Umweg, es war ein so schöner Abend – und vielleicht konnte er auch noch einen letzten Blick auf das famose Paar werfen.

Als er sie fand, standen sie in einem Gebüsch und fummelten aneinander herum. Sie begann, seine edelsten Teile zu liebkosen, außerhalb der Hose. Jørgen seufzte hingerissen, es gäbe keine hübschere Frau, und beugte sich über sie. Einer ihrer Schenkel war fast bis zum Schritt entblößt, ihr Gesicht tauchte über Jørgens Schulter auf. Jetzt entdeckte sie Robert. Sie schaute ihn mit ihren großen, allzu blauen Augen an. Robert hatte nicht den Eindruck, als sähe sie glücklich aus, sie schien ihn aufzufordern, etwas zu unternehmen. Ihr weicher Mund schien zu sagen: Hilf mir!

Jørgen spürte, dass jemand hinter ihm stand, und drehte sich mit einer raschen Bewegung um. Erst jetzt konnte sich Robert von dem Anblick losreißen. Hastig ging er weiter, den Bürgersteig hinunter. Hinter ihm hörte er sie lachen, aber er wollte sich nicht umdrehen. Auch nicht, als er Schritte vernahm, und es klang, als kämen sie näher … Er ging immer schneller, schließlich lief er über den Platz, am Rathaus und der Fahrradwerkstatt vorbei, bis er sich zu Hause in Sicherheit wähnte.

Mit dem Rücken an die Innenseite der Tür gelehnt,

atmete er erleichtert auf und schaute auf die Uhr. Es war zu spät, um Mutter anzurufen.

## *Kapitel 4*

Es ärgerte ihn, dass Ingerlise ausgerechnet gekommen war, als er geschlafen hatte. Noch dazu im Büro, an seinem Schreibtisch. Hoffentlich hatte er nicht geschnarcht.

Wie konnte er überhaupt mitten am Tag einschlafen? Das war ihm nie passiert, als er noch in Kopenhagen lebte. Er stand doch nicht früher auf und ging auch nicht später zu Bett.

Es könnte etwas mit dem großen und massiven Schreibtisch zu tun haben, an dem er saß, eigentlich schien es ganz natürlich, sich darüberzulehnen, den Kopf auf den Arm zu legen – und einzuschlafen. Krüger hatte es ja auch so gehalten, vielleicht »haftete« ihm ja etwas an.

Außerdem war es hier so verdammt ruhig, selten hörte man etwas anderes als die Vögel, und obwohl sie hübsch sangen und es viele Vögel gab, konnten sie ihn nicht wach halten. Jedenfalls nicht mittags. Dafür weckten sie ihn morgens, wenn er nicht an seine Ohrenstöpsel gedacht hatte, es war wirklich ein höllisches Pfeifkonzert. Eines Morgens hatte er mit Stöpseln in den Ohren und dem Fernglas vor den Augen die Vögel auf dem Futterbrett beobachtet. Ein lustiges Treiben, ein Gefühl von Frühling – doch dann war der Kater des Nachbarn in den Garten gekommen. Ein Buchfink hatte ihn nicht rechtzeitig bemerkt. Robert hatte warnend an die Scheibe geklopft, da war der Kater allerdings bereits auf das Brett gesprungen und hatte den Vogel in seinen Krallen. Das Brett sah merkwürdig aus mit einem so feisten Kater, der kaum unter das kleine Strohdach passte. Wenn er wenigstens mit dem Vogel im Maul heruntergesprungen und weggelaufen wäre, aber nein, er musste ihn unbedingt dort verspeisen. Robert wurde übel vom Zusehen. Es schnitt ihm ins Herz, er musste sich ein wenig aufs Sofa legen.

Und der Kater war nicht zum letzten Mal zu Besuch gekommen.

Robert bat den Nachbarn, den Kater im Haus zu behalten, jedenfalls solange die Vögel Junge hatten, aber weit kam er damit nicht; so etwas sei auf dem Land nicht üblich, es täte ihm leid. Der Nachbar schlug stattdessen vor, das Brett höher anzubringen, damit der Kater nicht hinaufspringen konnte. Aber das war leichter gesagt als getan, denn dazu brauchte er einen längeren Pfahl, und er musste ein tieferes Loch graben, und das schaffte Probleme, wie er wusste. Denn schon nach ein paar Spatenstichen sickerte Wasser durch, so hoch stand das Grundwasser. Das Wasser schwappte hier unter allem, es war schon einigermaßen erschreckend. Eines Tages würde der Ort vielleicht in der Tiefe versinken und verschwinden, wie Atlantis. Dieser Gedanke ging ihm nicht mehr aus dem Kopf. Allerdings hatte die Stadt nicht viel von Atlantis.

Ärgerlicherweise gelang es ihm auch nicht, den Garten so herzurichten wie daheim am alten Haus. So ohne weiteres gedieh hier nichts, schon gar keine größeren Bäume. Viele Blutbuchen hatte er bisher nicht gesehen. Allerdings hatte er die alte Hecke, die vor dem Wind schützen sollte, herausgerissen und eine neue gepflanzt. Eine gute Windschutzhecke war enorm wichtig in dieser Gegend. Sie zog sich bis ans Haus, und wenn die Sonne schien, konnte man einigermaßen windgeschützt zu Mittag essen, ein gutes Buch lesen oder sich bloß ausruhen. Schon wieder. Warum war er nur so fokussiert auf ein kleines Nickerchen? Mitten am Tag gab es so etwas doch nur bei älteren Leuten?

Vermutlich, weil so viele andere Menschen in der Stadt auch ihr Mittagsschläfchen hielten, das erschien ihm als die plausibelste Erklärung; wieso sollte er es nicht ebenfalls so halten? Er begann sich lediglich einzugewöhnen, darüber musste man sich keine Sorgen machen. Im Gegenteil, so ergab es einen Sinn.

Dennoch ärgerte es ihn, dass Ingerlise ausgerechnet jetzt erschien und nicht einmal so rücksichtsvoll war, später wiederzukommen. So wie er, als er zum ersten Mal mit Krüger sprechen wollte und ihn genauso vorgefunden hatte. Sicher, im Konsum hatten sie ihm damals gesagt, man dürfe den alten Polizeibeamten ruhig wecken. Sie taten es gern, es war gestattet. Also musste es auch bei dem neuen Landpolizisten so sein. Er konnte ja hinterher immer noch weiterschlafen.

»Komm rein«, sagte er.

Er hatte keine Ahnung, wie lange sie vor der Tür gestanden und geklopft hatte, und er wollte es auch gar nicht wissen.

»Störe ich?«, fragte sie.

»Nicht die Spur«, sagte er und rieb sich die Augen. »Ist etwas passiert?«

»Nein, im Moment nicht«, erwiderte sie. »Aber ich glaube, es wird bald so weit sein. Vielleicht hätte ich zu einem anderen Zeitpunkt kommen sollen, aber ich dachte, wenn ich mitten am Tag komme … Ich möchte nämlich nicht, dass andere von meinem Besuch erfahren. Sonst erfährt es auch mein Mann. Und das würde alles noch schlimmer machen. Du hast ihn ja kennengelernt …«

Robert nickte, er hatte seit dem Erlebnis in der Gaststätte viel an Jørgen gedacht, und wenn man so will, auch an Ingerlise. Eigentlich vor allem an Ingerlise. Mit ihrem langen blonden Haar und den großen blauen Augen sah sie aus wie eine Prinzessin; sie schien nicht hierherzugehören, aber hieß es nicht, sie wäre eine Zugezogene, aus Åbenrå? Er hatte sie ein paar Mal auf der Straße gesehen und kaum die Augen abwenden können. Außerdem ging ihm der Anblick in der Hecke nicht aus dem Kopf … die Art, wie sie dagestanden hatte, mit gespreizten Beinen, und Jørgen über ihr. Sie hatte ausgesprochen feine Gliedmaßen, und ihre Haut war so blass, fast durchsichtig. Er begriff nicht, was sie mit diesem Rüpel wollte. Aber es war nicht einfach, aus Frauen klug zu werden, das wusste er.

»Ich habe mich entschlossen, ihn zu verlassen«, fuhr sie fort. »Ich weiß, es ist nichts Kriminelles, sich scheiden lassen zu wollen, aber es ist nicht so einfach, denn er willigt nicht in die Scheidung ein. Er will nichts davon hören. Und wird sehr wütend, wenn ich davon anfange … es kommt vor, dass er mich dann schlägt. Er hat mich schon oft geschlagen. Mach bloß nicht so ein überraschtes Gesicht, das weiß doch die ganze Stadt, und wahrscheinlich hast du auch schon davon gehört. Ich bin sicher, dass Krüger dich vorbereitet hat.«

»Jetzt, wo du es sagst. Er hat so etwas erwähnt …«

Robert erinnerte sich sehr genau an Krügers Worte.

Ingerlise würde nicht geschlagen, sondern verletze sich selbst, um Aufmerksamkeit zu erregen. Möglicherweise handelte es sich um eine Masochistin. So etwas gab es überall.

Ingerlises Blick fiel auf das Bild von Josefine, das auf dem Schreibtisch stand. Sie sagte nichts, hing aber einen Moment ihren Gedanken nach.

»Ich habe vergessen, unsere Tochter zu erwähnen«, fügte sie hinzu. »Dorthe, acht Jahre alt. Ich würde sie gern mitnehmen.«

»Das ist eine Frage des Sorgerechts.«

»Aber ich sage doch, Jørgen will sich nicht scheiden lassen, begreifst du das denn nicht? Ich möchte sie gern mitnehmen. Verflucht, ich habe eine Scheißangst vor ihm!«

Sie stand auf und stellte sich ans Fenster. Wischte sich eine Träne aus dem Augenwinkel und zündete sich eine Zigarette an.

»Wann hat er dich das letzte Mal geschlagen?«

»Vor einem Monat. So ungefähr. Bevor du gekommen bist. Es war gewissermaßen deine Schuld ...«

»Meine Schuld?«, fragte Robert und zuckte auf seinem Stuhl zusammen. Sie lachte. Ein schönes, ein wenig heiseres Lachen ...

»Nein, natürlich nicht. Hast schon Angst gekriegt, was? Ich hatte mich entschlossen, die Sache selbst in die Hand zu nehmen. Ich wollte meinen Mann umbringen und die entsprechende Strafe akzeptieren. So fertig war ich. Es gab ja niemanden, der mir helfen wollte. Auch Krüger nicht, ich bin ein paar Mal bei ihm gewesen. Er schrieb bloß einen Bericht und redete mit Jørgen, sehr ernsthaft, wie er behauptete – und hinterher hat mir Jørgen eine geknallt und mir verboten, noch einmal zu Krüger zu gehen. Das kam dann dabei heraus. An einem Sonntagmorgen, als Jørgen noch schlief, nahm ich das Brotmesser. Und als ich dasaß und meinen Mut zusammennahm, habe ich dich gesehen. Oder besser gesagt, das Foto von dir. Auf dem Küchentisch lag ein Exemplar des Wochenblatts, und aufgeschlagen war die Seite, auf der über den neuen Landpolizisten berichtet wurde. Ja, um es geradeheraus zu sagen, ich fand, du hattest freundliche Augen, außerdem kommst du aus Kopenhagen, interessierst dich für Vögel, also alles in allem dachte ich, du könntest mir vielleicht helfen. Ich habe das Foto ausgeschnitten und versteckt.«

Robert fühlte sich einigermaßen geschmeichelt. Der Gedanke, dass sie ein Bild von ihm zu Hause liegen hatte, war fast zu schön, um wahr zu sein. Er hätte auch gern ein Foto von ihr gehabt.

»Aber Jørgen hat es gefunden«, erzählte sie weiter. »Ich habe vor ihm nie etwas verstecken können. Er wollte wissen, wer das ist. ›Vom nächsten Ersten an ist das der neue Sheriff‹, habe ich gesagt. ›Ich dachte, wir gewöhnen uns schon mal an seinen Anblick. Wenn uns etwas passieren sollte. Denn dann müssen wir zu ihm gehen.‹ ›Wenn uns etwas passieren sollte?‹, hat er gefragt. ›Ja, wenn du zum Beispiel auf die Idee kommen solltest, mich wieder zu verprügeln, dann müsste ich mit ihm reden.‹ ›Wenn ich auf die Idee kommen sollte, dich zu verprügeln?‹ Er sah aus wie ein großes Fragezeichen. ›Ich käme doch nie auf so eine Idee.‹ ›Und was ist das hier?‹, habe ich gefragt und auf eine Wunde am Kopf gezeigt. Er zog mich unter eine Lampe und sah sich die Stelle genau an. Ich zitterte am ganzen Körper, und es wurde natürlich nicht besser, dass er mich an sich drückte, damit ich stillhielt. ›Das ist gar nichts‹, sagte er schließlich – und drückte einen Daumen in die Wunde. Ich wurde fast ohnmächtig vor Schmerz. Ich schrie und trat ihn vors Schienbein, so konnte ich mich befreien, und dann bin ich ins Schlafzimmer gelaufen und habe die Tür hinter mir verschlossen.«

»Mein Gott«, sagte Robert.

»Na ja, er schlug die Schlafzimmertür ein. Hinterher musste ich von Zerlang genäht werden.«

Sie zog mit einer Hand ihre Bluse hinunter, mit der anderen schlug sie ihr Haar zur Seite; beim Anblick ihrer weißen Haut musste Robert schlucken. Er studierte eine Narbe in der Form eines Halbmondes auf ihrer Schulter.

»Was hat Doktor Zerlang gesagt?«

»Nicht viel. Was sollte er denn sagen? Ich habe ihm erzählt, ich wäre gefallen. Er weiß doch genau, dass das nicht stimmt. Aber wenn ich ihm die Wahrheit sage, geht er zur Polizei, die geht dann zu Jørgen – und ich kriege noch mehr Prügel.«

»Ich verstehe es immer noch nicht ganz«, sagte Robert. »Natürlich will ich gern versuchen, dir zu helfen, aber er soll möglichst nichts von deinem Besuch erfahren, sagst du. Wie soll ich dann …«

»Du sollst mir und meiner Tochter helfen, von ihm wegzukommen! Und du sollst garantieren, dass er uns nicht findet und zwingt, zu ihm zurückzukommen. Ich habe es versucht, ich schaff das nicht noch einmal. Dieser Albtraum muss ein Ende haben!«

Sie ging ein wenig auf und ab, ordnete ihr Haar und

zündete sich eine weitere Zigarette an. Trocknete noch eine Träne; wenn es nach ihm gegangen wäre, hätte sie sich auch einen Daumen in den Mund stecken dürfen …

»Glaubst du, du kannst mir dabei helfen?«, fragte sie.

Robert nickte nachdenklich. Das klang nach einer besonderen Aufgabe. Aber sie war ja auch eine besondere Frau.

»Ich habe euch letzte Woche in der Kneipe gesehen«, sagte er. »Nach der Geschichte mit dem Stier; da habt ihr einen ziemlich glücklichen Eindruck gemacht.«

»Das war nur Theater. Sobald ich mir unter Leuten etwas anmerken lasse, dann gnade mir Gott, wenn wir nach Hause kommen. Dann gnade mir Gott.«

Sie schaute ihm so lange und intensiv in die Augen, dass er den Blick niederschlagen musste. Jetzt musste er etwas sagen, seinen Überblick und seine Durchsetzungskraft zeigen. Aber wie? In diesem Moment klingelte das Telefon. Kaufmann Moos hatte einen Ladendieb gefasst. Knud, einer der beiden Jungen vom letzten Mal. Er wartete im Besenschrank. Robert versprach, so rasch wie möglich zu kommen. Allmählich passierte also etwas, man brauchte den neuen Polizisten. Ein angenehmes Gefühl, auch wenn dadurch der Mittagsschlaf unterbrochen wurde.

»Ich muss leider gehen«, sagte er zu Ingerlise. »Ein Einsatz. Aber ich glaube, ich kann dir helfen. Jedenfalls werde ich es versuchen. Zuerst muss ich mit der Sozialbehörde sprechen, aber ich werde dafür sorgen, dass dein Mann nichts davon erfährt, bevor wir dich in Sicherheit gebracht haben.«

»Danke«, sagte sie und gab ihm die Hand. Eine kalte Hand, aber es gefiel ihm, dadurch wirkte seine eigene umso wärmer.

»Du bist in eine furchtbare Stadt gekommen«, sagte sie. »Hoffentlich bereust du es nicht.«

»Hier ist es nicht schlimmer als in Kopenhagen«, antwortete er und lächelte ihr zu.

Sie erwiderte sein Lächeln nicht, sondern sah ihn ernst, fast ein wenig besorgt an. Ihre Augen waren so groß, als wollten sie ihn aufsaugen, und er hatte nichts dagegen einzuwenden.

Robert begleitete sie bis zur Haustür und sah ihr nach, als sie ging. Sie trug weder Gummistiefel noch Holzschuhe, sondern hochhackige Schuhe, und genau so etwas zeichnete vermutlich die typische Ost-Südjütländerin aus. Nach ihren Augen war ihr Hintern das Faszinierendste an ihr, dachte er – obwohl es wiederum kein sonderlich höflicher Gedanke war. Aber ein Mann kann nicht immer höflich sein, nicht in allen Situationen des Lebens, das hatte sein Vater einmal gesagt. Und seine Mutter hatte hinzugefügt, eine Frau auch nicht.

Plötzlich blieb Ingerlise stehen, drehte sich um und winkte ihm zu. Er begriff nicht, wie jemand auf die Idee kommen konnte, eine solche Frau zu schlagen. Und wenn es das Letzte wäre, was er tat, er würde diesem Zustand ein Ende bereiten.

»Ist es wirklich der Bursche vom letzten Mal?«, fragte Robert.

»Geh doch selbst rein und sieh nach«, sagte Kaufmann Moos und gab ihm einen Schlüssel. Offenbar für den Besenschrank. Nina grüßte Robert mit einem Nicken, während sie eine Kundin bediente, der Empfang war nicht annähernd so freundlich wie beim letzten Mal.

»Was hat er diesmal gestohlen?«

»Einen Ghettoblaster«, sagte Moos und zeigte Robert, wo das Gerät gestanden hatte; auf dem Bürgersteig vor dem Fenster.

»Stehen solche Sachen normalerweise draußen? Bringt man die Jugendlichen damit nicht unnötig auf dumme Gedanken?«

»Ich stelle meine Ware dahin, wo es mir passt, die sollen ihre Griffel bei sich behalten«, erwiderte Moos. »Und das lernen sie nicht auf die Art und Weise, wie du sie beim letzten Mal behandelt hast. Ja, die Burschen haben natürlich nicht dichthalten können, inzwischen ist es auch uns zu Ohren gekommen. Du hast sie gar nicht richtig verhauen, du hast nur so getan. Teufel noch mal, und gleich hat's der eine wieder ausprobieren wollen.«

Robert ging ins Büro und schloss den Besenschrank auf. Tatsächlich, es war der Rothaarige. Er sah genauso kleinlaut aus wie beim letzten Mal und er hatte allen Grund dazu. Robert hatte plötzlich Lust, ihn im Schrank sitzen zu lassen, abzuschließen und nach Hause zu gehen. Er zog ihn heraus, schüttelte ihn ein wenig und sagte: »Du bist es wieder.«

Knud nickte, sah auf den Fußboden.

»Und wo ist dein Freund?«

»Diesmal bin ich allein.«

Moos stand mit verschränkten Armen in der Tür und sagte: »Und nun möchte Wachtmeister Hansen gerne wissen, ob du eine Anzeige willst oder ein paar auf die Klappe?«

»Ein paar auf die Klappe!«, brüllte der Junge viel zu laut, es klang beinahe wie ein Notruf. Robert blickte Moos an und wartete darauf, dass er wie beim letzten Mal verschwand, aber Moos blieb stehen.

»Ich glaube, es ist besser, wenn ich bleibe«, erklärte der Kaufmann.

»Und ich auch«, sagte Nina, die hinter ihrem Mann stand; sie musste sich auf die Zehen stellen, um etwas zu sehen. »Weil man sich auf den Neuen offenbar nicht verlassen kann.«

Unzuverlässig zu sein war ungefähr der schlimmste Vorwurf, den man Robert machen konnte. Aber leider hatten sie ja recht. Vielleicht sollte man etwas ganz anderes versuchen, es gab ja auch noch die Möglichkeit, sich mit den Eltern in Verbindung zu setzen, es könnte durchaus eine präventive Wirkung haben. Doch als Robert diesen Vorschlag äußerte, bekam der Junge es wirklich mit der Angst zu tun.

»Bitte nicht«, bettelte er, »nicht Vater und Mutter!«

Kaufmann Moos und seine Frau waren mit ihm einer Meinung, das würde zu weit gehen.

»Krüger hat das auch mal versucht«, sagte Moos. »Mit dem Resultat, dass Knud zu Hause rausgeschmissen wurde und eine Woche völlig verwahrlost herumlief, bevor er wieder nach Hause kommen durfte. Es gibt keinen Grund, ihn das noch einmal durchmachen zu lassen, im Übrigen hat es überhaupt nichts genützt. Bringen wir es einfach zu Ende.«

Robert zögerte, er tat es nur ungern.

»Wenn du es nicht kannst, dann mach ich es selbst«, erklärte Moos und schubste ihn beiseite. Aber das wollte Robert ebenso wenig zulassen. Er gab Knud eine Ohrfeige. Allerdings schlug er so behutsam, dass es sich eher um einen kleinen Klaps handelte, der kaum zu einem roten Fleck führte.

»So«, sagte er, »jetzt machst du es bestimmt nicht wieder.«

Knud schaute verwirrt auf, kam er tatsächlich so billig davon? Er konnte ein Lächeln nicht unterdrücken. Das waren die seltsamsten Prügel, die er je bezogen hatte. Der Kaufmann und seine Frau schüttelten den Kopf und lachten laut auf. Und Robert begann vor Zorn zu beben. Neben dem Vorwurf, unzuverlässig zu sein, ertrug er es ganz und gar nicht, wenn ihn jemand von Angesicht zu Angesicht auslachte. Sie hatten einfach keinen Respekt, auch der Junge nicht, er verhöhnte ihn!

Der Polizeibeamte Hansen schlug erneut zu, und diesmal so fest er konnte. Der Junge kippte seitwärts vom Stuhl und traf mit dem Kopf auf ein Metallregal. Unglücklicherweise schlug er mit dem Ohr auf die Ecke eines Regalbretts. Er schrie lauf auf, griff sich ans Ohr und hüpfte auf dem Fußboden umher.

»Entschuldigung, Entschuldigung, so war das nicht gemeint«, murmelte Robert, »so war das nicht gemeint … es war ein Unfall.«

»Du brauchst dich doch nicht zu entschuldigen«, sagte Moos. »Was zum Teufel ist bloß los mit dir?«

Nina untersuchte das Ohr und stellte einen blutenden Riss fest, sie holte Pflaster.

Robert lief in den Laden und griff in den Regalen

nach Süßigkeiten, die er dem Jungen in der Hoffnung gab, er würde aufhören zu heulen.

»Darf ich jetzt bitte gehen«, schluchzte Knud, auf dessen Wange sich fünf rote Finger abzeichneten, abgesehen von der Wunde am Ohr.

»Ich habe bestimmt zu fest zugeschlagen«, sagte Robert. »Oder nicht? Habe ich härter zugehauen als Krüger?«

Der Junge antwortete nicht. Nina schmierte ein wenig Salbe auf das Ohr und klebte ein Pflaster drauf.

»Habe ich fester geschlagen als Krüger?«, fragte Robert wieder und wieder, und Knud durfte erst gehen, als er Robert versicherte, Krüger hätte noch fester zugeschlagen. Robert war sich jedoch nicht sicher, ob der Junge wirklich die Wahrheit sagte. Und nun rumpelte und rumorte es gefährlich in seinem Magen, er musste nach der Toilette fragen. Kaufmann Moos nahm ihn mit in seine Privaträume und zeigte auf eine Tür.

Endlich allein zog Robert die Hose hinunter, setzte sich und blieb vornübergebeugt sitzen; er hielt die Hände vors Gesicht und schaukelte von einer Seite zur anderen.

»Was habe ich getan, was habe ich getan?«, jammerte er ununterbrochen; dann begann er laut zu pfeifen, um den Lärm zu übertönen, als er sein Geschäft verrichtete.

Als er in den Laden zurückkehrte, pfiff er noch ein bisschen weiter, damit es nicht so auffiel. Moos und seine Frau begegneten ihm mit einem Blick, der Respekt bewies. Dieser neue Beamte – erst einen Jungen blutig schlagen und dann vor sich hin pfeifen! Das hätte der alte nicht gekonnt.

Unterdessen war ein Kunde in den Laden gekommen, Anderthalbschritt-Nissum; auch er lächelte anerkennend. Es war schon seltsam, dass er jedes Mal, wenn etwas geschah, auftauchte. Nissum hatte große, traurige Augen, die aussahen, als hätten sie schon viel zu viel gesehen. Dennoch wollten sie offenbar noch mehr sehen. Und die Ohren liefen spitz nach oben zu, wie bei einem Troll.

Kaufmann Moos reichte Robert ein Starkbier und schlug vor, es auf dem Rückweg zu trinken. Aber Robert lehnte dankend ab, er war schließlich im Dienst. Nur die Süßigkeiten, die er Knud geschenkt hatte, wollte er gern bezahlen. Nina wusste genau, was er sich aus den Regalen gegriffen hatte, sie hatte bereits alles notiert und zusammengerechnet. Dann verabschiedete er sich und ging. Oder besser: Er sagte »Mojn«, und zum ersten Mal wurde ihm mit »Mojn« geantwortet. Sowohl von Herrn und Frau Moos wie von Anderthalbschritt-Nissum. Wenn er bisher »Mojn« gesagt hatte, hatten sie mit »Wiedersehen« geantwortet, und wenn er »Auf Wiedersehen« sagte, hatten sie »Mojn« erwidert. Jetzt sprachen sie zum ersten Mal die gleiche Sprache. Sollte das etwas zu bedeuten haben? War es ein Zeichen, dass er allmählich in der Stadt akzeptiert wurde? Es wäre ein etwas eigenartiger Anlass, dachte er. Und doch auch wieder nicht, denn gerade hatte er getan, was sie von ihm erwarteten. Er war in die Fußspuren des alten Wachtmeisters getreten.

Aber so richtig wohl fühlte er sich nicht. Er war nicht sicher, ob er das Richtige tat, und schon gar nicht im Hinblick auf Ingerlise. Aber er konnte die Sache auch nicht einfach wie Krüger ignorieren. Außerdem hatte er ihr ein Versprechen gegeben. Und wenn der neue Landpolizist ein Versprechen gab, dann hielt er es auch. Er musste aufs Rathaus und mit einem Sachbearbeiter sprechen. Es musste in der näheren Umgebung ein Krisenzentrum geben, das sie aufnehmen konnte.

Robert ging über den Parkplatz zu seinem Wagen. Zu seiner Überraschung saß dort ein Mann und wartete auf ihn. Ein Mann in einer Lederjacke und einem Cowboyhut. Er saß auf der Kühlerhaube von Roberts Wagen und rauchte eine Zigarette.

»Kannst du mich 'n Stück mitnehmen?«, fragte er. »Zum Rathaus. Aber nur, wenn du da auch hinwillst.«

»Zufälligerweise ist das so«, sagte Robert und schloss das Auto auf.

»Dacht ich's mir doch. Soweit ich weiß, hast du heute mit meiner Frau gesprochen. Und würdest ihr gern helfen. Du bist ein cleverer Bursche, aber auch leicht zum Narren zu halten. Sie steckt voller Lügen, ich habe sie noch nie geschlagen. Aber geh nur hin und mach einen Fall daraus, wirst schon sehen, wie weit du damit kommst.«

Robert setzte sich ans Steuer und versuchte, die Fassung zu bewahren. Bevor er protestieren konnte, hatte Jørgen sich auf den Rücksitz gesetzt.

»Würdest du bitte aussteigen?«, sagte Robert. Ruhig, aber bestimmt.

»Nein«, lautete die Antwort. »Es gibt übrigens noch jemanden, der uns begleiten wird.« Er steckte zwei Finger in den Mund und pfiff. Ein Stück weiter, zwischen zwei Autos, stand ein rothaariger Junge mit einem Pflaster auf dem Ohr. Zögernd kam er näher, eigentlich schien er nicht recht zu wollen. Jørgen sprach beruhigend auf ihn ein: »Komm schon, er tut dir nichts. Nicht, solange ich dabei bin.«

Knud setzte sich neben Jørgen auf den Rücksitz. Drückte sich an ihn. Er hatte eines von den Bonbons im Mund, die Robert ihm geschenkt hatte.

»Jetzt kannst du fahren«, sagte Jørgen.

Robert drehte sich um und versuchte, Blickkontakt mit Knud zu bekommen, aber es gelang ihm nicht.

»Was wollt ihr denn auf dem Rathaus?«, wollte er wissen.

»Dasselbe wie du, mit einem Sozialarbeiter reden«, antwortete Jørgen. »Und gern mit dem gleichen, denn wir haben auch etwas zu erzählen. Offenbar läufst du ja in der Stadt herum und schlägst um dich. Man darf doch keine Bürger schlagen, und schon gar keine Kinder, so etwas können wir nicht zulassen. Du bist ja regelrecht gewalttätig.«

»Ist das dein Sohn?«, versuchte es Robert, bereute es aber sofort.

»Was zum Teufel hat das mit der Sache zu tun? Im Übrigen ist er mein Neffe. Und jetzt solltest du losfahren, finde ich.«

Robert fuhr. Er fuhr langsam, denn es gab es keinen Grund zur Eile. Knud gab Jørgen etwas von den Süßigkeiten ab, vernehmlich schmatzend saßen sie auf dem Rücksitz.

Vor dem Rathaus herrschte ein ziemliches Durcheinander. Auf der Grünfläche stand eine Gruppe von Leuten und schaute hinauf zum Dach. Das Storchennest war besetzt. Immer mehr Leute kamen und zeigten aufs Dach, jemand hatte sogar eine Kamera dabei und fotografierte.

Robert parkte auf dem Marktplatz, und alle drei stiegen aus und gingen auf die Versammlung zu – ohne zu kommentieren, was sie sahen. Der Bürgermeister kam auf sie zu und begrüßte Robert.

»Nun ist der Storch gekommen«, sagte er. »So etwas habt ihr in Kopenhagen bestimmt nicht auf dem Rathaus.«

»Nein«, erwiderte Robert, »da können wir nicht mithalten. Tatsächlich sehe ich zum ersten Mal einen Storch. Jedenfalls außerhalb eines Zoos.«

»Habt ihr das gehört?«, rief der Bürgermeister der Ansammlung zu. »Unser neuer Polizist sieht zum ersten Mal einen Storch!«

Von allen Seiten war ein überraschtes »nein« oder »nicht möglich« zu hören, und Robert nickte und lächelte und musste die ganze Zeit aufs Dach schauen. Ein Journalist des Lokalblatts kam auf ihn zu.

»Obwohl du so ein Interesse an Vögeln hast«, sagte er. »Da hast du ja jetzt richtig Glück?«

»Na ja, in dieser Beziehung schon.«

»In diesem Jahr ist er spät gekommen«, sagte der Bürgermeister. »Wir waren schon richtig nervös. Aber er ist gekommen. Nun wartet er auf sein Weibchen.«

»Kommt auch noch ein Weibchen?«, fragte Robert.

»Normalerweise schon. Ist ja auch besser so, denn sonst bekämen wir ja keine Jungen ins Nest. Und das wäre schade.«

Der Bürgermeister warf einen Blick auf Knud, der hinter Robert neben Jørgen stand.

»Habt ihr irgendetwas Bestimmtes, das du … ihr …?«

»Nein«, sagte Robert. »Ich war gerade dabei, ein bisschen Streife zu fahren und mich umzusehen.«

»Ja, das wollten wir auch«, sagte Jørgen. »Und dann hat er uns mitgenommen.«

»Was ist mit deinem Ohr passiert?«, fragte der Bürgermeister und beugte sich hinunter zu Knud.

Knud wusste nicht, was er sagen sollte, er sah Jørgen an. Es verging eine unangenehm lange Zeit, bevor der ihm beisprang: »Er hat wohl einem Raufbold im Wege gestanden.«

»Du musst einfach zurückschlagen. Und wenn du mit jemandem nicht zurechtkommst, brauchst du es nur unserem neuen Wachtmeister sagen, er wird dir dann schon helfen.«

Alle lachten höflich. Und Robert sagte: »Ja, sicher.« Sein Herz klopfte derartig laut, er war überzeugt, dass alle es hören konnten. Er musste das Gespräch in andere Bahnen lenken.

»Noch einmal herzlichen Dank für das Futterbrett«, sagte er. »Es ist großartig. Ich hatte schon Besuch von einem großen Buntspecht.«

Nun sollten der Bürgermeister und Robert mit dem Storch im Hintergrund für den Fotografen des Wochenblatts posieren. Der Bürgermeister legte Robert eine Hand auf die Schulter und zeigte auf den Vogel auf dem Dach. Robert sagte »nee« und riss die Augen auf. Allerdings hatte der Storch nun genug von den Blitzen der Kameras, er verließ das Nest und flog ziemlich niedrig über die Menschenmenge hinweg. Und ließ etwas fallen. Der Klecks landete auf dem Dach des Polizeiwagens. Es gab einige Lacher, aber keine boshaften, auch Robert lachte mit. Der Bürgermeister versicherte ihm, es wäre leicht abzuwaschen und im Übrigen brächte es Glück.

Sie freue sich sehr über seinen Anruf, sagte sie. Und sie hätte an ihn gedacht. Ihm wurde warm ums Herz.

»Ich wollte dich auch längst anrufen«, fügte sie noch hinzu. »Aber es gab so viel zu tun …«

Plötzlich hatte er den Eindruck, als wäre sie nicht allein; er hörte Geräusche in Hintergrund, irgendjemand flüsterte. Der Fernseher wurde leiser gedreht.

»Wie geht's dir denn da unten in Südjütland? Haben sie dich gut aufgenommen?«

»Mutter«, sagte er, »es geht mir gar nicht gut!«

Zu seiner Überraschung lachte sie, und sie lachte laut; er musste den Telefonhörer ein Stück vom Ohr halten. Aus irgendeinem Grund empfand er es als Erleichterung.

»Das habe ich doch gleich gesagt, aber du wolltest ja nicht hören. Was ist schiefgegangen?«

»Alles, Mutter. Ich bin erst einen Monat hier, und ich habe mich schon in so viele Sachen eingemischt …«

Wieder lachte sie, und er lachte mit. Eigentlich hatte er sich gedacht, ihr zu erzählen, was alles passiert war, von Anfang an, aber sie schien es bereits erraten zu haben.

»Aber ich will nicht einfach aufgeben«, sagte er. »Nur weiß ich nicht, wie lange ich es noch aushalte …«

»Nein, das weiß man nie«, sagte sie. Dann schwieg sie. Er glaubte, sie ins Telefon lächeln zu hören, dieses Lächeln, das er nicht mochte, weil es ihm das Gefühl gab, unfähig zu sein.

»Aber ich habe ein hübsches Haus«, fuhr er fort. »Du solltest mal kommen und es dir ansehen; es gibt jede Menge Platz und einen schönen Garten. Und ich habe die beste Windschutzhecke des ganzen Orts.

Wenn man nachmittags dahintersitzt, ist es fast so wie damals zu Hause, unter der Blutbuche …«

Am anderen Ende der Leitung seufzte sie schwer. Er sollte doch nicht über das alte Haus sprechen.

»Ich will nur sagen, Mutter, für dich steht ein Zimmer bereit. Du kannst mich ja mal an einem Wochenende besuchen, und wenn du dann zu mir ziehen möchtest, also dauerhafter, dann bist du herzlich willkommen.«

»Verlass dich mal nicht zu sehr drauf«, erwiderte sie. »Aber natürlich komme ich dich mal besuchen. Irgendwann. Bestimmt.«

Nun hatte die Stimme wieder ihre alte Wärme, und sofort ging es ihm besser. Wieder spürte er dieses Gefühl der Erleichterung.

»Aber Robert?«

»Ja?«

»Gehst du noch zu der Psychologin?«

Was zum Teufel sollte das jetzt? Er hatte vollkommen verdrängt, dass er mal bei einer Psychologin in Behandlung gewesen war. Und ohnehin nur auf Druck des 4. Reviers.

»Nein. Hier in der Stadt gibt's keinen Psychologen.«

»Hm«, sagte sie.

»Und wenn ich zu einem ginge, würde es die ganze Stadt sofort wissen. Das wäre nicht sonderlich klug …«

»Hm.«

Er beschloss, sofort aufzulegen, wenn sie noch einmal das Wort Psychologe benutzte. Sie war so vernünftig, es nicht zu tun. Dafür fragte sie: »Und wie sind die südjütländischen Mädchen?«

»Na ja, wirklich sehr süß. Wenn du es wirklich wissen willst, ich habe da vielleicht jemanden getroffen …«

Eigentlich hatte er es nicht erzählen wollen, außerdem nahm er den Mund vielleicht auch ein wenig voll, wenn er behauptete, er habe ein Mädchen kennengelernt, aber er konnte es nicht lassen.

»Gut«, sagte sie. »Du musst nicht mehr von ihr erzählen, nicht, solange das noch so frisch ist. Aber ich freue mich wirklich, Robert. Jetzt hast du deine Scheidung allmählich überwunden, oder? Vielleicht kommt ja doch noch etwas Gutes dabei heraus, dass man dich versetzt hat. In die Provinz. Obwohl es natürlich nicht problemlos ist, das musst du mir gar nicht zu erzählen. Aber ich glaube, du solltest noch nicht aufgeben, du solltest weiterkämpfen. Es wäre gut, wenn du mal Erfolg hättest. Auf die ein oder andere Art. Du bist über dreißig, du bist Polizist, und du kannst nicht davon ausgehen, dass deine Mutter dir den Rest deines Lebens behilflich ist, nicht wahr?«

»Nein, Mutter.«

»Aber ich wollte dich noch etwas fragen, mein Junge. Du kannst einfach nein sagen. Kannst du mir ein paar tausend Kronen leihen? Es kam so viel zusammen in diesem Monat. Mein Rollstuhl, ich habe einen neuen Bezug gekauft.«

»Einen neuen Bezug für den Rollstuhl? Davon habe ich noch nie gehört … Hast du Strafzettel wegen zu schnellen Fahrens bekommen?«

»Nein«, sagte sie. »Ehrenwort.«

»Was dann? Ist ›er‹ es? Erik? Du bezahlst ihn doch nicht, oder, Mutter?«

»Was meinst du?«

»Das weißt du genau. Gibst du ihm Geld, damit er mit dir zusammen ist? Wie viel hast du ihm gegeben?«

Schließlich war sie es, die den Hörer aufknallte. Er bereute kein einziges Wort. Selbstverständlich gab sie ihm Geld, und selbstverständlich wollte sie es nicht zugeben, schon gar nicht vor ihrem Sohn. Aber er würde seiner Mutter nicht ein paar tausend Kronen schicken, damit sie es sich einmal mehr von einem Mann besorgen ließ, der dreißig Jahre jünger war als sie, das könnte ihr so passen.

Hoffentlich war sie nicht so wütend, dass sie ihn deshalb nicht besuchen kam.

Wenn jemand eine Nummer brauchte, dann er! Das hätte er ihr sagen sollen, das hätte sie verstanden; aber er konnte es sich nicht leisten, für beide zu bezahlen. Übrigens sollte es in der Stadt eine geben, Lone hieß sie, die es für fünfhundert machte. Zerlang war wohl sehr zufrieden mit ihr; und Krüger hatte ihr offenbar mal den Arm gebrochen, als sie noch ein Teenager war. Robert hatte sie noch nie gesehen, allerdings reizten ihn Prostituierte auch nicht sonderlich. Es war sicherlich am vernünftigsten, es zu lassen.

Als er das letzte Mal mit einem Mädchen zusammen war, wenn man sie denn so bezeichnen konnte, hatte es sich um eine Prostituierte gehandelt. Von einem Begleitservice, den er über eine Anzeige in der Zeitung gefunden hatte. Tausendvierhundert Kronen hatte sie gekostet, und hübsch und nett war sie auch, so weit eigentlich alles in Ordnung. Trotzdem war es in gewisser Hinsicht eine Enttäuschung gewesen, denn er hatte versagt. Irgendwie war ihm die ganze Situation künstlich vorgekommen. Schon, wie sie sich die Hand gegeben hatten, als sie zur Tür hereinkam. Als ob es sich um eine geschäftliche Verabredung handelte. Darum ging es in gewisser Beziehung natürlich auch, aber das möchte man ja gern vergessen als Mann. Es sollte zumindest so aussehen wie ein Rendezvous, bei dem die Partner erst einmal ein bisschen schäkern, so ging es ihm jedenfalls. Und so war es überhaupt nicht gewesen.

Zuerst hatten sie ein wenig geplaudert und an einem Glas Wein genippt. Er hatte gefragt, ob irgendetwas nicht gestattet wäre, denn, um die Wahrheit zu sagen, hatte er sich noch nie mit einer Prostituierten getroffen. Sie lasse sich nicht gern einen Finger in den Hintern stecken, hatte sie geantwortet. In diesem Moment zerbrach irgendetwas in ihm, denn es wäre ihm überhaupt nicht in den Sinn gekommen, ihr irgendetwas in den Hintern zu stecken. Schon, dass sie damit so herausplatzte, erschreckte ihn. Hatte sie denn kein Schamgefühl? Er versuchte in Stimmung zu kommen, indem er ein bisschen ihre Schenkel streichelte, doch dann entdeckte er einen kleinen weißen Flecken auf ihrer Hose – und wurde den Gedanken nicht wieder los, es könnte sich um Samen handeln. Beinahe hätte er gefragt, aber es war sicher besser, es nicht zu tun. Als sie sich aufs Bett legten und er begann, ihre Hose aufzuknöpfen, gähnte sie. Sie hätte einen langen Tag gehabt, sagte sie und entschuldigte sich vielmals. Als er seine Zunge einsetzte, gähnte sie wieder, laut und ausgiebig. Offen gestanden fühlte er sich verletzt. Denn eigentlich hatten ihn die Frauen, mit denen er früher zusammen gewesen war, immer dafür gelobt, dass er mit seiner Zunge so gut umgehen konnte. Und er hatte es ernst genommen, immerhin konnte er wenigstens etwas. Er tat es gern, es machte ihm überhaupt nichts aus, er hätte stundenlang weitermachen können. Aber nicht, wenn sie regungslos dalagen und gähnten!

Er setzte sich auf und erklärte geradeheraus, es ginge nicht. Sein Ding wurde auch immer kleiner, obwohl sie daran zog, ja, gerade weil sie daran zog, denn sie tat es auf eine so merkwürdige Weise, mit abgewandtem Gesicht und dem äußersten Ende zweier Fingerspitzen, war er wirklich so unappetitlich? Vielleicht. Er ließ sich seinen Unmut nicht anmerken. Er wäre nicht in Stimmung, hatte er behauptet.

Sie fragte, ob sie irgendetwas tun könne, aber er verneinte, denn seinen Wunsch konnte keine Hure erfüllen. So zu tun, als wäre es schön. Als wäre er schön. Vielleicht, wenn er sie einen Monat jeden Abend gekauft hätte. Dann hätte sie entdecken können, wer er war, dann hätte sie ihn nach und nach vielleicht gemocht, aber wer kann sich schon so oft eine Prostituierte leisten?

Weil die Zeit noch nicht vorüber war, redeten sie noch ein bisschen miteinander, und allmählich lebte sie wieder auf. Wahrscheinlich war sie froh über den einfachen Job und freute sich, nach Hause zu kommen.

Dennoch gab es einen einzigen Moment, an den er sich ganz gern erinnerte, dachte er. Als er sie zum ersten Mal geküsst hatte. Sie hatte so große Lippen. Sie war freundlich und entschuldigte sich, weil sie ihm keinen Zungenkuss gab, aber das mochten sie nicht, so viel wusste er über Prostituierte. Es spielte keine Rolle, ihm reichten schon ihre Lippen. Als er ihr das sagte, sah sie ihn einen Moment an und lächelte – dann hatte er sie noch einmal geküsst, und da gab es irgendetwas, eine Ahnung. Vielleicht hatte sie eine winzige Sekunde lang gedacht, er sei nett – doch dann hatte sie den Blick abgewandt und gegähnt.

Wenn er sich sehr anstrengte, konnte er sich den Augenblick ins Gedächtnis rufen, als ihr Mund sich öffnete und die Augenlider sich halb schlossen, unmittelbar bevor sie gähnte, und er spürte, wie ihm die Hose eng zu werden begann. Und wenn er das Gesicht des Mädchens vom Escortservice gegen Ingerlises auswechselte, spannte es umso mehr.

Er ging ins Badezimmer und hörte in diesem Moment ein Klopfen an seiner Haustür. Vom Fenster aus sah er den Wagen des Arztes, es musste Zerlang sein. Was zum Teufel wollte er? Vermutlich nur reden, bei ihm handelte es sich ja auch um einen Zugezogenen, und ein andermal hätte es ja auch sehr gemütlich sein können. Aber im Augenblick stand Robert nicht der Sinn nach Gesellschaft, jedenfalls nicht nach dieser. Nach ein paar Minuten ging Zerlang zum Auto zurück und fuhr davon.

Aber Robert hatte vom Badezimmerfenster aus etwas gesehen, das ihn beunruhigte. Zerlang hatte seine Arzttasche in der Hand gehabt. War er dienstlich unterwegs? Robert hatte den Arzt nicht gerufen. Vielleicht hatte irgendjemand Zerlang einen Tipp gegeben: Der neue Landpolizist hätte Probleme mit den Nerven und es wäre am besten, ihn mit etwas Beruhigendem in der Tasche zu besuchen. Aber wer sollte das gewesen sein ... Krüger vielleicht, der es von Preben wusste? Nein, das war zu weit hergeholt, jetzt musste er sich zusammennehmen; wenn es so weiterging, bekam er noch eine Paranoia. Ein Arzt lässt seine Tasche nicht im Auto, sie könnte ihm gestohlen werden, schließlich gab es Vorschriften. Und das sollte er – als Polizeibeamter – doch am besten wissen!

Robert hatte eine Hand zwischen seinen Beinen, die andere legte er über die Augen. Die Zehen krümmten sich – zum Teil aus sexueller Erregung, zum Teil aus Demütigung, nur konnten die beiden Empfindungen nicht recht zusammenfließen, nicht heute, sie wollten in keiner höheren Einheit aufgehen. Nach einiger Zeit fing auch er an zu gähnen. Schließlich zog er die Hose wieder hoch und ging ins Wohnzimmer, um sich die Nachrichten anzusehen.

## *Kapitel 5*

In seiner Vorstellung hatte sie zunächst Schläge bekommen, dann Hausarrest. Und danach eventuell wieder Schläge. Sie hatte versucht zu fliehen, allerdings vergeblich. Vielleicht hatte er sie ans Bett gefesselt und sie erhielt weder zu essen noch zu trinken? Die Tochter hatte ihr zu Hilfe kommen wollen; doch sie hatte er ebenfalls verprügelt und ins Kinderzimmer gesperrt. An ein Schaukelpferd gekettet?

Aber so war es nicht. Überhaupt nicht.

In der Wohnung sah alles völlig normal aus. Sogar ungeheuer normal. Ingerlise saß am Küchentisch und las in einer Frauenzeitschrift. Ihre Tochter saß neben ihr und schrieb in ein Heft, offenbar erledigte sie die Hausaufgaben. Und Jørgen stand an der Spüle und wusch ab – das verblüffte Robert besonders. War Jørgen der Typ, der nach dem Abendessen abwusch? Während die Frau danebensaß und eine Frauenzeitschrift las?

Robert nahm das Fernglas von den Augen und drehte die Autoscheibe hoch. Er hatte hinter ein paar Kiefern gehalten, um von dort aus das Haus von Jørgen und Ingerlise zu beobachten. Man konnte seine Vorgehensweise auch ausspionieren nennen, doch die Götter wussten, wie viel lieber er bei ihnen geklopft hätte, wenn er nicht befürchten müsste, die Situation für Ingerlise dadurch nur noch zu verschlimmern. Ihr Mann wurde rasend vor Wut, wenn sie die Polizei um Hilfe bat, das hatte sie selbst gesagt. Und er wusste, dass sie bereits einmal bei Robert gewesen war, irgendjemand musste sie gesehen und es weitererzählt haben. Vielleicht Hansi oder Anderthalbschritt-Nissum, einer von denen, die mit Jørgen befreundet waren und ihn für den eigentlichen Sheriff der Stadt hielten. Es war also völlig verständlich, wenn Ingerlise nicht wie versprochen nach ein paar Tagen wiederkam; allerdings lag ihr Besuch jetzt bereits über eine Woche zurück und Robert hatte ein ungutes Gefühl beschlichen. Außerdem träumte er nachts von ihr. In den Träumen war sie in Not und rief ihn. Durch das Fernglas sah er jedoch etwas ganz anderes. Es schien alles vollkommen normal zu sein, ja geradezu idyllisch.

Eigenartigerweise wurde das Ganze dadurch noch unheimlicher. Schließlich gab es auch psychischen Terror. Und der war eigentlich am schlimmsten. Sie könnte durchaus unter Hausarrest stehen, obwohl sie in der Küche saß und eine Frauenzeitschrift las. Ja, vielleicht war das ein sicheres Zeichen, möglicherweise lebten die Frauenzeitschriften sogar davon: von Frauen, die unter Hausarrest stehen und sich die Zeit vertreiben müssen?

Nun gut. Er musste aufpassen, dass seine Fantasie nicht mit ihm durchging. In seinem Job hatte er sich an Tatsachen zu halten, und tatsächlich gab es weder Anzeichen von Gewalt noch von Freiheitsberaubung oder anderen kriminellen Vergehen. Mit anderen Worten, er brauchte nichts zu unternehmen. Dies empfand er als die größte Erleichterung, denn nun konnte er guten Gewissens nach Hause fahren. Er tat es.

Früher oder später würde sie in seinem Büro auftauchen und dann konnten sie den Fall in aller Ruhe durchsprechen. Er hoffte es, er hätte sie gern wiedergesehen. Vermutlich würde sie in einer seiner Mittagspausen kommen.

Aus diesem Grund hatte er sich in den letzten Tagen in den Mittagspausen wach gehalten, und das wollte er auch beibehalten. Sie sollte ihn nicht noch einmal schlafend am Schreibtisch finden.

Es fiel ihm gar nicht so schwer, wach zu bleiben, er musste sich nur vom Schreibtisch fernhalten. Wenn die Uhr sich zwölf näherte, stand er auf und ging in den Garten. Er setzte sich nicht an die Windschutzhecke, denn dort schlief er nur ein, und das würde es ja nicht besser machen. Stattdessen begann er, im Garten zu arbeiten, etwas Physisches; er schnitt beispielsweise den Efeu an der Hauswand, besonders um das Polizeischild, damit alle Buchstaben wieder lesbar wurden. Und er hielt auf der Terrasse die feinen Teebecher mit den kleinen, weißen Blumen bereit, die er im Konsum gekauft hatte, eigentlich sollten sie bald einmal benutzt werden.

Und dann, eines Tages, stand sie plötzlich am Gartentor, in einer Mittagspause. Er hängte Wäsche auf, es war bewölkt, aber freundlich. Die Vögel scharten sich auf dem Futterbrett, der Kater war gerade mit einem von ihnen im Maul verschwunden, wahrscheinlich hatte er einen Buchfink erwischt. Oder einen Dompfaff? Es war so schnell gegangen, und im Grunde konnte es ihm jetzt auch egal sein, denn dort stand Ingerlise und lächelte ihn an. Ein nicht ganz so hingebungsvolles Lächeln wie in seinen Träumen, doch dafür war es real, und das zählte. Sie trug ein hübsches, ausgeschnittenes Kleid, aber sie sah müde aus und hatte dunkle Ränder unter den Augen. Vielleicht war die Sache mit dem Psychoterror ja doch wahr.

»Du bist ja doch noch gekommen«, sagte er.

»Man sieht genau, dass du nicht aus der Stadt bist«, sagte sie. »So wie du die Wäsche aufhängst.«

»Was meinst du?«

Er wusste nicht, dass es mehrere Möglichkeiten gab, Wäsche aufzuhängen, schließlich wohnte er erst seit einem Monat hier.

»Schau mal, wie die Nachbarn es gemacht haben.«

Robert blickte über die Hecke auf das Nachbargrundstück. Es sah tatsächlich anders aus, aber er begriff nicht sofort, worin der Unterschied bestand. Es schien geordneter zu sein. Dekorativer.

»Bei dir gibt es kein System«, erklärte sie. »Erst hängst du einen Strumpf auf, dann ein Hemd, dann wieder einen Strumpf, das sieht nicht ordentlich aus, die Leute zeigen mit dem Finger darauf. Hier hängt man die Handtücher nebeneinander, dann die Hosen und dann die Strümpfe – paarweise. Und wenn zwei Handtücher blau sind, hängt man sie auch nebeneinander.«

»Du auch?«, fragte er.

»Nein«, sagte sie und setzte sich auf die Terrasse. »Ich mach es genau wie du, aber ich komme ja auch nicht von hier. Auf uns zeigen sie mit den Fingern.«

Er wollte noch ein Handtuch umhängen, das sich zwischen einem Paar Strümpfe verirrt hatte, aber dann ließ er es hängen, wo es hing. Sie lachten, als er sich ihr gegenübersetzte.

»Wieso spionierst du mir nach?«, fragte sie und sah ihn mit einem traurigen Blick an.

»Reine Routine«, antwortete er. »Wenn es irgendwo Ärger gab, ist das so. Hat Krüger das nicht getan?«

»Krüger hat nie etwas getan. Bist du auf dem Rathaus gewesen?«

»Es ist nichts mehr passiert, seit ich hier bin. Vielleicht sollten wir ein bisschen warten ...«

»Bis ich wieder verprügelt werde?«

»Na ja«, sagte er, »ich glaube kaum, dass du geschlagen wirst, wenn du jetzt nach Hause kommst, jedenfalls wollen wir das nicht hoffen. Aber ich kann zum gegenwärtigen Zeitpunkt nichts unternehmen. Solange es keinen konkreten Anlass gibt.«

»Muss erst was gebrochen sein, bevor du etwas unternehmen kannst? Reicht auch ein blaues Auge? Oder muss jemand sterben?«

Was sollte er auf solche Fragen antworten? Sarkasmus stand ihr nicht. Sie hätte doch selbst aufs Rathaus gehen und mit einer Sachbearbeiterin sprechen können; wenn er es tat, würde es möglicherweise sogar falsch verstanden. Man könnte ihm zum Beispiel persönliches Interesse vorwerfen. Dass er persönliche Interessen hatte, ging schließlich niemanden etwas an. Davon durfte er sich jedenfalls nicht beeinflussen lassen, es würde sehr schnell herauskommen, in der Stadt kam alles schnell heraus. Früher oder später käme es Jørgen zu Ohren und er würde gewalttätig reagieren, auch Robert gegenüber. In Roberts Träumen war es bereits einige Male vorgekommen; er war dann schweißgebadet aufgewacht und hatte sich geschworen, die Finger von den Ehefrauen anderer Leute zu lassen.

Außerdem lief der kleine Ladendieb Knud noch immer mit einem Pflaster auf dem Ohr herum, obwohl die Wunde inzwischen längst verheilt sein müsste. Ständig griff er sich an den Kopf und schielte, wenn Robert in der Nähe war. Auch wenn andere Leute zusahen, was mochten die wohl denken? Vermutlich wusste inzwischen die ganze Stadt, was geschehen war. Der neue Landpolizist schlägt Kinder, genau wie der alte, nur schlägt der neue noch härter zu.

»Ich habe Material über ein Frauenzentrum in Esbjerg besorgt«, sagte Robert und stand auf, um es zu holen, aber Ingerlise hatte kein Interesse. Sie kannte die Einrichtung, sie war schon einige Male dort gewesen, es hatte ihr nicht geholfen, ihren Mann zu verlassen.

»Wieso bist du hierhergekommen?«, wollte sie plötzlich wissen. »Es geht mich ja nichts an, aber ist das normal, dass man als Landpolizist so jung ist?«

»Ich habe selbst um die Versetzung gebeten«, antwortete er. »Wenn man Karriere machen will, muss man verschiedene Stellen ausprobiert haben.«

»Also aus Karrieregründen?«

Er nickte und schenkte ihr Tee ein, während er ihren untersuchenden Blick spürte; er hätte gern gewusst, ob sie ihm glaubte.

»Aber es ist schön, hier zu sein«, fügte er rasch hinzu, »richtig gemütlich, es gefällt mir. Also, nicht weil hier so viel passiert …«

Den letzten Satz hätte er besser nicht sagen sollen. Er konnte ihr ansehen, wie enttäuscht und wütend sie war.

»Ich hatte geglaubt, du wolltest etwas verändern«, sagte sie. »Ja, tief in mir hatte ich gehofft, du wärst gekommen, um mich zu retten.«

»Das bin ich doch auch«, erwiderte er, aber es war bereits zu spät; sie schob den Stuhl zurück, beugte sich vor und zeigte ihm die Spalte zwischen ihren Brüsten. Nun wusste er, was ihm entging. Dann stand sie auf.

»Na ja, ich hoffe, du machst es dir hier richtig gemütlich und kommst dazu, die Vögel zu studieren, und vielleicht erholst du dich dabei ja auch, bevor du wieder zurückmusst.«

»Gehst du schon? Willst du nicht …«

Sie stand bereits am Gartentor. Es gab nichts mehr zu sagen. Im Grunde war er wie alle anderen hier in der Stadt. Nicht einen Deut besser als Krüger. Nur mit dem Unterschied, dass er jung war und aus Kopenhagen kam. Aber das hatte keinerlei Bedeutung. Ob sie wohl noch sein Foto aus der Wochenzeitung besaß … Wahrscheinlich ging sie jetzt nach Hause und warf es fort. Und fand sich mit Jørgen ab.

Der Kater kam zurück, Richtung Futterbrett. Robert nahm einen Teebecher und warf ihn nach ihm. Leider traf er nicht, aber es reichte, um den Kater zu verjagen. Der Teebecher flog durch die Hecke und lag nun beim Nachbarn im Garten; er hatte nicht die Kraft, hinüberzugehen und ihn zu holen. Auf der anderen Seite pfiff jemand, wahrscheinlich wurde die Wäsche abgehängt. Gern hätte er gewusst, wie lange der Nachbar dort schon herumstrich und wie viel er gehört hatte.

*Liebe Hanne,*
ich war so glücklich, als ich heute den Brief von Josefine bekam. Es kommt ja nicht so oft vor und ich vermisse sie sehr. So sehr, dass ich normalerweise ver-

suche, nicht an sie zu denken; das ist meine Strategie des Überlebens. Aber wenn ein Gruß von ihr kommt, dann habe ich das Gefühl, als überkäme mich die Sehnsucht mit doppelter Kraft, dann fühle ich mich so wehrlos. Aber auch glücklich, denn dann ist ja ein Brief gekommen.

Ich habe ihn nicht sofort geöffnet, obwohl das hart war, aber ich dachte, solch ein Brief verdient es, im Sitzen gelesen zu werden, ungestört. Also habe ich mir zunächst ein Bier geholt und mich dann in meinen Garten gesetzt, an meine Windschutzhecke, meinen Lieblingsplatz hier in meinem neuen Heim. Wenn ich hier sitze, bin ich so gut wie aus der Welt.

Aber als ich den Brief dann öffnete, na ja, ich kann dir sagen, da fühlte ich mich doch an der Nase herumgeführt. Denn es stand ja so gut wie nichts drin! Eine Zeichnung von Josefine, ein paar Fotos von ihr und eurem Haus, alles ganz schön, sicher, und herzlichen Dank, aber, Hanne, ganz ehrlich, was zum Teufel soll das? Ist während der langen Flugreise ein Brief herausgefallen? Ein Brief darüber, wie es meinem kleinen Mädchen in der Fremde geht, auf der anderen Seite des Erdballs? Ich sage dir, das interessiert ihren Vater. Aber nein. Ein kurzer förmlicher Gruß von dir und die Zusage, dass Josefine während der Sommerferien Mitte Juli zu mir kommen darf, sonst nichts. Ja, weniger als nichts: ein kühler, förmlicher Gruß. Pfui, zum Teufel! Und das in meiner Ecke an der Windschutzhecke, wo ich am offensten und verletzlichsten bin.

Soweit ich weiß, sind wir doch nicht zerstritten? Oder habe ich irgendetwas missverstanden?

Na, da saß ich also. Und da sitze ich, wenn man so

will, noch immer, in der Ecke meines Gartens. Ich fühle mich regelrecht blockiert und komme nicht weiter. Musste mich geradezu zusammenreißen, um mir noch ein Bier zu holen, und das sieht mir eigentlich überhaupt nicht ähnlich. Allerdings bin ich zurzeit auch besonders dünnhäutig, es ist so viel passiert. Ich will dich nicht mit Details langweilen, sondern dir lediglich mitteilen, dass ich beschlossen habe, meinen Abschied einzureichen. Um das Leiden abzukürzen und kurzen Prozess zu machen. Ich tauge nicht zum Polizeibeamten, auch nicht zum Landpolizisten. Es ist sehr schmerzlich für mich, dieser Tatsache ins Auge zu sehen, aber so ist es. Du kannst es gern auch deinem Vater mitteilen, es wird ihn ohnehin nicht überraschen. Ich habe keine Ahnung, was die Zukunft bringen wird. Ich werde mich wohl um eine Umschulung kümmern müssen, die Götter mögen wissen, wozu.

Warum musste ich auch auf diese Polizeischule gehen? Es war bestimmt nicht lebensnotwendig, Hanne. Natürlich war es meine eigene Entscheidung, aber als du schwanger warst, sprach dein Vater ja von nichts anderem mehr, und zum Schluss war es bei dir genauso. Deine Mutter hat nichts gesagt, sie saß nur da und weinte. Dein Vater konnte sie nicht trösten. Ich habe selten ein so unglückliches Elternpaar gesehen, als du ihnen erzählt hast, du wärst schwanger – und du wolltest das Kind haben! Ich habe dich natürlich unterstützt, denn wenn du unser Kind gern wolltest, fiel mir kein Grund ein, warum du es nicht haben solltest. Ehrlich gesagt, ich fühlte mich auch ein wenig geschmeichelt. Jemand wollte mit mir ein Kind haben! Außerdem dachte ich daran, dass wir nun bis zur Geburt ohne Kondom vögeln durften.

Ehrlich gesagt, Kinder hatten damals etwas vollkommen Unwirkliches für mich. Wahrscheinlich habe ich nicht geglaubt, aus deinem Bauch könne irgendetwas kommen, etwas, an dessen Entstehung ich beteiligt gewesen bin. Und, was soll ich sagen, es kam. Wirklich, plötzlich war es da, unglaublich. Du bist von Anfang an die Chefin gewesen und ich dein Sekretär, doch da die Frau die Kinder bekommt, musste es wohl so sein. Aber nach und nach hätte ich auch gern ein wenig Mitspracherecht gehabt, schließlich war ich ja nicht vollkommen unbeteiligt. Nur schien überhaupt kein Bedarf für mich zu sein, ja so gut wie kein Platz. Als ich dir einmal erklärte, im Fernsehen käme ein wichtiges Fußballspiel, bei dem ich nicht gestört werden möchte, hast du dich in dem Moment vor den Bildschirm gestellt, als ein Tor fiel, und gesagt (ich erinnere mich noch genau an den Wortlaut): »Glaub mir, ich kann Josefines Signale inzwischen sehr gut lesen.« Aber was war mit meinen Signalen, Hanne?

Als Junge bin ich eine Zeitlang in einen Boxverein gegangen, und ich erinnere mich noch an das Gefühl, nie in einen richtigen Kampfrhythmus gekommen zu sein, weil der Gegner mir immer einen Schritt voraus war. Ich wurde immer wieder auf dem falschen Bein erwischt. So war das. Aber so sollte es nicht sein, wenn man verheiratet ist oder meinetwegen sogar Familienvater. Oder geschieden, wenn wir schon einmal dabei sind; so sollte es verdammt noch mal nicht sein!

Wie entwickelt sich Josefine, du musst mir wirklich mehr über sie schreiben, wirst du es tun? Ist sie mir ähnlich? Wo und wobei nicht? Ich würde mich freuen, wenn du mir eine positive Eigenschaft mitteilen könntest, die sie von mir hat, und sei es auch nur eine Kleinigkeit. Gerade so etwas brauche ich im Moment. Es würde mich vielleicht dazu bringen, dir und ihr freundlichere Briefe zu schreiben. Hat sie überhaupt den letzten Brief erhalten, den ich geschrieben habe? Nachdem mein Brief in dem Brief, den ihr mir geschickt habt, mit keinem Wort erwähnt wird, gehe ich davon aus, dass sie ihn nicht bekommen hat. Du hast ihn vermutlich zuerst gelesen, zusammengeknüllt und weggeworfen. Darum schreibe ich diesmal auch an dich. Und vielleicht ist dieser Brief darum auch nicht so freundlich, wie er sein sollte. Ich möchte mich am liebsten von meiner guten Seite zeigen, aber ich habe auch eine andere, wie du weißt. Ich habe auch eine Grenze, und wenn die oft genug überschritten wird, werde ich ungemütlich. So sind die Menschen. Ich setze mich dann nicht körperlich zur Wehr wie gewisse Männer, aber ich sage »Wahrheiten«, die nicht gesagt werden sollten, und dabei fühle ich mich dann selbst unwohl.

Wir waren trotz allem verheiratet und wir haben zusammen ein Kind, also müssen wir das jetzt klären. Du musst mich einmal gemocht haben, wie unglaublich es auch klingen mag, du musst in mich verliebt gewesen sein. Und ich in dich. Daran sollten wir uns erinnern, so etwas verschwindet niemals ganz. Wir waren verliebt, nicht stürmisch, aber auf unsere eigene bescheidene Weise. So etwas ist sicher immer eine Frage der Wahl zwischen den vorhandenen Möglichkeiten, aber ich für meinen Teil wollte nicht zurück in die Einsamkeit. Apropos Einsamkeit, kannst du dich an meinen Gedichtband erinnern? »Heimatlose Sterne« hieß er und es ging um nichts anderes. Großer Gott, ich las daraus bei der Weihnachtsfeier im Polizeipräsidium. Ich las und las und niemand sagte etwas, doch dann sah ich das Gesicht deines Vaters. Da habe ich aufgehört. An diesem Abend bekam ich einen neuen Spitznamen, »Heimatloser Stern«. Eigentlich hatte ich gar nichts dagegen. War nicht schlimmer als »Weichtier«.

Als ich nach Hause kam, hast du im Badezimmer gesessen und dir die Beine rasiert. Ich war ziemlich verwundert, weil du das normalerweise nie gemacht hast, aber du wolltest mir den Grund nicht verraten. Heute kenne ich den Grund, es war nicht wegen mir, sondern wegen dem anderen. Ich wurde misstrauisch, als du dich plötzlich so für Australien interessiertest. Und zum Beispiel wusstest, dass alle Frauen sich da unten die Beine und die Achselhöhlen rasieren, andernfalls würden die Männer überhaupt nichts von ihnen wissen wollen. Aber all das will ich jetzt gar nicht vertiefen. Es kam zum kurzen Ende einer langen Geschichte und du bist mit John auf die andere Seite des Erdballs gezogen – und hast Josefine mitgenommen. Während ich weiterhin auf die Polizeischule ging, obwohl ich es hasste. Selbstverständlich hätte ich den Dienst quittieren sollen, statt immer so verdammt tüchtig und pflichtfreudig zu sein; darum endet bei mir immer alles im Chaos. Wie beispielsweise jetzt: Ich hätte niemals nach Jütland ziehen sollen, aber wo zum Teufel soll ich denn sonst hin? Wo braucht man einen Mann wie mich? »Heimatloser Stern«, vielen Dank, eines Tages tritt er vielleicht einmal in die Erdatmosphäre ein, verglüht – und erleuchtet den Himmel als Sternschnuppe. Oder fällt zu Boden wie ein Meteorit. Wirbelt Staub auf und verdunkelt die Sonne. Ich sollte besser aufhören. Ich hole mir grad noch ein Bier.

Jetzt bin ich wieder da. Hier im Schatten mit einem kalten Bier in Reichweite kann man gut denken. Ich denke an deine Mutter. Geht es ihr besser, jetzt, da sie einen anderen Schwiegersohn hat? Ich hoffe es. Ich hätte ihr gern mal erzählt, wie du von mir schwanger geworden bist, denn es war ja ihre Schuld – indirekt. Es waren ihre selbst gestrickten Wollsocken! Bestimmt hast du noch nie von dieser Theorie gehört. Wir waren gerade zusammengezogen, es war Mitte Dezember. Wir hatten ein Adventslicht angezündet und du hattest ein Paar warme, von deiner Mutter gestrickte Wollsocken an, sonst nichts. Ich trug keine Socken, dafür aber ein Kondom. Die Hacken der Wollsocken kratzten auf meinem Rücken. Ich hab es gern, am Rücken gekratzt zu werden, das habe ich sicher nie erzählt, und an diesem Abend wurde ich gekratzt – und da ritt mich der Teufel. Ich wurde zu eifrig und verlor die Kontrolle. Irgendetwas ging kaputt. Es war das Gummi, aber das wusste ich nicht, sonst hätte ich mich doch rechtzeitig zurückgezogen. Ich spürte nur, dass es schöner war als sonst. Wenn etwas kaputtgeht, weiß man es in der Regel erst, wenn es zu spät ist, wie mein Vater immer gesagt hat.

Als ich ihn herauszog, hing das Kondom ganz unten an der Wurzel. »Was zum Teufel ist das?«, habe ich noch gefragt. »Sieh mal!«

Du hast ein wenig geschielt, wie immer, wenn du dir etwas konzentriert ansiehst. Und dann warst du völlig außer dir und hast mich beschimpft, danach bist du ins Bad gelaufen und hast angefangen, mit der Brause zu hantieren; ich ruhte mich aus und schaute an die Decke.

So ist das damals gewesen, es waren die Wollsocken! Und deine Mutter hatte sie gestrickt, also war es indirekt ihre Schuld. Bei genauerem Nachdenken denke ich aber, du solltest ihr das nicht erzählen, es würde sie vollkommen aus der Fassung bringen. Nachdem wir gesagt hatten, dass wir heiraten wollten, vertraute sie mir an, du wärst ein Mädchen, dem ein Mann nicht genügen würde. Von einer angehenden Schwiegermutter war das nicht sonderlich nett, aber sie tat halt, was sie konnte, um mich abzuschrecken. Und was die Männer betraf, hatte sie ja tatsächlich recht. »Es geht ihr nur ums Geld«, sagte sie auch einmal, während die Tränen ihr die Wangen hinunterliefen. Mir tat sie richtig leid. Sie war – und ist wohl noch immer – eine feine Dame; man möchte sie in den Arm nehmen. Aber man tut es nicht. Man hat Angst, einen Tritt in den Schritt zu bekommen, ich jedenfalls. Dein Vater hat sie auch nie in den Arm genommen, zumindest habe ich das nie gesehen. Er trug gelbe Seidenunterhosen, ich weiß es, weil ich es selbst gesehen habe. Ein Polizist in gelben Seidenunterhosen, das ist schon ziemlich extrem, finde ich. Wenn ich das den Kollegen auf dem 4. Revier erzählt hätte, hätte es ein Gerede und Getuschel gegeben; vermutlich hätte er einiges von seiner kostbaren Autorität verloren. Aber selbstverständlich habe ich es nicht erzählt. Vielleicht hätte ich es tun sollen. Ja, eigentlich kann ich es ja noch nachholen!

Natürlich waren nicht die Wollsocken schuld an deiner Schwangerschaft. Es lag wohl eher daran, dass ich nie erzählt habe, wie gern ich am Rücken gekratzt werde. Ist doch klar, wenn ich dann mal gekratzt werde, so eher zufällig, dann muss es einfach schiefgehen. Ich hätte dir erzählen sollen, wie ich es gerne habe, und wenn du nicht zugehört hättest, dann hätte ich dir den Hintern versohlen sollen, während dein Vater, deine Mutter und euer kleiner verfluchter Foxterrier zugesehen hätten.

Wahrscheinlich hast du längst aufgehört zu lesen, du wirst die erste Seite des Briefes gelesen und den Rest in den Papierkorb geschmissen haben. Wie auch immer, ich habe dich durchschaut. Aber das ist für mich in Ordnung. Erinnerst du dich, wie ich dir manchmal, spät in der Nacht, die Leviten gelesen habe, während du schon schliefst? Nein, kannst du ja nicht, weil du geschlafen hast. Aber ich habe es getan! Und es war geradezu erleichternd. So wie jetzt.

Der Fleck, den du da oben in der rechten Ecke siehst, ist keine Träne, das ist Bier!

*Viele Grüße*
*Robert*

PS: Wenn ich jetzt schon mal dabei bin, da war noch eine Sache, zu der du mich gebrauchen konntest, über meine Funktion als Samenspender und Unterhaltsbeschaffer hinaus, ja. Entschuldigung, dass ich so direkt werde, aber ich habe meine Gründe. Tja, Hanne, ich meine es so. Niemals musste ich so oft und so lange lecken wie bei dir. Ich hatte geschwollene Lippen und bekam ein rotes Kinn und Hautabschürfungen! Und wenn ich ihn schließlich hineinstecken durfte, mit Kondom, kam es mir fast immer sofort. Wenn ich nun einfach noch einmal gedurft hätte, aber nein, erst musste noch eine Runde geleckt werden. Andererseits wolltest du mich nie mit dem Mund nehmen. Wenn das nicht sexuell diskriminierend ist, dann weiß ich es auch nicht. Was ist also dagegen zu sagen, wenn ich abends ab und zu behauptete, Kopfschmerzen zu haben? Dann warst du beleidigt, hast dich im Bett gedreht und gewälzt und konntest nicht schlafen, weil du deinen Willen nicht bekommen hast. Ich lag dann da und grinste ins Kissen. Und du hast mich an etwas erinnert, was ich mal aus Versehen gesagt habe, es wäre für mich Befriedigung genug, dich zu befriedigen. Aber ich hatte ja nicht damit gerechnet, dass du das so buchstäblich nehmen würdest, Hanne.

Auf einem der Bilder, die du mir geschickt hast, steht John im Hintergrund, mir scheint, er hat geschwollene Lippen und ein rotes Kinn; haben wir beiden uns möglicherweise etwas zu erzählen?

PPS: Grüß meinen kleinen Schatz von mir, ich freue mich, sie im Juli zu sehen.

Der Brief landete mit einem Geräusch auf dem Boden des Briefkastens, über das Robert erschrak. In Kopenhagen hatte es sich nie so angehört, wenn er Briefe in den Briefkasten warf. Allerdings waren die Briefkästen dort normalerweise auch nicht leer. Und wenn doch, hörte man die Briefe nicht hineinfallen, denn es gab so viele andere Geräusche, dass ein Plumpsen niemanden erschrecken konnte. Aber hier war es so ruhig. Robert stutzte – ihm gefiel der Gedanke nicht, dass sein Brief der einzige sein würde, der heute in der Stadt abgeschickt wurde.

Was würde Post-Helmuth denken, wenn er den Briefkasten leerte und nur einen Brief fand? Der Landpolizist schrieb einer Frau in Australien. Robert sah es vor sich, wie er den Brief hochhob, Absender und Empfänger las und ihn vielleicht gegens Licht hielt. Im Postamt würde er der Frau hinter der Schranke einen Wink geben, worauf die sich erhob und ihn nach hinten begleitete; dort öffneten sie den Brief und lasen ihn sich laut vor. Hinterher versprachen sie, niemandem etwas davon zu erzählen, nicht einmal den nächsten Angehörigen. Aber so etwas hielt kaum jemand durch. Robert würde einen neuen Spitznamen bekommen – der »Leckprinz«.

Blödsinn, jetzt musste er sich zusammennehmen. Die Fantasie durfte nicht mit ihm durchgehen, wo führte das denn hin? Doch dieses metallische Aufklatschen auf dem Boden des Briefkastens hatte so schicksalsschwanger geklungen. Und schicksalsschwanger war es in der Tat, denn was würde Hanne sagen, wenn sie seinen Brief las? Solche Briefe verschickte er normalerweise nicht. Er hatte geschrieben, den Dienst quittieren zu wollen; wenn sie das erfuhr, würde es nicht lange dauern, bis auch ihr Vater Bescheid wusste. Und dann gab es kein Zurück mehr, dann musste er sein Abschiedsgesuch einreichen, wenn er es bis dahin nicht ohnehin getan hatte.

Man konnte einen derartigen Brief nicht einfach auf die Post geben und dann nach Hause gehen, es musste gefeiert werden. Nur gab es dafür nicht allzu viele Möglichkeiten, abgesehen vom Wirtshaus.

Robert ging über den Marktplatz und am Rathaus vorbei, auf dem der Storch stand und noch immer nach seiner Frau Ausschau hielt; armer Kerl, jetzt war es bald zu spät, um in diesem Jahr noch Junge zu bekommen. Aber es ging den Tieren wie den Menschen, die Treulosigkeit griff um sich. War das eigentlich ein Er oder eine Sie? Irgendetwas sagte Robert, dass es ein Er sein müsste.

Schon als er durch die Schwingtür den Saloon betrat, spürte er eine gewisse Wehmut – vielleicht kam er zum letzten Mal hierher, und wo würde er sonst noch so eine Tür finden? Von den Sätteln gar nicht zu reden, die als Thekenhocker dienten, dem Zaumzeug an den Wänden und der deutschen Schlagermusik.

Als er sich im Lokal umsah, erblickte er die übliche Truppe: Hansi, Helmuth und Anderthalbschritt-Nissum – die drei alten Trolle, wie er sie getauft hatte, denn alle drei waren im gleichen Alter und hatten spitz zulaufende, große, abstehende Ohren. Außerdem saßen noch ein paar Männer da, die er nicht kannte. Robert grüßte mit einem »Mojn«, es wurde genickt und zurückgemurmelt, und Hansi erhob sich kurz und ließ einen fahren. Offensichtlich in aller Freundschaft, denn Robert hatte bemerkt, dass die Männer gewaltig furzten, wenn sie sich wohlfühlten. Wäre er ein vollkommen Fremder für sie, würden sie ihn nicht in dieser Form willkommen heißen. Es war auch üblich, sich ins Gesicht zu rülpsen oder zwischen die Füße zu spucken – und immer mit einem todernsten Gesichtsausdruck, das durfte man jedoch nicht missverstehen. Anfangs hatte er es nicht begriffen. Wenn sie sich auf der Straße begegneten und sich gegenseitig in den Hintern traten, hatte er sich eingemischt und sie aufgefordert, mit der Prügelei aufzuhören. Es war einigermaßen peinlich, denn mehrfach hatten sie ihm erklären müssen, sie würden sich nicht prügeln, sondern lediglich einen guten Tag wünschen. Wenn jemand einen anderen in den Hintern trat, dann nur, weil man sich mochte. Jedenfalls normalerweise. Selbstverständlich konnte es auch das Gegenteil bedeuten, aber dann war es eine andere Art von Tritt, dann wurde nicht mit der Innenseite getreten, sondern mit der Schuhspitze, normalerweise kam es Samstagabend in der Kneipe vor. Über all diese Dinge wusste Robert nun sehr viel mehr. Von Anderthalbschritt-Nissum hieß es, er könne mit seinem steifen Bein hart zutreten, aber es würde ihm schwerfallen, das Bein zu kontrollieren. Daher wusste man nie, ob er mit der Innenseite oder mit der Spitze trat. Brüder durften sich außerdem eine linke Gerade verpassen, aber das hatte Robert noch nicht gesehen. Natürlich gab es verschiedene Möglichkeiten einer linken Geraden und es wäre durchaus interessant gewesen, die Unterschiede zu erfahren, aber seine Zeit lief ab. Robert traten Tränen in die Augen bei dem Gedanken an all die Dinge, deren Charme er erst jetzt kennengelernt hatte und für die es bald zu spät sein würde. Obwohl die Südjütländer unartikuliert und platt waren, hatten sie doch auch etwas Unverdorbenes und Herzensreines.

Robert stellte sich an die Theke und bestellte ein Bier.

»Dachte ich mir«, sagte der Kellner und lächelte traurig. »Krüger kam normalerweise auch immer um diese Zeit und bestellte Bier.«

»Ich bin also nicht besser als er, findest du?«

Der Kellner zuckte mit den Schultern, dann wurde

er zu einem der Tische gerufen. Robert überlegte, sich an Krügers Platz zu setzen, der normalerweise leer blieb, nur um es einmal auszuprobieren. Was konnte schon passieren? Es war ja sein letzter Abend. Aber wenn er nun nicht wieder aufstehen konnte? Es könnte irgendetwas an dem Stuhl kleben, genauso wie an dem großen Schreibtisch zu Hause. Vermutlich war es besser, an der Theke stehen zu bleiben.

Dann überlegte er, sich bei allen zu verabschieden und für die Zeit zu bedanken; ihm gefiel ihre Art, sich die Hand zu geben, jetzt wäre ein geeigneter Zeitpunkt. Doch er ließ es. Es würde nur zu allzu vielen Fragen führen, und er wollte niemandem etwas erklären müssen. Dann lieber an der Theke stehen, Bier trinken und sozusagen für sich Abschied nehmen, in aller Stille.

In der Gaststube saß ein Mann, den Robert schon ein paar Mal gesehen, aber noch nie gegrüßt hatte. Seine Arme waren tätowiert, er hatte schwarzes lockiges Haar, hielt sich gerade und pfiff vor sich hin, als würde ihm der ganze Laden gehören. Eigentlich ungewöhnlich für diese Gegend, in der man auf den Boden zu blicken und den Mund zu halten hatte, wenn man sich unter Fremden aufhielt. Robert bekam eine Art Erklärung, als der Mann sich von seinem Stuhl erhob, um an der Theke Zigaretten zu holen. Im Gegensatz zu anderen Menschen wurde der Mann nicht größer, als er aufstand, eher kleiner. Mit anderen Worten, er hatte ungewöhnlich kurze Beine. Nun verstand Robert es besser: Weil er so klein war, konnte er es sich erlauben, den Kopf so hoch zu tragen.

Als sie nebeneinander an der Theke standen, stellte Robert sich vor und ergriff die Gelegenheit, ihm die Hand zu geben.

»Ich heiße Svend«, sagte der Mann. »Aber nenn mich einfach ›Svend ohne Geld‹, so wie die anderen.«

Robert nickte und überlegte, ob er richtig gehört hatte. Aber noch bevor er nachfragen konnte, war der Mann mit den Zigaretten zurück an seinen Tisch gegangen und hatte seinen Stuhl wieder bestiegen. Robert bat den Kellner um eine Erklärung.

»Weil wir ihn so nennen«, bekam er zur Antwort, »darum heißt er so.«

»Na ja, gut, aber hat er denn kein Geld?«

»Nein, eigentlich hat er ziemlich was an den Hacken. Aber es ist so lange her, seit er seinen Spitznamen bekam, dass niemand mehr darüber nachdenkt, was er bedeutet. Und inzwischen hat er ihn akzeptiert. Er fährt in einem Lieferwagen herum, auf dem ›Svend ohne Geld‹ steht, den hast du bestimmt schon gesehen? Wenn du in seinem Trödelladen etwas kaufst und um eine Quittung bittest, steht oben auf der Rechnung auch ›Svend ohne Geld‹. Das ist so ’ne Art Logo, und er hat nichts dafür bezahlen müssen.«

Robert lachte, dann wurde sein Lachen von einem traurigen Lächeln abgelöst. Svend ohne Geld würde er nie richtig kennenlernen. Und genau diese Art von Persönlichkeiten würde er vermissen, da war er sicher. Wenn man überhaupt etwas vermissen kann, das man nie richtig kennengelernt hat – aber warum sollte es nicht so sein? Genauso, als würde man auf einer Charterreise in Griechenland am letzten Abend an der Bar stehen und davon träumen, zu bleiben und sich unter den Fischern und Bauern niederzulassen. In seinem Fall eher unter Bauern, von denen die meisten bereits in Rente waren, aber dennoch. Wieso sollte Glück nicht heißen, zwischen einer Handvoll Südjütländern mit abstehenden Ohren und Gummistiefeln in einer Gastwirtschaft zu sitzen und hin und wieder den Hintern zu heben und einen fahren zu lassen? Ohne eine Miene zu verziehen? Robert spürte das Gas in seinem Darmtrakt, aber es passierte nichts Rechtes. Noch nicht.

Wahrscheinlich war es auch besser so, denn nun betrat eine junge Frau das Lokal. Sie ging auf die Theke zu, an der Robert stand. Er rückte ein wenig beiseite, ihre Anwesenheit störte ihn beim Nachdenken – andererseits hatte man nun etwas Hübsches zum Ansehen. Und eine Frau war ein seltener Anblick hier, ähnlich wie im Süden, besonders wenn sie allein kam und sich an die Theke stellte. Andererseits hätte es komisch ausgesehen, wenn sie sich in diesem kurzen Rock breitbeinig auf einen der Pferdesättel gesetzt hätte; sie blieb neben Robert stehen und bestellte einen Gin Tonic. Lächelte ihm zu. Sie trug eine dunkle Pagenfrisur und war klein und rund, aber auf eine süße Art. Brüste hatte sie in der Tat auch. Und ein fülliges Hinterteil, das sie nicht zu verstecken versuchte, sondern vielmehr nach hinten herausschob. Sie sagte irgendetwas zu dem Kellner, der anfing zu lachen. Robert verstand nicht, was sie gesagt hatte, beide sprachen Dialekt. Dann ging sie mit ihrem dunkelroten Lacktäschchen auf die Toilette.

Robert konnte es nicht lassen, er musste ihr hinterhersehen, und noch bevor er sich darüber im Klaren war, hatte er ein weiteres Bier bestellt.

»Wär' das nicht was für dich, Hansen?«, fragte Helmuth.

»So ’n bisschen Damengesellschaft?«

»Wer ist das?«, fragte Robert und achtete darauf, nicht allzu interessiert zu klingen.

»Das ist Lone.«

»Lone Tausendschwanz«, ergänzte Hansi.

Ja, natürlich, wieso hatte Robert sie nicht sofort erkannt. Die Hure, zu der Doktor Zerlang ging.

»Ich glaube, ich lehne dankend ab«, sagte er.

»Habt ihr in Kopenhagen vielleicht bessere Nutten?«, erkundigte sich Helmuth.

»Nein, so ist das nicht … das heißt, ich weiß nicht sehr viel darüber …«

»Lone hat die beste Muschi, die ich seit Jahren hatte«, sagte Svend ohne Geld, seine Stimme bekam etwas regelrecht Andächtiges.

»Ich kann auch nur Gutes über sie sagen«, teilte Helmuth mit.

Die anderen nickten; man durfte offenbar nichts Abschätziges über Lone sagen.

»Aber du hast vielleicht was Besseres zu Hause?«, fragte Hansi. »Wovon wir noch nichts gehört haben?«

»Lasst Hansen in Ruhe«, griff der Kellner ein.

»Er könnte ihr wenigstens eine Chance geben«, meinte Helmuth. »Er kann sie doch nicht einfach so ignorieren.«

»Ich ignoriere sie nicht, ich habe nur keinen Bedarf …«, versuchte es Robert, wurde aber von Anderthalbschritt-Nissum unterbrochen.

»Hältst du es möglicherweise mehr mit jungen Männern?«

Robert schüttelte hastig den Kopf.

»Ich weiß schon, was du willst«, sagte Svend ohne Geld. »Es gibt ja auch verheiratete Frauen hier im Ort. Und die eine oder andere lässt sich gern mal auf ein kleines Abenteuer ein. Aber es ist sicher besser, keine Namen zu nennen.«

»Ich weiß genau, wen du meinst«, sagte Helmuth.

»Ich auch«, fügte Hansi hinzu. »Seht mal, jetzt grinst Hansen auch schon übers ganze Gesicht.«

Allein der Gedanke, bei Ingerlise zu liegen, ließ ihn erröten.

»Tja, man hört ja das eine oder andere«, sagte der Kellner.

»Ich finde, Hansen ist so still«, sagte Helmuth. »Wäre ich vermutlich auch, wenn man bedenkt, mit wem sie verheiratet ist. Mit ihm würde ich mich nur ungern anlegen.«

»Dürfen wir nun die Wahrheit erfahren?«, fragten sie einstimmig und blickten ihren Landpolizisten an.

Nach einer langen Pause hob Robert sein Glas.

»Prost!«

Damit hatte er genug gesagt. Aber er fühlte sich einigermaßen geschmeichelt, dass sie wirklich glaubten, er und Ingerlise ... Und obwohl sie alle Freunde von Jørgen und entsprechend empört waren, spürte Robert noch etwas anderes: Sie zogen den Hut vor ihrem neuen Beamten. Dass er es wagte! Sie brauchten doch bloß zu quatschen! Aber ganz so, wie sie dachten, verhielt es sich natürlich nicht, und Robert dachte intensiv darüber nach, wie er es klarstellen konnte – als Lone von der Toilette zurückkam.

»Ihn kannst du vergessen«, sagten sie zu ihr, »er ist anderweitig belegt.«

»Wieso anderweitig?«, fragte sie.

»Tja, das würdest du wohl gern wissen.«

»Ich weiß nicht, wovon ihr redet«, sagte Robert.

»Aber sie hat dich doch besucht«, sagte Hansi. »Oder? Mehr als einmal?«

Wieder bekam Robert einen roten Kopf und wusste nicht, wohin er blicken sollte, er sah aus wie ein verliebter Schuljunge. Dann trank er rasch aus, denn es war besser, nach Hause zu gehen, bevor er noch weitere Dummheiten sagte.

Als er zur Tür kam, drehte er sich zu der Versammlung um, um ein letztes Mojn zu sagen, aber in diesem Moment wurde hinter ihm die Tür geöffnet und Jørgen trat ein. Er rempelte Robert an und ging zum Tresen, stellte sich neben Lone. Es wurde sehr still in der Wirtschaft, die Gäste blickten von Robert zu Jørgen, und Jørgen spürte, dass irgendetwas los war. Roberts Magen begann zu rumoren. Er hob ein Bein – und ließ einen fahren. Lautstark. Und ohne eine Miene zu verziehen, auch niemand der anderen verzog eine Miene. Dann ging er.

Wenn das kein würdiger Abschiedssalut gewesen war, dann wusste er es auch nicht. Das Problem bestand ja nicht darin, einen fahren zu lassen, sondern es zu tun, ohne dabei eine Miene zu verziehen. Und das war notwendig, sonst hatte es keinen Sinn, dann sollte man es besser lassen. Es hatte etwas von einem finnischen Film – einem, in dem nichts Richtiges passiert, aber genau das ist das Gute daran: Die Personen unternehmen die merkwürdigsten Dinge, um andere aus der Fassung zu bringen, aber es gelingt ihnen nie. Egal, wie komisch das Ganze ist, alle sehen so aus, als würden sie sich gottsjämmerlich langweilen.

Und er hatte geglaubt, in den Provinzkneipen würden sie nur dahocken und sich im Armdrücken messen, aber so einfach war es wahrlich nicht. Man trug so viele Vorurteile mit sich herum. Natürlich maßen sie sich im Armdrücken, aber gleichzeitig rülpsten sie oder gaben andere Laute von sich – um den anderen abzulenken oder zum Lachen zu bringen. Denn man kann nicht gleichzeitig stark sein und lachen. Darin bestand nämlich das eigentliche Geheimnis. Aber man sollte stark sein, so war es wahrscheinlich überall. Wir alle erwarten ein wenig Respekt, auch Robert. Er hatte es lange getan.

Wenn sie in einigen Tagen bemerkten, dass er den Dienst quittiert hatte und nach Kopenhagen zurückgekehrt war, würden sie bestimmt denken: Aha, daher hat er an diesem Abend getrunken, es ist sein letzter Abend gewesen, auf diese Weise hat er sich verabschiedet. »Ich war an dem Abend dabei«, würde einer von ihnen sagen. »Ich auch«, ein anderer ergänzen. »Und ich habe lange mit ihm geredet.« Das könne ja wohl nicht sein, würde dann ein Dritter einwerfen. Hoffentlich prügelten sie sich nicht.

Vielleicht würden sie auch sagen: »Eigentlich war er ein feiner Kerl.« Oder vielleicht denken. Wengistens einer von ihnen. »Schade, dass er fort ist.« So etwas in der Art.

Selbstverständlich würden sie auch über die Sache mit ihm und Ingerlise sprechen. Ob zwischen ihnen etwas gewesen war oder nicht. Robert hatte es nicht direkt zugegeben, aber er hatte es auch nicht abgestritten. Was würde Jørgen wohl dazu sagen? Würde er wild um sich schlagen, Tische und Gläser umschmeißen und einigen Leuten zu Nasenbluten verhelfen? Oder würde er nur ein Bein heben und einen fahren lassen?

Als Robert nach Hause kam, suchte er nach einem Video, um einschlafen zu können. Er kramte lange in seinen Beständen und konnte sich nicht entscheiden, und in der Stadt gab es keinen Videoverleih. Schließlich entschied er sich für eine Fußballtotosendung, die er vor einigen Jahren aufgenommen hatte und in der besonders viele Tore fielen. Er stellte den Fernseher in den Türrahmen, damit er vom Schlafzimmer aus zusehen konnte, baute eine Batterie Starkbierflaschen neben sich auf und legte sich aufs Bett, ohne sich auszuziehen. So etwas tat er nur bei besonderen Anlässen, zumal er wusste, dass seine Mutter es nicht mochte; man ging nicht angezogen ins Bett, und schon gar nicht in Uniform.

Eigenartig, als er sich die Spiele ansah, hatte er das Gefühl, im Laufe des Abends wäre irgendetwas geschehen, das nicht hätte geschehen sollen. Allerdings dachte er nicht weiter darüber nach, die Fußballspiele waren so spannend. Plötzlich hörte er auf der Straße ein Kind Wiegenlieder singen. Er ging ans Fenster, blickte in die Dunkelheit und erkannte undeutlich ein blondes Mädchen mit einem Puppenwagen, kaum älter als acht Jahre. Sie war ganz allein, lief merkwürdig ziellos umher und sang »Schlaf, Püppchen Lise«. Und merkwürdigerweise sah sie Josefine zum Verwechseln ähnlich.

Robert legte sich wieder aufs Bett – so betrunken war er und so sehr fehlte ihm seine Tochter, dass er bereits halluzinierte. So weit hatte ihn dieser Ort gebracht. Er war an einem Punkt angelangt, an dem er entweder sofort aufzubrechen hatte – mit voller Fahrt raus aus der Stadt, ohne sich umzusehen, vor sich hin pfeifend dem Sonnenaufgang entgegen – oder sich damit abfinden musste, hier nie wegzukommen. So viel stand fest. Als kurz darauf in einem der Spiele ein Tor fiel, öffnete er ein weiteres Bier. Als er die Flasche ausgetrunken hatte, schlief er ein.

Er schlief ruhig, ohne Ohrenstöpsel. Diesmal hörte er die Vögel am nächsten Morgen nicht singen. Entweder hatte er sich daran gewöhnt oder sie sangen an diesem Morgen nicht. Erst als im Laufe des Vormittags das Telefon klingelte, erwachte er. Die Stimme von Doktor Zerlang war am Apparat. Eine Patientin wäre in seiner Praxis, sagte er, eine Frau sei geschlagen worden, angeblich von ihrem Mann. Er sprach von einer aufgeplatzten Augenbraue, die er hatte nähen müssen, und diversen Blutergüssen. Sie stände unter Schock und wollte nicht zurück nach Hause. Robert verstand es nur zu gut.

»Grüß sie von mir und sag ihr, dass ich sofort komme«, sagte er.

Er ging ins Bad, dann bügelte er die Uniform auf, die im Laufe der Nacht ziemlich knittrig geworden war. Zur Sicherheit räumte er noch ein wenig auf und kontrollierte, ob das Bett im Gästezimmer frisch bezogen war. Er öffnete ein Fenster, um zu lüften. Schließlich setzte er sich ins Auto. Vor sich hinpfeifend – dann besann er sich und hielt inne.

Es war schon in Ordnung, es war total verrückt.

## *Kapitel 6*

Doktor Zerlang wohnte in einem Fachwerkhaus mit Reetdach, das in einer ruhigen Seitenstraße lag. Es sah aus wie so viele Häuser in diesem Ort, der hauptsächlich aus Fachwerkhäusern bestand, die in einer ruhigen Seitenstraße lagen – obwohl sie oft genug so ruhig gar nicht waren. Aber diese Straßen hatten eine so angenehme Art, ruhig zu sein, außerdem waren sie häufig aus Kopfsteinpflaster. Selbst wenn ein Haus aus rotem Backstein gebaut war, wie zum Beispiel das Haus, in dem Robert wohnte, hatte es dennoch etwas Fachwerkartiges an sich; zumindest waren die Fensterrahmen in einem schlichten Blau lackiert und an der Eingangstür standen Stockrosen.

Zerlangs Haus sah allerdings anders aus. Man bemerkte es sofort, die Fensterrahmen waren nicht schlicht blau, sondern grün. Es sah eigentlich ganz hübsch aus, durchaus, aber es verblüffte. Robert hatte lange genug in der Stadt gewohnt, um sich zu wundern. An der Eingangstür standen keine Stockrosen und der Briefkasten lag auf der Erde. Und da obendrein auf dem Rasenstück statt Gartenmöbeln ein altes Sofa und ein Couchtisch standen, gab es keinen Zweifel: Hier wohnte ein Zugezogener. Und die betreffende Person bemühte sich nicht einmal, es zu verbergen.

Robert ging über einen kleinen, mit Fliesen belegten Weg und klingelte. Kurz darauf wurde die Eingangstür geöffnet. Zerlang reichte ihm nicht die Hand, sondern winkte ihn herein und klopfte ihm auf die Schulter. Auch das war auffällig, so etwas tat man hier nicht, außer man kannte sich gut, und das war keineswegs der Fall. Robert wollte nicht mit Zerlang befreundet sein, er wollte nicht mit jemandem in einen Topf geworfen werden, der sich damit brüstete, ein Zugezogener zu sein – nachdem er schon dreizehn Jahre in der Stadt wohnte. Wenn man ihn fragte, ob er sich allmählich eingelebt hätte, antwortete Zerlang: »Das will ich doch nicht hoffen.« Über Robert ließ sich vieles sagen, aber seit er hierhergezogen war, hatte er versucht, sich einzuleben. Seiner Ansicht nach war man das den Bürgern einer Stadt schuldig, in der man seinen Dienst leistete. Und ein Arzt sollte sich ähnlich verhalten. Die Leute mochten ein wenig grinsen, wenn der neue Landpolizist »Mojn« sagte, aber es war kein boshaftes Grinsen. Bestimmt gab es den ein oder anderen, der den Hut zog und seine Art der Zerlangs vorzog. Andernfalls gäbe es ja überhaupt keine Gerechtigkeit mehr. Im Grunde konnte es ihm natürlich egal sein, nachdem er beschlossen hatte, den Dienst zu quittieren. So bald wie möglich. Und bis dahin wollte er nur mal sehen, ob er noch etwas für Ingerlise tun konnte.

Als er den Flur betrat, zog er den Kopf ein, um nicht an die Deckenbalken zu stoßen. So etwas lernte man rasch bei den vielen niedrigen Decken des Orts. Robert konnte sich inzwischen richtig gut ducken. Es kam sogar vor, dass er auch bei einer hohen Decke den Kopf einzog, aus reiner Gewohnheit, oder sogar auf dem Marktplatz. Es ging ihm aber nicht allein so, in der Stadt wurden sehr viele Köpfe eingezogen, und es gab niemanden, der sich darüber wunderte.

Auf der linken Tür des Flurs stand »Privat«, auf der rechten »Wartezimmer«, die Tür vor ihm stand offen und führte zum Sprechzimmer. Robert bemerkte aus den Augenwinkeln ein Paar Frauenbeine, sie mussten zu Ingerlise gehören; sie hielt die Beine ein wenig gespreizt, ein Schuh war vom Fuß geglitten. Er wäre gern hineingegangen.

»Gut, dass du kommen konntest«, sagte Zerlang. »Du wirst erwartet. Ja, du hast wahrscheinlich erraten, um wen es sich handelt.«

Robert schüttelte den Kopf, er hielt es für das Sicherste. Gemeinsam gingen sie ins Sprechzimmer. Ingerlise saß mit einem großen Pflaster am Kopf dösend auf einem Stuhl.

»Ingerlise?«, sprach Zerlang sie an. »Wachtmeister Hansen ist gerade gekommen. Ingerlise?«

Sie reagierte nicht. Der Arzt schüttelte sie sanft, der Kopf fiel auf die Brust, ihr Haar bedeckte das Gesicht.

»Ich habe ihr etwas zur Beruhigung gegeben«, flüsterte Zerlang leise.

Dann schüttelte er sie wieder, diesmal fester, und brüllte ihr fast den Namen ins Ohr. Sie zuckte ein wenig mit den Beinen, gab ein kleines Grunzen von sich – und schlief weiter.

»Zur Beruhigung ... das kann man wohl sagen«, meinte Robert.

»Sie stand ziemlich unter Schock, als sie kam. Vor einer Stunde. Vielleicht anderthalb.«

»So lange war sie in Behandlung?«

»Nein, aber es ist ja auch schon eine Weile her, seit ich angerufen habe. Wir haben auf dich gewartet ...«

Ingerlise glitt langsam vom Stuhl, Zerlang hob sie zurück auf den Sitz. Er strich auch das hochgerutschte Kleid glatt.

»Wie soll ich mit ihr reden, wenn sie bewusstlos ist?«

»Normalerweise reagiert sie nicht so … Ich habe ihr nur das Übliche gegeben.«

»Es ist also nicht das erste Mal?«

»Nein, ich dachte, das wüsstest du. Sie kommt in diesem Zustand häufiger zu mir. Wenn ich sie wieder zusammengeflickt habe, bekommt sie eine Spritze. Aber es ist das erste Mal, dass sie ihren Mann anzeigen will. Sonst ist sie immer sofort zu ihm zurückgegangen. Es ist nur eine Frage der Zeit, bis er anfängt, nach ihr zu suchen.«

Robert ging um Ingerlise herum. Er bemerkte einige Blutspritzer auf ihrem Kleid, wahrscheinlich von der Augenbraue, und blaue Flecken an den Armen. Aber nicht an den Beinen. Er versuchte, ihr ins Gesicht zu sehen. Als Zerlang ihm den Rücken zuwandte und etwas in seinen PC schrieb, öffnete Ingerlise plötzlich die Augen, sah Robert direkt an und lächelte. Dann schloss sie die Augen wieder und ließ ihren Kopf vornüber fallen.

Zerlang druckte eine Kopie des Krankenberichts aus und gab ihn Robert. Robert überflog die Seite.

»Hat sie etwas über die näheren Umstände gesagt?«

»Das Übliche. Ihr Mann hat ein wenig getrunken, offenbar ist er ziemlich eifersüchtig …«

»Hat er Grund dazu?«

»Tja, dazu kann ich mich nicht äußern«, erwiderte Zerlang und bedachte Robert mit einem einverständigen und leicht dämlichen Grinsen.

Robert bereute, gefragt zu haben. Er faltete den Bericht zusammen und steckte ihn in die Tasche.

»Ich werde sie mitnehmen müssen«, sagte er.

»Wohin?«

»Vorläufig zu mir nach Hause.«

»Und was passiert, wenn ihr Mann kommt und nach ihr fragt?«

Robert sammelte ihre Handtasche vom Boden auf. Dann hob er Ingerlise aus dem Stuhl und ging mit ihr hinaus.

»Du sagst einfach, die Polizei hätte die Sache in die Hand genommen.«

Zerlang begleitete sie bis zum Wagen. Er hielt die Tür auf, während Robert Ingerlise auf den Rücksitz legte.

»Was willst du mit ihr machen? Sie hat eine Tochter.«

»Darum kümmere ich mich.«

Zerlang warf einen letzten Blick auf die Frau auf dem Rücksitz, oder vielmehr auf ihre Beine beziehungsweise auf ihre Schenkel, denn jetzt war ihr Kleid ganz hochgerutscht. Bis Robert die Tür von innen zuschlug.

Er war kaum losgefahren, als sich Ingerlise aufsetzte und eine Zigarette anzündete.

»Kidnappst du mich?«, fragte sie.

Robert beobachtete sie im Rückspiegel, ihre Augen sahen noch immer ein wenig verschleiert aus, aber sonst schien sie wach zu sein.

»Nur vorläufig«, erwiderte er. »Bis wir einen Plan haben. Willst du mir nicht erzählen, was passiert ist?«

»Das weißt du doch genau«, sagte sie.

»Ist es meine Schuld?«, fragte er und versuchte, ihren Blick im Spiegel zu erhaschen.

Sie lachte kurz auf und blickte aus dem Fenster. Also doch. Aber sie schien ihm keine Vorwürfe zu machen, möglicherweise war sie sogar der Ansicht, alles würde sich zum Guten fügen.

Sie hatten das Revier schnell erreicht. Er stieg aus dem Auto, öffnete die Hintertür und reichte ihr eine Hand.

»Kannst du selbst gehen?«

»Wenn du meinst?«, sagte sie.

Sie drückte die Zigarette aus und wollte aussteigen, hatte bereits einen hochhackigen Schuh in der Einfahrt – als er sie zurückhielt. Jetzt war er mutig geworden, fast hatte er das Gefühl, in einem Film mitzuspielen, in dem er entscheiden konnte, was zu passieren hatte.

»Mir wäre es lieber, wenn du wieder ohnmächtig würdest«, sagte er. »Damit es ernst aussieht.«

Sie schloss die Augen und sank in sich zusammen, der Kopf fiel auf die Brust. Er zog sie aus dem Wagen, nahm sie in die Arme und trug sie über die Einfahrt. Tatsächlich hatte Robert so gute Laune, dass er mit ihr auf dem Arm ein paar Tanzschritte versuchte und ein Liedchen pfiff; sie wog nicht sonderlich viel, nicht mehr als seine Mutter.

Er transportierte sie ins Gästezimmer und legte sie aufs Bett. Sie blieb mit geschlossenen Augen liegen, und er wagte, ihre Schulter und ihre Wange zu streicheln. Pustete ein wenig auf die blauen Flecken und das Pflaster auf der Stirn. Ging ins Wohnzimmer und stellte den CD-Spieler an, ein Streichquartett von Dvořák.

»Wann darf ich aufwachen?«, erkundigte sie sich.

Am liebsten hätte er gesagt, niemals, aber er brachte es nicht fertig. Wenn er ganz nett fragte, könnte es ja sein, dass sie später noch einmal ohnmächtig würde.

»Von mir aus jetzt.«

Sie öffnete die Augen, setzte sich auf und sah sich um.

»Und nun?«

Er zuckte die Achseln, grinste verlegen und schaute in eine Ecke. Sie stand auf und ging ins Wohnzimmer.

»Darf ich mich ein bisschen umsehen?«

»Ja, natürlich«, antwortete er. »Wo immer du willst.«

Sie ließ einen Finger über die Lehne seines Sofas gleiten, blickte in sein Büro, dann ins Schlafzimmer – und sein Herz stand still, hatte er überhaupt aufgeräumt? Dann kam sie zurück ins Wohnzimmer. Er folgte ihr mit den Augen. Lange blieb sie vor dem Foto seines alten Geburtshauses stehen, das über dem Sofa hing. Sie kommentierte es nicht. Auch nicht das kleine dreieckige Wandbord, das er von seinem Vater geerbt hatte; es passte nicht ganz zur übrigen Einrichtung, aber seiner Meinung nach durfte man Altes und Neues ruhig mischen. Das hatte er auch in einem Wochenblatt gelesen. Er war nur nicht sicher, was sie davon hielt, fast schien es, als hätte sie zu großes Interesse an seiner Einrichtung.

»Gehst du viel auf Flohmärkte?«, fragte sie. Und als er nicht antwortete, fügte sie hinzu: »Ich nicht.«

Dann nahm sie das Foto von Josefine vom Wohnzimmertisch.

»Meine Tochter«, sagte er. »Sie heißt Josefine und ist sieben. Bald acht. Ich sehe sie nicht sehr oft, sie wohnt mit ihrer Mutter in Australien. Und mit ihrem neuen Vater.«

»Vermisst du sie?«

»Ja, natürlich. Ich denke jeden Tag an sie. Aber es ist schwer, jemanden zu vermissen, der so weit weg ist. Es wird so unwirklich. Manchmal mache ich mir Vorwürfe, dass ich sie nicht mehr vermisse …«

Ingerlise kam zu ihm und gab ihm einen Kuss auf die Wange.

»Ich würde gern das Gästezimmer nutzen«, sagte sie. »Für ein paar Tage.«

»Bettwäsche und Handtücher sind da, und in der Tür steckt ein Schlüssel«, sagte er, beinahe zu hastig. »Und wenn du dich ein bisschen erholt hast, überlegen wir einen Plan, dann finden wir einen Platz für dich. Und für deine Tochter, nur ruhig. Und was ich da im Wirtshaus gesagt habe, das deinem Mann offenbar zu Ohren gekommen ist … soweit ich verstanden habe, war es der Grund, dass er dich geschlagen hat …«

Er hielt inne, denn nun setzte sie sich aufs Bett und zog die Schuhe aus, erst den einen, dann den anderen, wo würde das enden?

»Ja?«

»… ich hatte einfach ein wenig getrunken und ein Wort gab das andere. Na ja, eigentlich habe ich das gar nicht gesagt, nicht so direkt, aber ich habe auch nicht das Gegenteil gesagt, als sie mich gefragt haben …«

»Was gefragt haben?«

»Ob wir zusammen gewesen sind. Von meiner Seite war es nicht einmal Taktik, es kam einfach so … ja, wie es nun einmal ist.«

»So, so«, sagte sie.

»Ich wollte deinen Mann nicht eifersüchtig machen, damit er dich schlägt und du mich anrufen konntest, so war es nicht.«

»Ich verstehe«, sagte sie.

Zum ersten Mal an diesem Tag schwang eine kleine Enttäuschung in ihrer Stimme mit. Er hätte sie einfach glauben lassen sollen, das Ganze wäre geplant gewesen, offenbar zog sie diese Version vor. Aber so clever war er nicht, leider. Er war kein großer Stratege, nur ein Träumer in Uniform. Auf der anderen Seite hatte er sich ihr gegenüber ehrlich gezeigt, und das zählte schließlich auch. Ehrlich währt am längsten, hatte sein Vater immer gesagt.

Sehr vorsichtig zog sie das Kleid über den Kopf. Es fiel ihr schwer, da sie offensichtlich noch immer an vielen Stellen Schmerzen hatte. Robert wollte aufspringen, um ihr zu helfen, doch dann gelang es ihr selbst, das Kleid abzustreifen. Sie trug nur noch ihre Unterwäsche. Sicher war es besser, dass er sitzen geblieben war. Sie drehte sich zu ihm um und sah plötzlich sehr ernst aus. Er wagte kaum zu atmen, als sie aufstand und auf ihn zuging. Jetzt würde er sich um Himmels willen zu nichts hinreißen lassen, versprach er sich. Die Situation durfte nicht außer Kontrolle geraten.

Geriet sie auch nicht, denn sie umarmte ihn lediglich freundschaftlich. Und fragte: »Stellst du die Musik ein bisschen leiser?«

Ohne auf eine Antwort zu warten, ging sie zurück ins Gästezimmer und schloss die Tür. Unendlich langsam. Das Letzte, was er von ihr sah, war ihr entschuldigendes Lächeln.

So ließ sie ihn stehen.

Zumindest schloss sie die Tür nicht ab, das war immerhin etwas.

Seine Dienstpistole lag zwischen den Teebechern auf dem Tisch. Geladen. Sie sah sehr elegant und frisch gereinigt aus, machte sich gut zwischen dem Porzellan und den Blumen in der Vase; langstieligen Rosen aus seinem eigenen Garten.

Robert saß im Schatten der Windschutzhecke und trank Tee. Er hatte für zwei gedeckt, aber ein Becher stand leer, Ingerlise war noch nicht aufgestanden. Allmählich könnte sie ruhig aufwachen. Es war ein wunderschöner Nachmittag, eigentlich schade, dass sie nichts davon mitbekam. Endlich hatte der Sommer begonnen. Über den Beginn des Sommers konnte es hier in der Gegend gar keinen Zweifel geben – alles flimmerte und flirrte dann wie in einem Wildwestfilm. Das Gefühl, als hätte man Wasser unter den Füßen, egal, wohin man trat, und dass die Stadt schwankte und jederzeit in den Untergrund versinken könnte, war verschwunden. Andererseits war es nun ziemlich trocken und staubig, denn im Grunde gab es nichts mehr, was sich am Boden halten konnte. Näherte sich ein Auto, sah man von weitem eine Staubwolke langsam größer werden, und bevor man den Wagen erkennen konnte, hatte man genügend Zeit, sich zu überlegen: Wer da wohl kommen mag? Sind es Gäste? Die Alten der Gegend behaupteten, sie könnten an der Staubwolke sehen, wessen Auto auf der Straße fuhr – und wer an diesem Tag hinter dem Steuer saß.

Robert trank einen Schluck Tee und rümpfte ein wenig die Nase. Er fand, Kaffee schmeckte besser, aber er dachte, Ingerlise würde Tee trinken, also trank er ihn auch. Hoffentlich gefielen ihr die neuen Teebecher aus dem Konsum, es wurde wirklich Zeit, sie einmal zu benutzen.

Jetzt durfte sie allerdings gern erscheinen. Eigentlich ein angenehmer Gedanke: Sie lag im Gästezimmer und er hielt Wache. Allerdings waren jetzt sechs Stunden vergangen und er hatte lediglich ein einziges Mal ihren Rücken gesehen, als sie zur Toilette musste. Hoffentlich ging es ihr gut.

Um die Mittagszeit hatte er ein paar Mal vor ihrer Tür gestanden und gelauscht. Ohne einen Laut zu hören. Er schmierte sich ein Brot, klapperte absichtlich mit den Tellern und Gläsern, aber die Tür öffnete sich nicht. Auch nicht, als er die Nachrichten im Radio anstellte. Er wollte schon anklopfen, denn sie musste doch hungrig sein, aber er ließ es. Wahrscheinlich brauchte sie den Schlaf, und das musste er respektieren. Vielleicht hatte sie in der Nacht überhaupt nicht geschlafen, schließlich hatte sie sich ja mit ihrem Mann gestritten. Und er hatte sie geschlagen. Wie jemand es über sich bringen konnte, eine so hübsche Frau zu schlagen, blieb ihm vollkommen unbegreiflich. Was hatten sie wohl zueinander gesagt? Interessanter Gedanke. Vermutlich hatten sie über ihn geredet, den neuen Landpolizisten, und über Ingerlises Gefühle für ihn. Natürlich hatte sie schwören müssen, dass Robert ihr nichts bedeutete, aber es war nicht überzeugend genug gewesen. Ihre Augen verrieten sie, egal, wie viele Schläge sie bekam.

Plötzlich hörte er, wie jemand die Einfahrt hinaufkam. Wer war das? Er hatte keine Staubwolke gesehen, allerdings war er auch ein wenig eingenickt. Robert griff zur Pistole, lief um die Hausecke, entsicherte – und stand einem Zeitungsausträger gegenüber. Der sommersprossige Junge in Shorts hatte gerade das Wochenblatt auf die Treppe gelegt und lief nun erschrocken davon. Es half nichts, als Robert versuchte, es wie einen Spaß aussehen zu lassen, und auf Deutsch »Hände hoch!« rief.

Er umrundete sein eigenes Haus, die Pistole unter der Weste. Patrouillengang. Er fühlte sich ein bisschen wie damals, als er als kleiner Junge Soldat spielte, der auf die Königin aufpassen musste. Erst links ums Schloss, dann rechts herum. Damals war seine Mutter die Königin und das Schloss das Haus seiner Kindheit. Jetzt war Ingerlise die Königin und er hatte sein eigenes Haus zu bewachen.

Er blieb am Fenster des Gästezimmers stehen und versuchte, einen Blick hineinzuwerfen. Natürlich war der Rollladen heruntergelassen, trotzdem konnte er durch die Spalte am Rand etwas sehen, war das nicht ein Fuß auf der Bettdecke? Er zeigte in die falsche Richtung, sie schien auf dem Bauch zu liegen. Er hatte immer Frauen gemocht, die auf dem Bauch schliefen.

»Was zum Teufel treibst du denn da?«, hörte er es plötzlich hinter sich.

Robert schreckte zusammen und drehte sich um; an der Hecke stand sein Nachbar mit einer Heckenschere auf der Leiter und beobachtete ihn.

»Glotzt du in deine eigenen Fenster?«

Was sollte man darauf antworten? Musste dieser Idiot so laut reden? Das Fenster war nur angelehnt, möglicherweise könnte sie es drinnen hören. Aber so waren die Leute hier in der Stadt, sie hielten es für ihr gutes Recht, sich überall einzumischen.

Ohne eine Antwort zu geben, ging Robert zurück an den Gartentisch und setzte sich. Trank seinen Tee aus. Vielleicht war er ja wirklich zu weit gegangen und zu neugierig gewesen? In diesem Moment trat Ingerlise aus dem Haus. Also hatte der Nachbar sie doch geweckt, und nun wusste sie, dass sie von ihrem Beschützer beobachtet worden war. Ihrem Soldaten. Wie peinlich.

Sie lächelte ihn an, während sie in die Sonne blinzelte. Sie war ihm also nicht böse, das tat gut. Sie gähnte und streckte sich und sah hübsch aus. Und hatte man sich erst einmal an die Blutspritzer auf dem Kleid gewöhnt, sah man auch nicht mehr so genau hin. Er schenkte ihr Tee ein.

»War mein Mann hier und hat nach mir gefragt?«, erkundigte sie sich.

»Dein Mann? Nein, er war nicht hier.«

»Hat er auch nicht angerufen?«

»Nein«, sagte Robert und verstand nicht, warum sie es wissen wollte. Zumal sie ihn ansah, als würde sie ihm nicht glauben.

»Das sagst du jetzt nicht bloß, um mich zu schonen?«

Robert schüttelte den Kopf, ihre Fragen irritierten ihn. Nun glaubte sie ihm endlich, seufzte und setzte sich an den Tisch.

»Da ist noch die Anzeige wegen Körperverletzung«, sagte er. »Sollten wir das nicht hinter uns bringen?«

Er holte Papier und Bleistift, aber es war für sie nicht der richtige Zeitpunkt, sie konnte sich nicht konzentrieren.

»Nein, ich glaube, ich muss erst einmal zu Hause anrufen«, sagte sie. »Sie werden sich Sorgen machen. Auf jeden Fall muss ich meine Tochter beruhigen.«

Er hatte das Gefühl, nicht allzu forsch vorpreschen zu dürfen. Jedenfalls noch nicht. Also zeigte er ihr im Wohnzimmer das Telefon. Von seinem Platz aus konnte er sie durchs Wohnzimmerfenster beobachten. Als sie es bemerkte, wandte sie ihm den Rücken zu.

Das Gespräch dauerte länger, als es Robert lieb war. Ingerlise hielt die ganze Zeit den Kopf schief und fuhr sich mit den Fingern durch die Haare. Als sie zurückkam, schien sie noch unruhiger zu sein als zuvor.

»Ist etwas passiert?«

Sie schüttelte den Kopf.

»Bedroht er dich? Will er dich holen? Das wird ihm nichts helfen.«

Robert wollte sich gerade darüber auslassen, wie er Jørgen aufhalten wollte, doch sie unterbrach ihn.

»Nein, im Gegenteil. Er sagt, ich könnte ruhig hier bleiben. Solange ich will. Es würde ihm sehr gut passen.«

»Es würde ihm sehr gut passen?«

Sie nickte, war den Tränen nahe. Robert wurde nicht recht klug daraus. Hätte er sie gar nicht bewachen müssen?

»Und deine Tochter? Du wolltest doch mit ihr sprechen?«

»Sie ist mit ihrem Puppenwagen spazieren gegangen. Das tut sie immer, wenn es Ärger gibt. Stundenlang, auch heute Nacht war sie unterwegs.«

Nicht Josefine war ihm als Traumbild erschienen, er hatte Dorthe vor seinem Schlafzimmerfenster auf der

Straße auf und ab gehen sehen und Wiegenlieder singen hören. Es beruhigte ihn ungemein, doch um Dorthe tat es ihm leid.

Robert ordnete seine Papiere und räusperte sich, er wollte gern auf die Anzeige zurückkommen. Wenn das erledigt wäre, könnte er mit einem klaren Tatverdacht zu Jørgen gehen. Und versuchen, auf diese Weise die Probleme zu lösen.

»Ich glaube, ich werde ihn trotzdem nicht anzeigen«, sagte Ingerlise plötzlich.

»Wie bitte? Aber ... Du hast zu Zerlang gesagt, du willst deinen Mann anzeigen, und ihr habt mich angerufen. Hat er dich etwa nicht geschlagen?«

»Doch, aber ich habe es mir überlegt. Es ist nicht besonders klug ... mit Rücksicht auf Dorthe. Sie ist erst acht. Es könnte alles nur noch schlimmer machen. Entschuldige bitte, aber ich würde jetzt gern nach Hause gehen.«

Robert ließ die Hand über die Pistole unter der Jacke gleiten, ohne dass sie es sah. Wenn er im Augenblick zu irgendetwas überhaupt nicht bereit war, dann, sie gehen zu lassen. Nach Hause. Zu Jørgen, der sie geschlagen hatte. Um den Mann zu verlassen, der so gut auf sie aufpasste und alles für sie tun würde.

»Das erlaube ich nicht«, sagte er.

»Wie willst du mich hindern?«

»Du kannst ja versuchen zu gehen«, antwortete er.

Sie blickte ihn fragend an, doch er meinte es tatsächlich so. Und es gefiel ihr, er sah, wie sie sich jetzt entspannte. Sie lächelte, legte eine Hand auf seine Hand, schloss die Augen und bog den Kopf zurück. Ihr Hals lag bloß. Er hatte endlich einmal das Richtige gesagt. Aber so war es ja: Sagte man ehrlich, was man dachte und fühlte, konnte es gar nicht übel genommen werden, jedenfalls nicht von jemandem, dem man gefiel. Und er gefiel ihr, daran gab es überhaupt keinen Zweifel. Vorsichtig drückte sie seine Hand und er drehte die Handflächen nach oben und erwiderte den Druck. So weit durfte er gehen, es war kein ernsthaftes Vergehen – doch dann drückte sie ihn mit beiden Händen, beugte sich über den Tisch und küsste ihn auf den Mund. Einfach so, noch bevor er reagieren konnte. Es war so wunderbar, dass es einen Moment dauerte, bis er sie zurückstieß.

»Das geht nicht, leider«, sagte er. »Noch nicht, das wäre gegen die Regeln.«

Sie seufzte ärgerlich, lachte ihn sogar aus. Dann wechselte sie plötzlich die Taktik und ließ aufreizend die Zunge spielen. Aber er blieb standhaft. Jetzt war es an ihm, sie entschuldigend anzulächeln.

»Gehen wir ein Stück spazieren?«, fragte er.

Sie fuhren an die Nordsee. Nur wenige Kilometer entfernt, ein beliebtes Ausflugsziel. Robert verstand nicht, wieso. Die wenigen Male, die er dort gewesen war, hatten ihn nicht sonderlich beeindruckt. Schließlich handelte es sich ja nicht um die richtige Nordsee, sondern nur um das Wattenmeer, und das war etwas ganz anderes. Man hätte ein Fernglas mitnehmen müssen, um zu sehen, ob sich auf dem Wasser Wellen zeigten. Und wollte man baden, musste man stundenlang waten, bis einem das Wasser endlich bis zum Nabel stand – wer hatte schon Lust dazu, denn der Rückweg war genauso weit, man hätte Fresspakete mitnehmen müssen. Es sei denn, die Flut kam. Robert hatte noch nicht das Glück gehabt, bei Flut am Meer gewesen zu sein, aber er hatte den dunklen Verdacht, dass der Unterschied nicht allzu groß war.

Dafür gab es sehr viele Vögel, die man beobachten konnte. Doch das tat man allein, es hatte nichts Romantisches. Jedenfalls seiner Meinung nach. Ingerlise war da anderer Ansicht, sie freute sich auf »einen Gang ans Wasser«. Mit ihr war das selbstverständlich etwas anderes.

»Du musst mir etwas über die Vögel erzählen«, sagte sie. »Im Wochenblatt stand, deswegen bist du hierhergekommen.«

Sie fuhren in Roberts Wagen, Ingerlise saß auf dem Rücksitz und duckte sich, damit niemand sie sah. Eigentlich überflüssig, denn sie begegneten auf der Straße nicht einem einzigen Auto. Mit Ausnahme von ein paar deutschen, aber die zählten nicht wirklich. Es musste sich um Deutsche handeln, denn Ingerlise kannte sie nicht. Und nur Deutsche waren blöd genug, hierher in die Ferien zu fahren.

»Es ist Ebbe«, sagte sie, als sie an den Strand kamen.

Es überraschte ihn nicht. Er wünschte sich, eines Tages mal eine Sturmflut zu erleben, denn er hatte gehört, das Wasser würde dann bis an die Felder reichen, ja, sogar bis hinein in die Stadt. Im Sturmflutmuseum gab es derartige Bilder, also musste es stimmen. Aber oft vergingen viele Jahre zwischen den Sturmfluten, möglicherweise konnte er lange warten.

Sie gingen Hand in Hand und er versuchte ihr zu imponieren, indem er auf eine Handvoll schwarzer

Flecken weit draußen zeigte und behauptete, es handele sich um Kanadagänse. Sie wären auf dem Weg zu den Lofoten, erklärte er, ihrem Winterquartier, aber in diesem Jahr waren sie offenbar früh dran. Woran das wohl lag? Er legte das Gesicht in nachdenkliche Falten. Tatsächlich war er sich nicht sicher, ob es sich wirklich um Kanadagänse handelte, aber das war auch nicht so wichtig. Er hätte ebenso gut sagen können, es wären Regenpfeifer, die in diesem Jahr spät dran waren; sie glaubte ihm gern.

»Dass du dich so für Vögel interessierst«, sagte sie. »Es gibt bei uns keine anderen Männer, die das tun. Die interessieren sich nur dafür, wer in der Kneipe die meisten Flaschen Bier trinken kann.«

»Ach ja?«, sagte er.

»Du gehst auch in die Wirtschaft, aber selten, weil du glaubst, du musst das tun. Du willst so gern einer von uns werden. Darum läufst du auch immer in Gummistiefeln herum und sagst zu jedem ›Mojn‹.«

»Die Gummistiefel habe ich jetzt abgelegt«, antwortete er. »Im Sommer laufe ich in Holzschuhen herum, wie alle anderen auch. Oder fast alle anderen.«

Er schaute auf ihre hochhackigen Schuhe; sie war nicht wie die anderen, aber sie stammte ja auch aus Åbenrå.

»Du willst dich so gern dem Leben hier anpassen«, sagte sie. »Warum eigentlich? Du musst in ein paar Jahren doch sowieso wieder zurück nach Kopenhagen.«

»Ich erledige meine Arbeit gern ordentlich. Ich möchte hier gern erfolgreich sein.«

»Und dann hältst du Händchen mit mir, einer verheirateten Frau. Ist das vernünftig? Hat man so bei der Polizei Erfolg?«

»Wahrscheinlich nicht.«

»Warum machst du es dann?«

Er antwortete nicht. Während seiner Zeit hier hatte er gelernt, dass man auf so etwas nicht antwortete. Man hatte nur verschämt auf den Boden zu blicken. Und abzuwarten. Das war am sinnvollsten.

»Warum machst du es dann?«, wiederholte sie.

Nun kam sie näher, ganz dicht an ihn heran und schaute ihm in die Augen. Er ließ sie schauen. Ihre Wangen hatten Farbe bekommen und ihre Augen waren lebhaft, genau wie bei Nina, als Jørgen sie zwischen den Regalen im Konsum herumschwang. Aber Robert hatte Ingerlise noch nicht einmal herumgeschwungen.

Sie zog die hochhackigen Schuhe und ihre Strümpfe aus und watete ins Wasser. Er legte ebenfalls die Holzschuhe und die Strümpfe ab, krempelte die Hosenbeine hoch und lief hinter ihr her. Sie wateten nebeneinander. Sie lächelte ihn an, wurde dann aber plötzlich ernst.

»Es heißt, du hast im Konsum einen Jungen geschlagen«, sagte sie. »Nur, weil er ein paar Süßigkeiten geklaut hat. Und du hättest ihn blutig geschlagen.«

»Hab ich auch.«

»Dann bist du nicht besser als mein Mann. In Wahrheit bist du schlimmer. Jørgen schlägt mich, aber du schlägst Kinder! Dich müsste man auch anzeigen!«

»Ich habe ihm eine Ohrfeige gegeben und er hat sich unglücklicherweise den Kopf an einem Regal gestoßen. Außerdem hat Krüger gesagt, hier in der Stadt …«

»Krüger«, unterbrach sie. »Du bist nicht Krüger, oder? Du solltest schon besser sein als er, sonst hättest du bleiben können, wo du hergekommen bist.«

Wieder fand er es unpassend zu antworten. Schuldbewusst blickte er ins Wasser – oder war es Sand? Schwierig, bei Ebbe den Unterschied zu sehen. Und ansonsten abwarten, mit den Händen in den Taschen.

»Hoffentlich ging es dir hinterher schlecht«, fügte sie hinzu.

»Allerdings«, sagte er leise, aber mit Nachdruck, denn es war ja die Wahrheit. Trotzdem war er nicht sicher, ob sie ihm glaubte. Sie stand neben ihm, blickte übers Wasser. Er nahm die Hände aus den Taschen und ging auf sie zu. Legte die Arme um sie und drückte sie an sich. Endlich drehte sie sich ihm zu und ergab sich. Jetzt küsste er sie, obwohl es gegen die Regeln verstieß, es überkam ihn einfach. Robert dachte, so ist das Paradies – und doch blieb es das Wattenmeer. Lange wiegten sie sich hin und her, auf der gleichen Stelle, langsam arbeiteten sich die Füße in den Sand. Ohne es zu ahnen, begannen sie, Sandwürmer zu zertreten. Robert spürte, wie es ihm den Rücken hinabrieselte, ein Schauder bis in die Zehen; allerdings lag das nicht allein an Ingerlises Zungenkuss, sondern auch an dem gewaltigen Sandwurm, der sich zwischen seinen Zehen durchwühlte.

Er kniff die Zehen zusammen, hob den Fuß – und der Wurm hing dazwischen. Mit einer Hand stützte er sich auf Ingerlises Schulter, mit den Fingern der anderen zog er den Wurm zwischen den Zehen heraus und hielt ihn hoch, damit sie ihn sich ansehen konnten. Sie schauten ihn interessiert an – und hatten das eigenartige Gefühl, als würde der Wurm sie auch interessiert ansehen.

Auf dem Rückweg hielten sie am Konsum, um fürs Abendessen einzukaufen. Damit niemand sie bemerkte, sollte Ingerlise auf dem Rücksitz liegen bleiben, während er in den Laden ging, schlug Robert vor. Sie hielt das allerdings für eine seltsame Idee, denn wenn jemand nahe am Auto vorbeiging und sie sah, sollte sie dann grüßen oder einfach so tun, als wäre nichts geschehen? Wahrscheinlich ist es besser, eine Sonnenbrille aufzusetzen, sagte sie, und in die Luft zu gucken. So geschah es. Er konnte es ihr nicht verdenken.

Selbstverständlich hatte Kaufmann Moos sie bereits gesehen. Er stand am Fenster seines Ladens und lächelte, kurz darauf erschien Ninas Kopf über seiner Schulter und schaute ebenfalls hinaus.

Robert betrat den Laden und packte hastig eine Flasche Wein und zwei Steaks ein, wobei Moos und seine Frau ihn nicht aus den Augen ließen. Als er zur Kasse ging, überschlugen sie sich beinahe, ihn bedienen zu dürfen, schließlich trug Nina den Sieg davon.

»Na, hast du Gäste?«, erkundigte sie sich, als sie die Waren eintippte.

Robert bezahlte, ohne zu antworten, doch er konnte ein leicht dümmliches Lächeln nicht unterdrücken – er hasste sich dafür.

Nina verzog keine Miene. Kaufmann Moos hielt dem Beamten die Tür auf.

»Schöne Feier«, wünschte er.

»Danke«, antwortete Robert zu seinem eigenen Entsetzen.

Er setzte sich ins Auto und fuhr los. Trat ordentlich aufs Gaspedal, hinter ihnen stand eine Staubwolke. Als er am Rathaus vorbeifuhr, musste er dem Storch ausweichen. Auf einem Bein stand der Storch mitten auf der Fahrbahn und sah aus, als wäre er eingeschlafen.

Die Stadt erschien ihm noch ausgestorbener als gewöhnlich. Schlimmer als um die Mittagszeit. Und doch wieder nicht. Einige Male sahen sie gerade noch, wie jemand in einer Eingangstür verschwand. Gardinen, die vor die Fenster gezogen wurden. Nicht genug, dass Robert und Ingerlise versuchten, nicht gesehen zu werden, es schien, als wollten die Bewohner vermeiden, sie sehen zu müssen. Was auch immer daran gefährlich sein konnte. Plötzlich knallte es ein paar Mal, und Robert glaubte einen Moment, der Wagen würde beschossen. Aber es waren nur einige Steinchen, die von den Rädern unter die Karosserie gewirbelt wurden. Er musste auch seine Fantasie unter Kontrolle behalten. Jørgen hatte gesagt, es passe ihm sehr gut, dass Ingerlise gegangen war, warum sollte er so etwas sagen, wenn es ihm nicht gefiel?

Sie parkten den Wagen vor dem Polizeirevier und stiegen aus. Es hatte aufgefrischt, Sand blies durch die leere Straße und setzte sich in den Augenwinkeln fest. Besonders bei Robert, der keine Sonnenbrille trug. Oder wenigstens einen Hut, den man sich über die Augen ziehen konnte. Tatsächlich hatte er sich in Deutschland einen Cowboyhut gekauft, der Jørgens Hut zum Verwechseln ähnlich sah, aber er mochte nicht damit herumlaufen. Noch nicht, es wäre eine unnötige Provokation. Nur, wenn er allein hinten in seinem Garten saß, setzte er ihn hin und wieder auf. Wenn er seine Mittagspause an der Windschutzhecke verbrachte. Und ein Nickerchen machte. Und träumte. Von Ingerlise. Doch nun stand sie vor ihm, quicklebendig. Mit einem Pflaster auf der Stirn und einem blauen Auge, aber sonst genauso hübsch wie in seinen Träumen.

»Und was nun?«, fragte sie.

Er mochte es nicht, wenn sie so fragte. Als ob sie nicht ganz genau wusste, welchen Kampf er mit sich selbst ausfocht.

»Nun lassen wir es ganz ruhig angehen«, sagte er. »Und denken genau nach. Bei mir kannst du nicht bleiben, du musst ins Krisenzentrum von Esbjerg.«

»Und was ist, wenn ich sage, ich will gern nach Hause zu meinem Mann und meinem Kind?«

»Dann sage ich, das kommt nicht infrage.«

»Ich könnte abhauen.«

»Ich schließe die Tür ab und verstecke den Schlüssel. Und verriegele die Fenster. Und fessele dir die Arme auf dem Rücken.«

»Du willst mich fesseln? Ich dachte, die Polizei hat Handschellen?«

»Die haben wir auch«, antwortete er.

Plötzlich zog sie ihr Kleid über den Kopf, nahm seine Hand und führte sie zwischen ihre Beine. Er stieß sie weg und blickte sie streng an. Aber sie schaute genauso streng zurück.

»Dann such sie!«, sagte sie. »Ich gehe unterdessen ins Bad.«

Ob Ingerlise das mit den Handschellen ernst meinte? Hoffentlich nicht. Was sollte das nur, und wo würde das hinführen?

Andererseits wollte er sie ja ungern enttäuschen. Sie erwartete offenbar etwas Besonderes, da er Polizist war und aus Kopenhagen stammte. Aber sie durften nicht miteinander ins Bett gehen, noch nicht, das konnte fatale Folgen haben – nicht zuletzt für ihn. Hoffentlich verstand sie das. Sie mussten warten, bis sie sich von Jørgen hatte scheiden lassen oder zumindest getrennt von ihm lebte. Dann konnten sie tun und lassen, was sie wollten, dann konnte ihnen niemand etwas vorwerfen.

Aber er wusste nicht so genau, ob er sich ans Bett fesseln lassen würde. Während sie ihren Spaß mit ihm hatte, mal auf die eine, mal auf die andere Art. Er konnte sich vielleicht dazu überreden lassen, sie zu fesseln, um sich mit ihr auf die unterschiedlichste Art und Weise zu vergnügen. Allerdings wollte er sich darüber jetzt nicht allzu viele Gedanken machen. Zur Not würden sie es sicher irgendwie hinbekommen. Am liebsten hätte er so etwas ohnehin vermieden, er bevorzugte die altmodische Methode.

Irgendwie würde es sicher funktionieren, davon war er überzeugt.

Als sie aus dem Badezimmer kam, ging sie ins Gästezimmer und legte sich aufs Bett, ohne eine Faser am Leib. Sie räkelte sich und blickte ihn fragend an. Er sagte nichts, wandte den Blick ab. Dann setzte er sich doch auf die Bettkante und begann sie vorsichtig zu streicheln. Nicht zu viel, er hatte Angst, sich nicht unter Kontrolle behalten zu können. Außerdem war es schwer, sie nicht anzusehen, daher zog er ihr zur Sicherheit die Bettdecke über. Als er sich entschuldigen und erklären wollte, unterbrach sie ihn.

»Du willst gern«, sagte sie, »aber es geht nicht. Ich verstehe.«

Wie lieb von ihr, es von seiner Seite zu sehen, es war geradezu großherzig. Er musste sie noch einmal küssen. Aber nur auf die Wange.

»Fortsetzung folgt«, sagte er.

»Ich freue mich«, sagte sie und zog die Beine unter sich. Dann schloss sie die Augen und gähnte laut und ausgiebig. Er zuckte zusammen, denn er hasste es, wenn Frauen in seiner Gesellschaft gähnten, doch mit Ingerlise verhielt es sich anders. Er hatte selbst gesagt, sie sollten es langsam angehen, es sollte nichts passieren. Sie freue sich, hatte sie gesagt, und nur das war von Bedeutung. Seiner Meinung nach grenzte es an eine Heldentat, dass er sich nicht auf sie geworfen hatte. Und doch musste er sie noch einmal küssen, dieses Mal nur auf die Schultern. Dann legte er sich neben sie, vorsichtig, ohne sie zu berühren. Nun konnte man sagen, sie wären zusammen im Bett gewesen, und trotzdem hatten sie eigentlich nichts falsch gemacht.

Robert rekapitulierte den Ablauf der Ereignisse und ihre Unterhaltung, er versuchte, nüchtern zu sein. Aber wie er es auch drehte und wendete, er kam immer zu dem gleichen Ergebnis: Von nun an gehörte sie ihm. So musste man es verstehen, von nun an waren sie ein Paar. Es wurde tatsächlich das Fest, das Kaufmann Moos ihm gewünscht hatte, nur in einer etwas anderen Form. Tiefer gehend, als Robert es selbst zu hoffen gewagt hatte. Und was das andere anging, so blieb dafür später noch jede Menge Zeit.

Sie freue sich, hatte sie gesagt. So ging es ihm gelinde gesagt auch.

Wie lange hatte er geschlafen? Es blieb keine Zeit, zum Wecker zu sehen, weil sie plötzlich neben ihm stand und ihn rüttelte.

»Es ist jemand an der Tür«, flüsterte sie atemlos. »Ich glaube, er ist es!«

Jetzt hörte auch Robert die Klingel. Er stand auf, zog seine Uniform glatt und kämmte sich, während es an der Tür unablässig läutete und Ingerlise jammerte.

»Du darfst nicht aufmachen, er bringt dich um!«, sagte sie. »Er bringt mich um, er bringt uns beide um!«

»Na, mal sehen«, sagte Robert und holte die Dienstpistole aus der abgeschlossenen Schublade.

Als er in den Flur trat, versteckte sie sich im Wohnzimmer.

Robert öffnete und bemerkte als Erstes, dass Jørgen seinen Cowboyhut nicht trug.

»Ist meine Frau hier?«, fragte er barsch.

»Ja«, sagte Robert.

»Darf ich mit ihr sprechen?«

»Nein.«

Robert wollte die Tür zuschlagen, aber Jørgen setzte einen Fuß in den Spalt. Das hätte er eigentlich voraussehen können.

»Du darfst ihn nicht reinlassen!«, schrie Ingerlise aus dem Wohnzimmer.

Robert bemühte sich mit allen Kräften, die Tür zu schließen, doch Jørgen war stärker und drückte sie langsam auf.

»Ich kann nicht …«

»Du musst!«, schrie Ingerlise. »Knall ihm eine! Schlag doch zu, Mann!«

Unvermittelt riss Robert die Tür weit auf, und überrascht, plötzlich keinen Widerstand mehr vorzufinden, stolperte Jørgen vornüber – in diesem Moment schlug Robert ihm die Tür an den Kopf. Jørgen taumelte zurück und stolperte die Eingangstreppe hinunter.

Ingerlise schrie laut auf, aber sicherlich nur vor Schreck. Robert blickte an sich hinunter und begriff nicht, was er getan hatte. Er hatte Jørgen geschlagen! So einfach ging das, auf diese Weise löste man derartige Probleme. Mit ein wenig Männlichkeit und Entschlossenheit.

Es krachte ein paar Mal gewaltig, als Jørgen erneut gegen die Tür trat. Ingerlise hielt sich die Ohren zu und sah verängstigt aus. Robert legte beruhigend einen Arm um seine Freundin; es schien, als würde die Tür halten.

Doch Ingerlise ließ sich nicht so einfach beruhigen; eben hatte sie noch verlangt, er sollte Jørgen eine verpassen, nun wollte sie wissen, wie er aussah und ob es ihm leidtat. Als Jørgen aufhörte, gegen die Tür zu treten, ging sie ins Wohnzimmer und stellte sich ans Fenster, um einen kurzen Blick auf ihn zu werfen.

»Wo ist er?«

»Er hat eingesehen, dass er hier nichts zu suchen hat. Und ist nach Hause gegangen.«

»Wenn es bloß so wäre«, entgegnete Ingerlise.

»Beruhige dich«, sagte Robert.

Trotzdem stellte er sich zur Sicherheit hinter sie, als sie gemeinsam in den Garten blickten. Bewegte sich dort draußen in der Dunkelheit nicht irgendetwas? Es raschelte hinter einem Busch. Aber dann war es doch nur die Nachbarkatze.

Sicherheitshalber hatte Robert die Dienstpistole bereitgelegt.

»Ich muss mit meiner Tochter reden«, erklärte Ingerlise. »Darf ich mal telefonieren?«

»Natürlich«, antwortete Robert. »Du musst doch nicht fragen, ruf einfach an.«

Wenn er Verständnis für etwas hatte, dann für das Bedürfnis von Eltern, ihre Kinder anzurufen. Doch bei Ingerlises Anruf wurde nicht abgenommen. Beide überlegten einen Moment, was es bedeuten könnte. Möglicherweise war Dorthe wieder mit dem Puppenwagen unterwegs.

Robert holte Bier und stellte den Fernseher an. Auf TV 2 hatte gerade ein Liebesfilm begonnen, das fügte sich doch ausgezeichnet, dabei konnten sie ein wenig zur Ruhe kommen. Er setzte sich aufs Sofa und winkte Ingerlise zu sich. Sie gehorchte wie ein kleines, verschüchtertes Mädchen, sie setzte sich und kuschelte sich an ihn. Beide tranken das Bier aus der Flasche, allerdings gefiel Ingerlise der Film nicht. Sie wollte lieber einen Thriller im dritten Programm sehen.

»Meinst du, das ist vernünftig?«, fragte er.

»Ich schaue mir abends immer Thriller an, bevor ich schlafen gehe«, sagte sie. »Das beruhigt mich.«

»Dich beruhigen Thriller?«

»Ja. Sie lenken mich ab. Und außerdem erfährt man, dass es Leute gibt, die noch größere Probleme haben als man selbst.«

Da war was dran, das musste er zugeben. Also schaltete er auf TV 3 um.

Allerdings hatte der Film keinerlei beruhigende Wirkung auf ihn; er konnte Filme mit Gewaltszenen, in denen Blut floss, nicht ausstehen – wenn es nicht gerade Western waren, bei denen man genau wusste, dass der Gute am Ende gewann. Und schon gar nicht so spät am Abend! Er bekam davon Albträume. Aber er ließ sie fernsehen, Hauptsache, ihr half es.

Robert ging in die Küche und setzte sich an den Küchentisch. Öffnete ein neues Bier, nur für sich. Was hatte er seiner Exfrau nur für einen Unfug geschrieben? Er musste es zurücknehmen, er wollte den Dienst nicht mehr quittieren. So schlimm war es doch überhaupt nicht im Südjütländischen. Wenn man erst einmal gelernt hatte, sich richtig zu verhalten.

Und was war mit Mutter? Er hatte länger nichts mehr von ihr gehört, wahrscheinlich war es an ihm anzurufen. Sie würde sich bestimmt freuen, wenn er ihr erzählte, dass er eine Freundin gefunden hatte. Hoffentlich würde Mutter nicht eifersüchtig. Dann musste er Verständnis zeigen, so etwas war ja durchaus normal.

Wieder klingelte es an der Tür. Robert legte das Kettenschloss vor und öffnete einen Spalt, und Jørgen kam sofort zur Sache. Von dem Sturz auf der Treppe hatte er keine sichtbaren Schäden davongetragen.

»Ich will und muss mit ihr reden«, erklärte er. »Nur zwei Minuten. Ich will sehen, ob es ihr gut geht.«

»Ihr geht es gut, den Umständen entsprechend. Aber sie will nicht mit dir reden.«

»Darf ich das gefälligst von ihr selbst hören?«

»Glaubst du, es stimmt nicht? Glaubst du, ich hätte deine Frau gekidnappt?«

»Das weiß ich nicht, aber es würde mich auch nicht wundern. So einer wie du kommt wahrscheinlich auf alle möglichen Ideen.«

Robert ließ das Kettenschloss, wo es war, und holte Ingerlise.

»Geh raus und rede mit ihm«, sagte er zu ihr. »Aber nur kurz. Sag ihm, er könne dich kreuzweise und du wärst lieber hier bei mir. Dann geht er.«

Ingerlise erhob sich vom Sofa, ordnete ihr Kleid und holte ihren Lippenstift heraus – viel weiter kam sie allerdings nicht, denn Robert nahm sie am Arm und schubste sie vor sich her in den Flur.

Jørgen und Ingerlise sahen sich durch den schmalen Türspalt an, sie sahen gleichermaßen schuldbewusst aus. Sie beugte sich ein wenig vor, fast schien sie durch den Türspalt zu ihm hinausgleiten zu wollen. Robert hatte das Gefühl, in eine Falle gegangen zu sein.

»Wie geht's dir, Jørgen?«

»Nicht gut«, sagte er und wirkte plötzlich ganz klein. »Ich möchte, dass du wieder nach Hause kommst.«

Die sanfte Stimme, die flehenden Augen, sie konnte ihm nicht widerstehen.

»Ich komme sofort«, sagte sie und holte ihre Sachen.

Robert war einige Sekunden vollkommen aus dem Spiel. Er griff nach Ingerlises Arm und hielt sie fest, aber ein einziger Blick von ihr genügte, um sie wieder loszulassen. Diesmal hatte er nicht das Richtige getan.

Wenige Minuten später ging sie gemeinsam mit ihrem Mann, sie verabschiedete sich nicht einmal von Robert. Die Geschichte mit ihm hatte ihr überhaupt nichts bedeutet. Es war überhaupt nichts passiert.

Er lief auf der Straße hinter ihnen her, fuchtelte mit

der Pistole über seinem Kopf und schrie: »Ingerlise! Komm zurück!«

Aber sie beachteten ihn nicht. Oder doch, denn plötzlich drehte sich Jørgen um und brüllte: »Ich soll dich von Krüger grüßen und ausrichten, dass du daran denken sollst, zum Psychologen zu gehen! Und vergiss nicht, die Pistole mitzunehmen!«

Robert lief in den Garten hinter dem Haus und setzte sich an die Windschutzhecke. Jørgen wusste also über ihn Bescheid. Nicht sonderlich angenehm, vor allem nicht für einen Mann in seiner Position. Wenn hier in der Gegend jemand zum Psychologen ging, hatte er automatisch nicht alle Tassen im Schrank. Nur war er nicht auf eigenen Wunsch hingegangen, Preben hatte ihn schließlich geschickt. Als würde das die Sache besser machen, natürlich nicht. Und gerade hatte er sich noch so glücklich gefühlt. »Hoch geflogen, tief gefallen«, wie sein Vater immer sagte. Er sah auf die Pistole, setzte sie an die Schläfe und entsicherte sie – doch dann kam ihm der Gedanke, ob es nicht besser wäre, die Mündung in den Mund zu stecken und nach oben zu zielen, aufs Gehirn –, als plötzlich etwas an der Hecke zum Nachbarn raschelte. Ein kleiner Kopf guckte zu ihm hinüber. Es war der schwarze feiste Kater, der im Garten so viele Spatzen gefressen hatte. Er zielte und legte den Finger an den Abzug. Fühlte sich bereits wohler.

Wenn schon nichts anderes, konnte er immer noch eine Katze erschießen.

# *Kapitel 7*

Er zielte zuerst auf das eine, dann auf das andere Auge. Dann zwischen die Augen. Er hatte die freie Wahl, der Kater blickte ihn weiterhin unverwandt an, um Himmels willen, jetzt kam er auch noch näher! Mit hoch aufgerichtetem Schwanz. Er hatte keine Angst vor der Pistole, ahnte natürlich nicht, was ihn erwartete.

Robert saß ganz still auf der Terrasse, der Kater war nur ein paar Meter von ihm entfernt. Wenn er schoss, konnte er ihn unmöglich verfehlen. Wie es hieß, war es schwer, eine Katze zu töten, aber aus dieser Entfernung eine Patrone durchs Gehirn und die Angelegenheit dürfte rasch überstanden sein. Ihn irritierte nur die Art, wie der Kater sich ihm näherte. Er war so vertrauensselig. Jetzt war er direkt bei ihm. Schubberte sich an seinem Bein. Und schnurrte!

Er setzte die Pistolenmündung an den dicken Kopf. Der Kater rieb sich auch daran, dachte wohl, es wäre eine Art Rückenkratzer. Er konnte sich offensichtlich nicht vorstellen, dass der neue Landpolizist ihm irgendetwas Böses tun würde. Teufel auch, dadurch wurde es schwerer.

Vielleicht war es aber auch gar nicht so klug, ihn zu erschießen. Den Schuss würde man wahrscheinlich in der ganzen Stadt hören. Die Nachbarn würden kommen und fragen, was passiert sei. Was sollte er dann sagen? Dass er auf Ratten schoss? Und wenn der Kater nicht nach Hause käme, würden sie zwei und zwei zusammenzählen – würde er es allerdings richtig anstellen, könnten sie ihm niemals etwas beweisen. Die Spuren müssten natürlich verwischt werden und der Kadaver verschwinden. Im Tiefkühlschrank zum Beispiel, in einer Plastiktüte. Später könnte er ihn dann vergraben. Allerdings war es problematisch, bei dem hochstehenden Grundwasser etwas im Garten zu vergraben. Es müsste weiter im Landesinneren passieren, in einem Wald zum Beispiel. Er könnte abends noch ein bisschen herumfahren und die Plastiktüte im Auto mitnehmen. Es wäre möglich, wenn man es ordentlich plante. Eventuell würde es sogar ihren Respekt erhöhen, wenn er eine Katze umbrachte und nicht belangt wurde, denn was käme als Nächstes?

Wenn der Kater nur nicht so vertrauensselig wäre.

Aber eigentlich war das nicht die Art von Respekt, die er sich wünschte. Er wollte lieber ein Landpolizist sein, der einen Katzenmörder entlarvte. Und ihm eine ordentliche Geldstrafe aufbrummte – und ihn dann zu einem Psychologen schickte. Diese Idee gefiel ihm besonders gut.

Der Kater maunzte. Robert streckte eine Hand nach ihm aus und streichelte ihn. Dem Kater gefiel es. Dann nahm er ihn auf den Schoß und kraulte ihn hinter den Ohren. Ein schwarzer Kater von der Schnauze bis zur Schwanzspitze. Mit einem glatten, schimmernden Pelz. Wenn man ihn näher betrachtete, handelte es sich tatsächlich um einen sehr schönen Kater.

Er miaute erneut. Vielleicht hatte er Hunger? Robert hatte ein bisschen Milch, die er ihm geben konnte. Dagegen hatte der Besitzer sicherlich nichts einzuwenden.

Robert stand auf und ging ins Haus, den Kater nahm er mit. Er hatte keine Lust mehr, allein zu sein, und eine Katze war besser als nichts. Wenn sie sich beeilten, schafften sie es rechtzeitig zum Schluss des Liebesfilms auf TV 2, den Ingerlise nicht hatte sehen wollen. Es würde ihn beruhigen, zumal wenn es ein guter Film war, der gut endete. Wenn nicht, würde alles nur noch schlimmer werden. Aber dafür hatte er ja seine Pistole, dann würde er eine Kugel auf die Verantwortlichen abfeuern.

Er musste über sich selbst lachen. Was stellte er sich eigentlich vor? Würde er den Fernseher erschießen, wenn der nicht so wollte wie er? Seit langem hatte er nichts Lächerlicheres mehr gehört. Und plötzlich spürte er einen stechenden Schmerz im Unterleib, er ließ den Kater auf den Boden fallen und sank in die Knie.

Robert saß im Sprechzimmer von Doktor Zerlang, auf dem Stuhl, auf dem Ingerlise einige Tage zuvor gesessen hatte. Im Unterschied zu ihr hatte er keine Prügel bekommen, es fühlte sich nur so an. Innen. Vor allem in der Magenregion. Er hatte bereits früher an Magengeschwüren gelitten und gehofft, es wäre mit einem Anruf bei Zerlang getan und er würde die üblichen Medikamente bekommen, aber Zerlang wollte ihm nichts verschreiben, ohne ihn zunächst einmal gesehen und gesprochen zu haben. Robert hatte eine bestimmte Vermutung, worüber der Arzt mit ihm reden wollte.

Als Erstes gab Zerlang Robert einen Klaps auf die Schulter und fragte: »Brauchst *du* jetzt etwas zur Beruhigung?«

Robert mochte den Humor des Arztes nicht. Eigentlich mochte er ihn überhaupt nicht.

»Du hättest Ingerlise nicht zu dir nach Hause nehmen sollen, du hättest sie ins Frauenhaus nach Esbjerg bringen müssen.«

»Das hatte ich doch auch vor«, begann Robert.

»Hattest du?«

Robert wusste, dass ihm diese Art von Fragen gestellt würde, er hatte sich jedoch vorgenommen, nicht darauf zu antworten.

»Es geht um meinen Magen, der ist nicht in Ordnung«, sagte er.

Zerlang forderte Robert auf, das Hemd aufzuknöpfen und das Unterhemd hochzuziehen. Dann fühlte er mit einer Hand, drückte und presste. Robert stöhnte auf.

»Ja, das sieht gar nicht gut aus.«

»Das habe ich doch am Telefon gesagt.«

»Ich dachte, es wäre was Psychisches«, sagte Zerlang und zwinkerte. Dann wandte er Robert den Rücken zu und schrieb etwas in seinen Computer, wahrscheinlich ging es auch wieder um seine Psyche. Robert war aufgestanden und stand mit geballten Fäusten hinter dem Arzt.

»Es ist ein Magengeschwür. Du kennst doch den Bericht meines Arztes in Kopenhagen?«

»Ja, ja«, erwiderte Zerlang und überflog einen längeren Sermon auf dem Bildschirm. Robert wurde immer unruhiger und versuchte, über die Schulter des Arztes mitzulesen. Aber er kam nicht weit, denn Zerlang wandte sich wieder seinem Patienten zu.

»Und wie geht's dir sonst?«, erkundigte er sich.

»Ausgezeichnet«, antwortete Robert und versuchte, beherrscht zu klingen. »Auch psychisch.«

»Nach der Sache mit Ingerlise ist eine Reaktion natürlich«, sagte der Arzt. »Kannst du nachts schlafen?«

Robert gelang es, nicht zu antworten. Zerlang wirbelte erneut herum und stellte ein Rezept für ein Schlafmittel aus. Und dann das Übliche gegen Magengeschwüre.

»Lass es die nächsten paar Wochen ruhig angehen. Setz dich auf Schonkost. Und wenn ich du wäre, würde ich Ingerlise total vergessen. Nicht, dass ich mich einmischen will, aber sie hat sich selbst das Leben ausgesucht, das sie lebt. Und ihren Mann. Ich glaube sogar, sie liebt ihn.«

»Da bin ich mir nicht so sicher«, entgegnete Robert und bereute es sofort, denn er wollte sich nicht auf eine Diskussion einlassen.

»Weil sie bei dir gewohnt hat? Gib da nicht allzu viel drauf. Das geht ein paar Tage, dann will sie wieder nach Hause. Ich habe es doch auch erlebt.«

»Du auch …?«

»Natürlich, und noch ein paar andere hier in der Stadt. Es ist jedes Mal dasselbe. Ich verstehe ja, dass du dich da mit beiden Beinen reinkniest, du bist neu hier und außerdem Junggeselle, so ging es mir auch. Na ja, Junggeselle bin ich sozusagen immer noch. Aber es sind solche Trottel wie wir, die ihre Ehe am Laufen halten; sie brauchen die Spannung.«

Robert mochte das Lächeln nicht, das um Zerlangs Lippen spielte. Jetzt stand der Arzt auch noch auf und ging ein paar Schritte auf seinen Patienten zu. Was wollte er?

»Tja, ich bedanke mich«, sagte Robert und erhob sich ebenfalls.

»Da nicht für.«

Robert ging rückwärts aus dem Sprechzimmer, er wollte Zerlang nicht den Rücken zudrehen und riskieren, einen weiteren Klaps auf die Schulter zu bekommen.

Als er aus dem Haus des Arztes trat, sah er ein Mädchen im Vorgarten sitzen. Sie saß in dem Sofaarrangement, das als Gartenmobiliar diente, und winkte Robert zu. Jetzt erinnerte er sich, wo er sie schon einmal gesehen hatte. Es war das Mädchen aus dem Wirtshaus. Sie hieß Lone und war die städtische Hure. Wieso saß sie nicht im Wartezimmer? Vielleicht kam sie gar nicht zur Behandlung? Es sah nicht unbedingt danach aus, sie lag beinahe auf dem Sofa und im Gras stand eine Flasche Wein.

Robert winkte zurück und ging eilig zu seinem Wagen. Er schloss hastig auf, denn im Auto saß jemand und wartete auf ihn.

»Und nun?«, fragte er, als er einstieg. »Sollen wir direkt nach Hause fahren? Oder wollen wir erst nach Ingerlise sehen?«

Er steckte den Schlüssel ins Zündschloss, drehte ihn um und betrachtete seinen Beifahrer. Der Kater streckte alle vier Pfoten von sich und gähnte. Was war das denn für eine Antwort? Robert interpretierte es als »wir können es ja mal versuchen« und legte den Gang ein. Mit einer Hand am Lenkrad und der anderen auf dem Rücken der Katze fuhr er zur Sicherheit zuerst nach Hause. Man wusste ja nie, wer ihn beobachtete und sich vielleicht wunderte, wenn er in die falsche Richtung fuhr. Dann, nach einigen Umwegen, fuhr er zu Jørgens und Ingerlises Haus.

Wie gewöhnlich hielt er hinter den Kiefern, von dort aus konnte er ihr Küchenfenster sehen. Vor allem, wenn er das Fernglas benutzte. Robert holte es aus dem Handschuhfach und setzte es an die Augen.

Ingerlise war nicht zu sehen. Auch Jørgen nicht. Dafür aber Dorthe, sie stand mit einem Nudelholz am Küchentisch und rollte Teig aus. Bestimmt tauchte Ingerlise irgendwann auf, es war nur eine Frage der Zeit. Sollte jemand vorbeikommen, würde er so tun, als beobachtete er Vögel. Aber das war ja das Schöne an der Stadt, es kam so gut wie nie jemand vorbei. Erstaunlich, dass sie trotzdem so viel voneinander wussten.

Dorthe erinnerte ihn an seine eigene Tochter, sie mussten ungefähr gleichaltrig sein. Obwohl Josefine vielleicht etwas jünger war und dunkleres Haar hatte. Es fiel ihm nicht leicht, sich zu erinnern, es war lange her, seit er sie das letzte Mal gesehen hatte. Viel zu lange. Es wurde Zeit, ihr wieder einmal zu schreiben. Ob sie jetzt wohl auch mit einem Nudelholz hantierte, auf der anderen Seite des Erdballs? Wohl kaum, denn wenn hier die Sonne schien, war es Nacht in Australien; wahrscheinlich lag sie im Bett und schlief. Wenn sie denn schlafen konnte. Vielleicht sehnte sie sich nach ihrem Vater und wünschte sich, bei ihm zu sein, so wie er sich wünschte, bei ihr zu sein? Sie müssten es sich beide zur gleichen Zeit und genauso intensiv wünschen, vielleicht würde dann ein Wunder geschehen. Das durfte man sich doch mal vorstellen, außerdem verging so die Wartezeit schneller. Aber wenn ihre Wünsche sich gleichzeitig erfüllten, tauschten sie dann nicht einfach nur den Platz und waren genauso weit voneinander entfernt wie zuvor? Was für ein Unfug, so etwas gab es doch gar nicht. Er sollte sich wirklich zusammennehmen. Tauschten sie ihre Plätze gleichzeitig, würden sie in der Mitte zusammenstoßen, im Inneren der Erde. Wie mochte es dort wohl aussehen? Bestand das Erdinnere aus einem flüssigen Kern aus Feuer? Oder handelte es sich bloß um ein wissenschaftliches Märchen, schließlich gab es niemanden, der schon einmal da gewesen war. Vielleicht war es nur ein rotes Hotelzimmer; mit rotem Fußboden, roten Wänden und einer roten Decke. Hier würden sie zusammenstoßen, in einer Umarmung … Er begann, im Handschuhfach nach Papier und Bleistift zu suchen. Das ist der Stoff für ein Gedicht, dachte er. »Das Innere der Erde« könnte es heißen oder »Das rote Hotelzimmer« oder ganz schlicht: »Ode an mein Kind«. Es sollte von der Sehnsucht und dem Band des Blutes handeln. Eventuell auch ein bisschen von Geografie. In diesem Moment sah er Ingerlise in die Küche kommen.

Sie half Dorthe mit dem Teig. Legte ihn auf ein Backblech und schob ihn in den Ofen. Hockte sich neben ihre Tochter und blickte ins Herdfenster. Ein heimeliges Bild, wie sie so nebeneinandersaßen. Sie war eine gute Mutter, so etwas sah man sofort. Ob sie auch die Mutter seiner Josefine sein könnte? Es half nichts, sich derartige Gedanken zu machen. Lieber daran denken, was Zerlang gesagt hatte: Sie liebt ihren Mann, und er sie wahrscheinlich auch, sie haben bloß das Bedürfnis nach ein bisschen Spannung und Abwechslung im Alltag. Robert musste stark sein und nach vorn schauen. »Es kommt immer eine weitere Straßenbahn und ein weiteres Mädchen«, hatte sein Vater immer gesagt.

Auf dem Rückweg fuhr er nah an Jørgens und Ingerlises Haus vorbei. Warum auch nicht? Er durfte fahren, wohin er wollte. Er rangierte den Wagen bis unters Küchenfenster und hielt, um den Anblick von Ingerlise besser genießen zu können; die Schwellung am Auge war verschwunden, dort klebte nun ein kleineres Pflaster. Ohne ihre Blessuren war sie schon hübscher. Jetzt hob Ingerlise den Kopf und blickte aus dem Fenster – und sah ihn! Sie ließ fallen, was sie in den Händen hielt, denn im gleichen Moment tauchte Jørgen hinter einem der Büsche im Vorgarten auf. Er zog den Reißverschluss seiner Hose hoch und wischte sich den Mund mit einem Jackenärmel ab, vermutliches Erbrochenes – und nun bemerkte er auch Robert.

Robert fuhr weiter, es war sicher das Vernünftigste. Im Seitenspiegel sah er jedoch, wie Ingerlise auf den Fußweg lief und ihm nachwinkte. Er bremste und sie kam rasch auf ihn zu. Jørgen folgte ihr, unsicher auf den Beinen; mein Gott, war er betrunken. Ingerlise sah sich um und rannte das letzte Stück bis zu Roberts Auto. Jørgen lief ebenfalls, so gut er konnte. Jetzt hatte Ingerlise Robert erreicht, sie griff zur Wagentür. Aber Robert öffnete nicht. Man soll sich nicht zweimal von dem gleichen Hund beißen lassen, hatte sein Vater immer gesagt. Sie rüttelte am Türgriff und sah ihn flehend an, aber nein. Er wagte es nicht. Hinter ihr fiel Jørgen der Länge nach auf den Asphalt. Der arme Kerl rief um Hilfe, er konnte nicht allein aufstehen. Schließlich trottete Ingerlise zurück und half ihm auf die Beine.

Robert trat aufs Gaspedal und fuhr los, im Seitenspiegel sah er das Ehepaar zum Haus zurückgehen.

Aber was passierte denn nun? Plötzlich fing Jørgen an, auf sie einzuschlagen, Ingerlise krümmte sich zusammen. Doch Robert hatte es lediglich einen kurzen Moment im Seitenspiegel gesehen, bevor er auf die Hauptstraße bog.

Er dauerte nicht lange, bis er zu grübeln begann. Was hatte er tatsächlich gesehen? Hatte Jørgen sie geschlagen? Oder hatte es sich nur in Roberts Vorstellung so abgespielt? Das würde ihm ähnlich sehen, seine Fantasie spielte ihm ja gern einen Streich – aber wenn er wirklich gesehen hatte, was er glaubte, gesehen zu haben? Dann konnte er doch nicht einfach so verschwinden! Er musste wieder zurück – wenn es sich allerdings nur um einen Traum oder eine fixe Idee handelte … Es sollte doch nicht heißen, er würde unter Halluzinationen leiden, dann überwiesen sie ihn erst recht zum Psychologen. Oder es war alles noch viel schlimmer. Es fiel ihm wahrlich nicht leicht zu bestimmen, was real war. Und irreal. Es hatte ihm immer Mühe bereitet, hier in Südjütland fiel es ihm indes noch schwerer. Ständig hatte er ihren Gesichtsausdruck vor Augen, als sie an der Wagentür rüttelte und er nicht öffnete … Das jedenfalls war sehr real gewesen. Nur wollte er nicht riskieren, noch einmal in den gleichen Albtraum gezerrt zu werden, dazu besaß er weder die Konstitution noch die Nerven. Sie konnte ihren Mann wegen häuslicher Gewalt anzeigen, dann würde er kommen und sich der Sache annehmen.

Als er zu Hause die Wagentür öffnete, sprang der Kater heraus und lief hinüber zu seinem Besitzer – mit buschigem Schwanz und krummem Buckel. Dazu gab's nichts zu sagen, das hier war nichts für Katzen.

Robert beschloss, spazieren zu gehen. Er konnte ohnehin keine Ruhe finden, er musste dieses Erlebnis vergessen. Die Frau, die man nicht verlassen kann, gibt es nicht, hatte mal jemand gesagt, aber es war bestimmt nicht sein Vater gewesen. Außerdem stimmte es nicht, denn noch bevor er sich richtig versah, stand er vor Jørgens und Ingerlises Haus. Robert verstand überhaupt nicht, wie er dorthin gekommen war.

Es blieb ihm gar keine Wahl, er musste zur Haustür gehen und klingeln. Er musste jetzt wissen, was passiert war. Niemand reagierte. Er schaute durchs Wohnzimmerfenster und sah auf dem Fußboden umgeworfene Möbel und Topfpflanzen. Und woher kam der ganze Rauch? Er lief zum Küchenfenster. Natürlich der Herd, die Küche war bereits vollkommen schwarz.

Er ging ums Haus, blickte durchs Fenster ins Schlafzimmer – und, oh nein! Dort lag Ingerlise, auf der Bettdecke, vollständig bekleidet, verprügelt und verheult. Also hatte seine Fantasie ihm doch keinen Streich gespielt, nicht dieses Mal! Er klopfte ans Fenster und rief. Sie reagierte nicht, kam er möglicherweise zu spät? Er lief zur Hintertür, griff zur Türklinke, die Tür ging auf. Der Rauch brannte ihm in den Augen, als er durch die Zimmer lief und jeden Moment fürchtete, von Jørgen überfallen zu werden.

Endlich stand er in der Küche, stellte den Herd ab und öffnete ein Fenster. Erst jetzt entdeckte er Jørgen, der am Küchentisch saß und schlief. Um seine Beine standen leere Bier- und Weinflaschen. Robert fragte sich, was die Leute dazu brachte, so viel zu trinken, wenn sie es nicht vertrugen. Der Bierdunst ließ ihn an seine Mutter denken, es versetzte ihm einen Stich ins

Herz, er vermisste sie. Doch es währte nur einen Augenblick, dann konzentrierte er sich wieder auf Ingerlise. Sie brauchte ihn, sie war in Not. Hastig lief er ins Schlafzimmer; sie lag noch immer auf dem Bett und sah ebenso lädiert aus wie beim letzten Mal.

Er setzte sich neben sie und fühlte ihren Puls. Benommen schlug sie die Augen auf. Ein Auge begann bereits zuzuschwellen; beim letzten Mal war es das linke Auge gewesen, diesmal das rechte, aber das war sicherlich Zufall.

»Wie schlimm ist es?«, erkundigte er sich.

»Ich glaube nicht, dass etwas gebrochen ist.«

»Und wo ist Dorthe?«

»Mit dem Puppenwagen unterwegs«, antwortete sie. »Sie hat er nicht geschlagen.«

Sie öffnete kaum den Mund, wenn sie sprach, außerdem klang ihre Stimme fremd. Vielleicht, weil die Lippen geschwollen waren und etwas Blut aus den Mundwinkeln tropfte. Andererseits konnte sie auch etwas eingenommen haben; auf dem Nachttisch stand ein offenes Glas mit Tabletten und auf der Tischplatte und dem Teppich lagen Tabletten verstreut.

»Du hättest mich wegbringen müssen«, sagte sie. »Weit weg, in eine andere Stadt. Du hättest mich nach Kopenhagen bringen müssen, oder zumindest nach Åbenrå.«

»Das können wir immer noch tun«, sagte er.

»Willst du mit mir nach Åbenrå?«

»Ich will mit dir bis ans Ende der Welt. Komm, lass uns fahren.«

Er nahm sie bei der Hand, aber sie zog ihn hinunter zu sich und küsste ihn. Es war ein ungewöhnlich feuchter Kuss, und er wurde bis über die Wangen mit Blut verschmiert.

»Ingerlise, nicht jetzt. Stell dir vor, er wacht auf.«

»Vorläufig wacht er nicht auf. Ich muss dich erst spüren. Nur einen Augenblick. Ich habe dich vermisst …«

Ihre Hände glitten unter sein Hemd, knöpften seine Hose auf.

»Das geht nicht«, protestierte er. »Ich kann nicht …«

»Aber ich«, sagte sie.

Sie schlich mit einer Hand unter das Gummi seiner Unterhose, und mit einem festen Griff um sein Glied zog sie ihn zu sich ins Bett. Er stöhnte leise, konnte aber nicht länger dagegen ankämpfen. Und es wurde nicht besser, als sie darauf pustete, um den Schaden wieder gutzumachen. Als sie die Beine spreizte und ihm den Weg wies, bekam er vermutlich wieder dieses Lächeln, das ihn aussehen ließ wie Doof von Dick und Doof. Wenn sie es doch nur ein wenig ruhiger angehen lassen würde; aber sie seufzte und stöhnte und bot sich geradezu schamlos an – und dass Jørgen nebenan lautstark schnarchte, machte es nicht besser. Als würde sie versuchen, ihren Mann zu übertönen; ja, hätte er es nicht besser gewusst, wäre ihm der Verdacht gekommen, sie versuchte, ihn zu wecken. Robert bat sie, leiser zu sein, presste ihren Kopf in ein Kopfkissen, aber es half nichts – erst als sie einen Zipfel des Kopfkissens in den Mund nahm und darauf biss, traute er sich langsam. Bis Jørgens Schnarchen plötzlich aufhörte. Man hörte, wie in der Küche ein Stuhl zurückgeschoben wurde und Flaschen klirrten; er wachte auf! Robert entzog sich Ingerlise, und als sie protestierte, stopfte er ihr noch ein Stück des Kopfkissens in den

Mund. Sie wand sich und trat nach ihm, aber als Jørgen nach seiner Frau rief und sich der Schlafzimmertür näherte und Ingerlise sich noch immer nicht ruhig verhalten wollte, wusste Robert sich nicht anders zu helfen, als sich auf ihr Gesicht zu setzen und die Schenkel zusammenzupressen. Er hielt eine Hand vor die Augen, wie ein Kind, das unsichtbar werden möchte, und betete, all dies möge bald überstanden sein. Niemand durfte den neuen Landpolizisten so sehen, wie er mit heruntergelassener Hose und erigiertem Glied auf dem Gesicht einer verprügelten Frau saß, noch dazu der Ehefrau eines anderen Manns. Und schon gar nicht dieser andere Mann … Ingerlise zappelte noch, aber es entwich ihr kein Ton mehr.

Aus der Küche war ein weiterer Schlag zu hören, dann wurde es ruhig. Robert wartete, presste die Hand auf die Augen und klemmte die Schenkel noch fester zusammen. Wann betrat Jørgen das Schlafzimmer? Erst als er das Schnarchen wieder hörte, wagte er es aufzustehen und das Kopfkissen von Ingerlises Gesicht zu nehmen. Ein Zipfel des Bezugs hing im Mund fest, wahrscheinlich hatte er ihn zu tief hineingestopft, außerdem war der Zipfel ziemlich blutig. Aber er ließ sich herausziehen.

Robert blickte bekümmert auf Ingerlise, sein Vorgehen schien ihr nicht sonderlich gut bekommen zu sein; sie war so still, und ihr Gesicht wies eine hässliche blaue Farbe auf. Robert schüttelte sie, um ein Lebenszeichen zu erhalten, aber ihr Kopf schaukelte wie bei einer Puppe und er hörte nichts anderes als ein unheimliches Gurgeln.

Seit langem hatte er nicht mehr so sehr geweint wie

in diesem Moment. Das letzte Mal beim Tod seines Vaters, doch diesmal war es weit schlimmer, denn er trug die Schuld. Jørgen hatte nachgeholfen und Ingerlise war auch nicht gerade eine Hilfe gewesen, als sie so laut wurde. Aber er, der neue Landpolizist, hatte einen Menschen umgebracht, daran gab es gar keinen Zweifel.

Robert lief zu Jørgen, der vor dem Kühlschrank am Boden lag, er schüttelte ihn – konnte ihn aber nicht wecken. Vielleicht war es auch gut so, denn Robert entdeckte plötzlich, dass er selbst nur halb bekleidet war. Er zog die Hose hoch und lief zurück ins Schlafzimmer, wo seine übrige Kleidung lag. Als er die Uniformjacke zuknöpfte, hatte er das Gefühl, als ginge es ihm ein wenig besser, zumindest liefen ihm nicht mehr die Tränen. Er legte Ingerlise aufs Bett, so wie sie dagelegen hatte, als er sie fand, setzte sich in die Hocke und flüsterte ihr ein Lebewohl zu. Und Entschuldigung. Dann ging er zur Haustür hinaus.

Es sah aus, als wäre die Luft rein, er trat auf den Fußweg. Als er auf die Hauptstraße bog, kam ihm auf der anderen Straßenseite Dorthe mit ihrem Puppenwagen entgegen. Er blickte aufs Pflaster, grüßte nicht, wusste aber, dass sie ihn gesehen hatte. Mit einem Taschentuch wischte er sich das letzte Blut aus dem Gesicht. In der Ferne muhte eine Kuh.

Als er nach Hause kam, setzte er sich an die Windschutzhecke im Garten, um seine Gedanken zu ordnen. Denn im Grunde gab es ja nichts Eiliges zu erledigen, schließlich war sie tot. Er musste das Kommissariat in Tønder anrufen, keine Frage. Und er könnte ihnen auch gleich erzählen, wie sich alles abgespielt hatte, sie würden es ohnehin herausfinden. Er brauchte nur ein wenig Zeit, musste sich auf das, was kommen würde, vorbereiten. Was würde Mutter sagen? Wer weiß, ob er sie überhaupt dazu bewegen konnte, ihn im Gefängnis zu besuchen. Nun kam er wieder in die Zeitung, und nicht nur ins Wochenblatt. Gut, dass Vater nicht mehr lebte.

Er schaute sich kurz nach dem Kater um, konnte ihn aber nicht finden. Sicher hatte der Kater gewisse Bedenken gegen seinen neuen Freund, auch dagegen ließ sich kaum etwas einwenden. Eigentlich hätte er ihn gern auf dem Schoß gehabt, wenn er den schwierigen Anruf tätigte. Doch hinauszögern wollte er ihn jetzt auch nicht länger.

Robert ging zum Telefon und suchte die Nummer heraus. Als er den Hörer abnahm und die Nummer wählen wollte, hörte er am anderen Ende eine Stimme. Es war Doktor Zerlang.

»Du musst sofort kommen«, sagte er. »Ich bin bei Jørgen. Es geht um Ingerlise.«

Zerlang machte eine kleine Pause. Robert reagierte nicht, er hielt den Atem an.

»Sie wurde geschlagen. Und Jørgen hat härter zugeschlagen als sonst. Um es kurz und knapp zu sagen, sie ist tot.«

»Tot?«, fragte Robert.

Er begann wieder zu weinen, es war nicht einmal Schauspielerei, als würde alles erst jetzt real werden. Viel zu real.

Hansi, Helmuth und Anderthalbschritt-Nissum standen in der Einfahrt zu Jørgens und Ingerlises Haus und flüsterten miteinander, zwischendurch warfen sie Jørgen, der allein auf der Treppe saß, scheele Blicke zu. Auf dem Bürgersteig standen zudem ein paar Leute, die Robert nicht kannte, vermutlich Nachbarn oder Verwandte. Sie unterhielten sich mit dem Rücken zu Jørgen. Er hatte den Kopf in den Händen vergraben und hoffte vermutlich, dass irgendwann jemand kam und ihm auf die Schulter klopfte; aber dazu war niemand bereit. Jetzt trat Doktor Zerlang aus der Haustür.

Als Tages Stier damals ausgebrochen war und Jørgen ihn einfangen sollte, hatte sich ungefähr der gleiche Personenkreis versammelt, ging es Robert durch den Kopf. Und er überlegte einen Moment, ob er den Fremden die Hand geben sollte, so wie damals, entschied sich aber dagegen. Die Situation war trotz allem eine andere. Doktor Zerlang kam ihm entgegen.

»Komm mit«, forderte er ihn auf.

Robert folgte ihm ins Haus, ins Schlafzimmer.

»Ich muss dich darauf vorbereiten, dass es kein schöner Anblick ist«, sagte Zerlang.

Ingerlise lag da, wie Robert sie verlassen hatte. Dennoch schien er aufrichtig schockiert und trat ein paar Schritte zurück.

»Was ist die Todesursache?«, fragte er.

»Herzversagen«, antwortete Zerlang. »Als Folge der vielen Schläge, dazu Blutverlust. Fürchterlich tragisch, aber keine große Überraschung.«

Robert rief Jørgen, der sofort ins Schlafzimmer kam.

»Ich schwör, sie hat noch gelebt, als ich sie zuletzt gesehen habe!«, beteuerte er.

Zerlang schüttelte den Kopf, wenigstens diesmal war er wütend.

»Willst du etwa behaupten, sie wäre gegen eine Tür gelaufen?«

Er packte Jørgen und zwang ihn, Ingerlise anzusehen, dann räumte Jørgen ein, sie geschlagen zu haben.

»Aber das habe ich so oft gemacht, das wisst ihr doch. Und sie lebte, als ich in der Küche einschlief.«

»Wann war das?«, fragte Robert.

»Woher soll ich das wissen? Kurz, nachdem du draußen auf der Straße vorbeigefahren bist …«

Robert wandte sich Zerlang zu und erklärte: »Ich bin gestern Abend noch Streife gefahren und kam hier vorbei, sie haben mich beide gesehen. Ingerlise lief hinter dem Wagen her, aber ich bin weitergefahren.«

»Vernünftig«, sagte Zerlang.

»Verflucht, wieso musstest du auch hier vorbeikommen?«, sagte Jørgen. »Wenn du nicht gekommen wärst, wäre vielleicht nichts passiert.«

Robert tat so, als hätte er nichts gehört, und setzte sein Verhör fort.

»Wann bist du aufgewacht und wann hast du sie gefunden?«

»Halb elf. Als Dorthe nach Hause kam. Dorthe hat sie gefunden. Aber ich schwöre: Als ich sie zuletzt gesehen habe, hat sie noch gelebt.«

»Warst du überhaupt in der Lage, aus den Augen zu gucken?«, fragte Zerlang. »Außerdem kann sie ja infolge der Schläge gestorben sein, die du ihr verpasst hast.«

»Ich wollte sie doch nicht totschlagen«, schluchzte Jørgen. »Ihr kennt mich doch, so bin ich nicht. Ich liebe sie doch.«

Jørgen ging ans Bett und streichelte Ingerlises Haar. Robert und Zerlang sahen sich an und sagten nichts. Kurz darauf hörten sie den Krankenwagen.

»Und was ist mit meiner Tochter?«, fragte Jørgen. »Was passiert mit ihr, wenn ihr mich einbuchtet?«

»Sie wird der Sozialbehörde übergeben«, antwortete Robert. »Ich bin sicher, es wird ihr gut gehen.«

»Das könnt ihr doch nicht tun, ich habe sie nie geschlagen. Ich bin ein guter Vater! Da könnt ihr jeden in der Stadt fragen, ich habe Dorthe nie angefasst!«

»Wo ist sie jetzt?«, wollte Robert wissen.

»Bei Nachbarn. Sie kümmern sich um sie«, antwortete Zerlang.

Als die Besatzung des Krankenwagens Ingerlise holte, begleitete Jørgen die Bahre; Doktor Zerlang schloss die Schlafzimmertür, er musste mit dem Landpolizisten unter vier Augen reden.

»Vermutlich wirst du Unterstützung aus Tønder hinzuziehen«, sagte er.

»Das wird wohl besser sein«, meinte Robert.

»Ein einfacher Fall für die Kollegen. Es gibt keinen Zweifel, wer der Schuldige ist. Er hat so gut wie gestanden.«

»Es ist nur so«, wandte Robert ein, »es ist nicht ganz so, wie du denkst. Ich habe es getan. Ich habe Ingerlise umgebracht.«

»Schluss mit dem Quatsch«, erwiderte Zerlang. »Was um Himmels willen meinst du?«

Robert, überwältigt von seinen Gefühlen, gab darauf keine Antwort. »Du fühlst dich schuldig, das ist etwas anderes«, fuhr Zerlang fort.

»Aber, ich war hier …«

»Du bist am Haus vorbeigefahren, das kann dir niemand verbieten. Und möglicherweise warst du auch die indirekte Ursache dafür, dass sie sich gestritten haben. Und sie geschlagen wurde. Das ist aber nicht dasselbe wie die Schuld an einem Mord. Du hättest sie allerdings nicht bei dir zu Hause einquartieren sollen, als sie das letzte Mal verprügelt worden ist, das wird herauskommen, wenn sie anfangen nachzuforschen … Und das wird dann in den Zeitungen stehen. Du warst befangen und hättest den Fall anderen überlassen sollen. Bestimmt wird man auch mich verhören. Und ich bin nicht sicher, ob die Geschichte für mich gut wäre. Sie hat einiges an Medikamenten genommen … die ich verordnet habe.«

Zerlang zog ein Glas mit Tabletten aus seiner Tasche und zeigte es Robert. Es war das Tablettenglas, das auf Ingerlises Nachttisch gestanden hatte.

»Sie kann zu viel genommen haben. Vielleicht käme jemand auf den Gedanken, ich hätte zu viel verordnet. Man hat sie schon einmal wegen einer Überdosis eingeliefert, und ich erhielt eine Verwarnung …«

»Aha, daher«, sagte Robert.

Zerlang stopfte das Glas wieder zurück in die Tasche. Jetzt sah er ausgesprochen bedrückt aus.

»Ich glaube nicht, dass es die Todesursache ist, aber was weiß ich schon. Ihre Gesichtsfarbe war auffallend blau. Eine Obduktion würde sicher …«

Robert spürte, wie ihn die Wut auf diesen Arzt packte, der nicht umsichtiger mit seinen Patienten umging, vor allem nicht mit Ingerlise. Was war denn das für eine Schlamperei? Geradezu lebensgefährlich. Ebenso gut hätte Zerlang sie umgebracht haben können.

»Und was schlägst du vor, was sollen wir tun?«, fragte Robert.

»Wir bewahren ruhig Blut. Wie man es hier in der Stadt zu tun pflegt. Nu' ma' sutje. Und du brauchst keine Angst zu haben, Jørgen wird nicht damit durchkommen, bestimmt nicht. Jeder im Ort weiß, dass er Ingerlise totgeschlagen hat, und er selbst weiß es auch, er wird seine Strafe bekommen. So gut kenne ich die Stadt. Er wird hier härter bestraft, als wenn er ins Gefängnis käme.«

Robert ging auf und ab und sah aus dem Fenster, inzwischen hatten sich noch mehr Leute versammelt. Tage und Kaufmann Moos. Und der Pastor, der im Stadtbild eigentlich zu den eher seltenen Gestalten gehörte. Er sprach mit Jørgen. Wenigstens gab es einen, der mit ihm redete. Möglicherweise würde Robert dem Pfarrhof schon bald einen Besuch abstatten müssen. Ein Pastor unterlag doch der Schweigepflicht, vielleicht wäre es gut, sich das Herz zu erleichtern …

»Was wirst du in den Totenschein schreiben?«

»Herzversagen. Es muss nichts anderes darin stehen. Natürlich könnte irgendjemand bei der Polizei in Tønder anrufen. Ich bezweifele es allerdings. Hier bei uns können wir gut mit unseren eigenen Angelegenheiten umgehen. Wir lösen unsere Probleme am liebsten selbst.«

Das hatte Robert schon einmal gehört. Aber es ging trotz allem um einen Mordfall. Er ging in den Flur, musste jetzt einen Moment allein sein. Er war der Landpolizist und er hatte einen großen und unverzeihlichen Fehler begangen, kein Zweifel. Je mehr er darüber nachdachte, desto größer wurde die Dimension dieser Angelegenheit. Sicherlich war er schuldig, aber das war Zerlang auf seine Weise auch, und Krüger ohnehin, auch die Nachbarn und Jørgens Verwandtschaft, sie hatten einfach stillgehalten, sie waren alle schuldig. Von der Haustür aus sah er, wie Tage die Stimmung anfachte, jetzt konnte er sich an Jørgen rächen. Dorthe war ebenfalls erschienen. Sie stand mitten in der Einfahrt, mit dem Rücken zu ihrem Vater. Jørgen ging zu ihr und fasste sie an die Schultern, aber sie schüttelte ihn ab. Furchtbar, dachte Robert, so etwas bei einem Vater und seiner Tochter mit ansehen zu müssen.

Er ging zu ihnen hinaus, Zerlang folgte ihm.

Zuerst gab er Dorthe die Hand. Dann ließ er seinen Blick über die Ansammlung schweifen, und die Leute blickten fragend zurück.

»Wir haben ja wohl Anspruch darauf zu erfahren, was hier passiert ist«, sagte Tage.

»Ein tragischer Todesfall«, erklärte Robert. »Ingerlise ist tot. Doktor Zerlang und ich haben sie uns angesehen, und wir sind der Ansicht, es handelt sich um Herzversagen. Ich weiß genau, was ihr denkt, aber Jørgen sagt, dass Ingerlise noch lebte, als er sie zum letzten Mal gesehen hat. Vielleicht sollten wir ihm glauben. Ich glaube ihm. Alles andere würde kaum jemandem nützen, am wenigsten Dorthe. Nicht genug, dass sie ihre Mutter verloren hat, was bleibt ihr denn, wenn ihr Vater ins Gefängnis kommt? Und sie hat er niemals geschlagen, das ist doch die Wahrheit. Er ist ein guter Vater.«

Robert machte eine kleine Pause, er spürte einen Kloß im Hals. Ein guter Vater zu sein, das war ein großes Wort. Aber die Leute hörten ihm zu, hier sprach der neue Landpolizist.

»Ich bitte euch alle, den Hinterbliebenen Respekt zu erweisen«, fuhr er fort und strich Dorthe übers Haar. »Gebt ihnen die Hilfe, die sie in dieser schweren Zeit brauchen.«

Er blickte Tage direkt an, als er mit den Worten schloss: »Und bewahrt ruhig Blut. Oder, um einen Ausdruck hier aus dem Südjütländischen zu verwenden: nu' ma' sutje.«

Einige lächelten, es wurde beifällig genickt.

»Wir danken dir«, stammelte Jørgen.

Er hielt die Arme um die Schulter seiner Tochter, jetzt gestattete sie es; Jørgen hatte vor Dankbarkeit Tränen in den Augen. Nun konnte ihn Robert auch mal von dieser Seite erleben.

»Und achte gut auf Dorthe«, sagte Robert und ging zu seinem Wagen. Bevor er einstieg, drehte er sich noch einmal um und winkte allen zu.

Einige winkten zurück, jedenfalls tat es Zerlang; er stand in der Tür und sah aus, als wäre ihm ein Stein vom Herzen gefallen. Ein paar Nachbarn und einige von Jørgens Verwandten lächelten ihrem neuen Wachtmeister zu. Tage hingegen murmelte, er begreife nicht, weshalb Jørgen nicht bestraft würde. Aber Tage musste sich immer beschweren, außerdem würde sich das nach und nach ohnehin regeln. Auf die eine oder andere Weise.

Der Rest der Versammlung blieb in den Holzschuhen stehen und zog den Kopf ein.

Robert spürte, dass er die richtige Entscheidung getroffen hatte. Fast hatte er das Gefühl, in einem Film mitzuspielen, der ein glückliches Ende nahm. Nun musste er nur selbst ein wenig zur Ruhe kommen.

Bevor er die Wagentür zuschlug, sah er, wie Knud, der Ladendieb, sich neben Dorthe stellte und sich ans Ohr fasste. Verdammter Bengel, wann war er aufgetaucht? Und nun hörte Robert Dorthe zum ersten Mal etwas sagen. Nicht sehr viel, aber es genügte.

»Ich will meine Mutter wiederhaben.«

## *Kapitel 8*

»Wenn man ernsthafte Probleme hat, gibt es zwei Möglichkeiten«, hatte sein Vater immer gesagt: »Entweder man geht ins Wirtshaus oder zum Pastor.« Das Wirtshaus hatte Robert schon ausprobiert. Nun wollte er den Pastor anrufen. Bereits am nächsten Tag rief er mehrfach an, doch jedes Mal nahm die Frau des Pastors den Anruf entgegen und bedauerte, ihr Mann sei nicht zu Hause. Als Robert fragte, wann er ihn erreichen könne, bekam er keine klare Antwort. Er müsse selbst mit ihm sprechen, sagte sie. Das war allerdings nicht so einfach, wenn er ihn nicht erreichen konnte.

Am späten Abend nahm Robert seinen Mut zusammen, fuhr zum Pfarrhof und klingelte. Diesmal hatte er Glück, der Pastor öffnete persönlich. Es handelte sich um einen großen weißhaarigen und ziemlich stattlichen Herrn, der aussah wie ein richtiger Pastor. Robert fühlte sich bei ihm geborgen. Ihm konnte man sich anvertrauen. Zumal der Pastor ihm die Hand gab. Seltsamerweise roch er allerdings nach Salmiak, wenn er den Mund aufmachte, das war verwirrend. Aber vielleicht bildete Robert es sich auch nur ein.

»Ich habe das Bedürfnis nach einem Gespräch«, sagte er. »Über Ingerlise und ihren Tod.«

Der Pastor bekam ein nervöses Flackern in den Augen und senkte die Stimme: »Das ist jetzt kein guter Zeitpunkt. Wir haben Gäste. Können wir uns nicht irgendwann in der kommenden Woche treffen? Nach dem Begräbnis?«

»Sicher«, sagte Robert.

»Dann erwarte ich dich. So viel kann ich dir aber jetzt schon sagen, Jørgen ist hier gewesen und hat mir alles erzählt. Schrecklich, schrecklich. Dass so etwas in unserem Sprengel geschieht! Wir haben zusammen gebetet. Er bittet Gott um Vergebung, so viel christliche Moral steckt doch in ihm.«

»Ich komme weniger wegen Jørgen, es geht eher um mich«, erklärte Robert.

»Ah ja, so. Hm, auch für dich muss es eine schwierige Situation sein, das kann ich mir gut vorstellen. Hier in der Provinz packen wir die Dinge ja nicht immer so an wie in Kopenhagen, auch die Polizei nicht. Nun ja, sagen wir, nächste Woche Freitag. Obwohl ich bezweifele, dass ich helfen kann, ich sehe die Dinge ja eher vom kirchlichen Standpunkt aus. Wenn ich du wäre, würde ich mich mit unserem alten Wachtmeister Krüger unterhalten, ich bin sicher, er wird dir gern einen Rat geben und einen Weg zeigen.«

»Ja, nur ...«, wandte Robert ein, denn darum ging es doch gar nicht, doch nun kam die Pastorengattin und sah nach ihrem Mann. Sie hielt Spielkarten in der Hand, und Robert hörte die Gäste im Wohnzimmer. Er meinte, die Stimme von Kaufmann Moos zu erkennen. Warum sollte Kaufmann Moos nicht beim Pastor zu Besuch sein? Vielleicht waren sie verwandt, hier in der Stadt waren ja fast alle miteinander verwandt. Jetzt glaubte er auch Doktor Zerlang zu hören.

»Ich komme schon, Schatz«, antwortete der Pastor seiner Frau. Dann wandte er sich wieder Robert zu: »Du musst mich jetzt entschuldigen, ich freue mich auf unsere Unterhaltung. Nach der Beerdigung.«

Er schloss rasch die Tür und Robert überlegte, ob er nicht vielleicht besser einen Brief schreiben sollte.

Wäre er früher am Tag gekommen, oder vielleicht gestern Abend, hätte er Jørgen begegnen können. Vielleicht hätte sich ein Gespräch zwischen ihnen ergeben, gemeinsam mit dem Pastor. Möglicherweise hätten sie zu dritt gebetet? Es wäre schön gewesen. Zerlang hätte allerdings auch dabei sein müssen, denn er konnte es brauchen, außerdem Krüger und Jørgens Verwandtschaft und Freunde, denn sie zogen den Kopf inzwischen noch mehr ein als gewöhnlich, eigentlich hätte die ganze Stadt dabei sein müssen. Sie hätten füreinander beten müssen, unter Anleitung des Pastors, und am Ende hätten sie für den Pastor gebetet, auch das konnte nicht schaden.

Robert riss sich zusammen. Er musste wirklich darauf achten, dass ihm seine Fantasie nicht wieder durchging. Die Wirklichkeit war schließlich spannend genug, und ihr hatte er sich zu stellen. Es ging nur darum, wie …

Jørgen bei einem Gespräch im Pfarrhof. Erstaunlich. Und er betete zum lieben Gott! Wenn es ihm half, Frieden zu finden, war es sicher gut für ihn. Dann hatte die Volkskirche doch einen Sinn. Nur müsste sie sich jetzt auch um ihn kümmern.

Robert musste an Ingerlises Begräbnis teilnehmen, es half nichts. Alles andere würde auffallen und zu Gerede führen. Es war ja nicht so, dass er nicht teilnehmen wollte, ganz im Gegenteil. Aber es hatte auch keinen Sinn, wenn er lauter heulte als Jørgen, dann gäbe es erst richtig Gerede.

Er zog die Polizeiuniform an, er hatte das Gefühl, sie könnte ihn stützen. Doch kaum hatte er die Kirche betreten und einen Platz gefunden, hörte er es auf den Bänken hinter sich tuscheln.

»Es heißt, es sei Selbstmord gewesen.«

»Ja, so heißt es wohl.«

Robert reagierte nicht, er versuchte, einen Blick auf Jørgen zu werfen, der einige Reihen vor ihm neben Dorthe saß. Kein einfaches Unterfangen, denn alle anderen schienen ebenfalls einen Blick auf die beiden werfen zu wollen, gleichzeitig, und so versperrten sie sich gegenseitig den Blick.

»Kann er sich denn allein um die Tochter kümmern«, hörte er.

»Es heißt, sie hätte er nie geschlagen.«

»Ja, so heißt es wohl.«

Dann wurde aus dem Evangelium gelesen. Alle erhoben sich, Robert war schnell und konnte einen flüchtigen Blick auf Jørgen und Dorthe werfen. Sie war blass und hatte rote Augen und er sah verbissen aus und wollte offenbar niemandem seine Gefühle zeigen. Robert verstand beide.

Seit langem hatte er an keinem Begräbnis mehr teilgenommen. Das letzte Mal nach dem Tod seines Vaters, doch daran mochte er jetzt nicht denken. Allerdings fiel es ihm schwer. Seit damals konnte er keinen Sarg mehr sehen, ohne sich vorzustellen, sein Vater läge darin. So ging es ihm auch jetzt. Und ständig ging ihm im Kopf herum, was sein Vater wohl sagen würde, wenn er wüsste, dass sein Sohn ein Mörder war – und nicht einmal ein Geständnis abgelegt hatte. Doch Robert wollte ja gestehen, er wollte nach Tønder fahren und sich selbst anzeigen. Und nicht kneifen, wenn er die Strafe bekam, die er verdiente. Aber erst nach Josefines Besuch. Nicht vorher, auf die paar Wochen kam es jetzt auch nicht an. Würde Vater die näheren Umstände kennen, hätte er ihn bestimmt verstanden. Dennoch, im Grunde glaubte Robert nicht daran. Vater wäre nicht zornig geworden, sondern traurig, sehr traurig. In gewisser Hinsicht war es gut, dass er tot war. Robert schlug heimlich das Kreuz und bat um Vergebung für derartige Gedanken, hier im Hause Gottes. Aber er würde es seinem Vater nicht verheimlichen können, er hatte ihm nie etwas verheimlichen können. Schwer zu sagen, wen es mehr belastete. Wenn Robert etwas falsch gemacht hatte, war es Vater immer so nahegegangen, er hatte dann Herzschmerzen bekommen. Mit Mutter war es einfacher, Robert konnte sie leichter anlügen. Früher hatte sie ihn vermutlich schon durchschaut, aber dann hatte sie lediglich ein bisschen geschimpft und ihn ausgelacht, damit konnte man trotz allem leben. In diesem Fall allerdings sollte sie die Wahrheit möglichst nicht erfahren. Bestimmt würde sie sagen: »Dacht ich's mir doch« – und zur Polizei gehen. Er musste sich ganz genau überlegen, was er ihr erzählte. Inzwischen telefonierte er ziemlich selten mit ihr, aber er kam ja auch ohne sie zurecht. So einigermaßen jedenfalls.

Gab es denn niemanden, dem er sich anvertrauen konnte? Außer dem Nachbarkater? Im Übrigen hatte der sich in der letzten Zeit auch kaum noch gezeigt. Vielleicht mochte ihn der Kater einfach nicht. Oder der Nachbar hatte gesehen, wie er mit ihm im Auto unterwegs war, und ließ ihn nicht mehr zu ihm.

Robert freute sich auf das Gespräch mit dem Pastor; es würde guttun, mit einem Menschen über seine Tat zu sprechen. Und unterlagen Pastoren nicht der Schweigepflicht? Mit dieser Frage könnte man beginnen. Eine andere Möglichkeit wäre Doktor Zerlang, aber der war desillusioniert und dachte nur an seinen eigenen guten Ruf. Auf ihn konnte man sich wahrscheinlich nicht verlassen. Übrigens nahm er auch an der Beerdigung teil. Er war zu spät gekommen und saß ganz hinten.

Der Pastor betrat die Kanzel und sprach sehr schön über Ingerlise und ihren allzu frühen Tod. Sie würde vermisst von ihrem Mann und ihrem Kind, ja, von allen Menschen in der Stadt. Vor Jahren hatte sie die Liebe hierhergeführt, sagte er. Anfangs sei sie ein fremder Vogel gewesen, und ganz eingelebt hätte sie sich wohl nie. Und vielleicht gäbe es heute den ein oder anderen, der daran dachte, ob man sie besser hätte aufnehmen können. Vielleicht hätte es geholfen. Vor allem ihre Nächsten könnten auf derartige Gedanken kommen. Allerdings wäre es ja auch kein Geheimnis, dass Ingerlise ein schwieriger Charakter gewesen ist, und es ist schwer, jemandem zu helfen, der keine Hilfe annehmen will. Gut, daran erinnert zu werden, fand Robert, er hatte schließlich auch versucht zu helfen. Der Pastor schien ihn beruhigen zu wollen, ja, er schien die gesamte Trauergemeinde beruhigen und ihnen die Verantwortung von den Schultern nehmen zu wollen. Es gäbe keinen Anlass zur Selbstanklage und Ingerlise hätte nun nach langer Zeit endlich Frieden gefunden – auch für sich selbst.

Mit anderen Worten, es war eine gute Predigt, und Robert fühlte sich bereits besser. Ihm gefiel dieser Pastor. Aber offenbar beruhte es nicht auf Gegenseitigkeit, denn jedes Mal, wenn Robert versuchte, Blickkontakt mit ihm aufzunehmen, schaute der Pastor in eine andere Richtung. Dafür gab es doch gar keinen Grund.

Ein anderer Besucher der Kirche wollte hingegen gern mit ihm Kontakt aufnehmen. Krüger. Er saß ihm schräg gegenüber und nickte, Robert erwiderte das Nicken. Wieso hatte er nicht daran gedacht, dass der alte Beamte auftauchen könnte? Wenn er es recht bedachte, war es allerdings nicht sonderlich überraschend; Krüger war nach Bredebo gezogen, er lebte also noch immer in Südjütland, und wahrscheinlich hatte er ein Vöglein von den Ereignissen singen hören. Oder davon, was die meisten Leute glaubten. Bestimmt würde sich Krüger gern mit ihm über das ein oder andere unterhalten. Hoffentlich hatte er sich nicht vorgenommen, allzu viele Fragen zu stellen.

Die Zeremonie in der Kirche neigte sich dem Ende zu, der Sarg sollte hinausgetragen werden.

Jørgen trat zusammen mit einer Handvoll anderer Männer an den Sarg, sie hoben ihn an. Dann trugen sie ihn zum Ausgang. Als Jørgen an Robert vorbeiging und Robert ihn mit aufrichtigem Mitleid ansah, brach Jørgen weinend zusammen. Die Knie des großen Mannes zitterten, er konnte den Sarg nicht länger halten. Robert trat rasch hinzu und nahm seinen Platz ein. Er half, Ingerlise zu tragen, und er hatte das Gefühl, das Richtige zu tun. Unter diesen Umständen sah ihn deswegen niemand schief an.

Als sie sich auf dem Friedhof dem Grab näherten, wurde es Dorthe zu viel. Sie lief davon und versteckte sich hinter einem Geräteschuppen. Eine Nachbarin ging zu ihr und sprach mit ihr, doch sie zeigte sich nicht mehr; es half auch nichts, sie am Arm zu ziehen. Jørgen stützte sich auf Krüger.

Robert musste sich zusammenreißen, als die Erde auf den Sarg geworfen wurde, doch es gelang ihm. Er beneidete Jørgen, der seinen Tränen freien Lauf lassen konnte, ja, den Leuten dadurch geradezu sympathisch wurde. Es wäre unpassend gewesen, wenn Robert dasselbe getan hätte. Es blieb ihm nichts anderes übrig, als den Kopf einzuziehen und den Schmerz zu verbergen. Es stach ihm ins Herz, er bekam regelrecht Angst, ob er durchhalten würde. Aber man schafft immer doppelt so viel, wie man für möglich hält, hatte sein Vater bis kurz vor seinem Tod immer gesagt. Zum Glück hatte er nicht erleben müssen, dass er nichts dazugelernt hatte.

Hinterher gab es Kaffee.

Der Kaffee wurde im Versammlungshaus ausgeschenkt und Robert war selbstverständlich eingeladen. Er wäre lieber nach Hause gegangen, aber es war am vernünftigsten mitzugehen.

Es gab nicht nur Kaffee, sondern auch einen großen Tisch mit Kuchen. Es wurde reichlich genommen. Darauf verstanden sie sich in Südjütland, Kuchen backen – und ihn aufessen. Auch bei Beerdigungen.

Jørgen saß ein wenig abseits und trank Bier. Er schien nüchtern zu sein und verhielt sich ruhig. Aber er trank Bier.

Der Vorschlag des Pastors, eine Schweigeminute zum Gedenken an Ingerlise abzuhalten, wurde mit einiger Verwunderung aufgenommen, denn es war ohnehin mäuschenstill im Saal. Tatsächlich sagte niemand ein Wort. Daher wusste man also nicht so genau, wann diese Minute eigentlich begann und wann sie endete.

Als Jørgen aufstand und für den Tag dankte, wurde es allgemein mit Erleichterung aufgenommen. Im Grunde war es viel zu früh, denn sie hatten erst eine halbe Stunde zusammengesessen und noch immer stand Kuchen auf dem Tisch. Aber Jørgen hielt es offenbar nicht mehr länger aus. Er nahm Dorthe mit, als er ging, sie folgte ihm mit ein paar Schritten Abstand. Ein Nachbar ging hinterher. Als wollten sie ein Auge auf Dorthe halten, hatten sie Angst, sie würde davonlaufen? Aber wo sollte sie hin?

Robert erhob sich, bestimmt durfte er jetzt auch gehen. Doch nun kam Krüger auf ihn zu, zog ihn zur Seite und flüsterte: »Ich finde, du hättest bei einer so ernsten Angelegenheit vielleicht doch mit dem Kommissariat Kontakt aufnehmen müssen.«

Robert hatte die Antwort parat: »Hier bei uns klären wir die Probleme selbst. Regel Nummer eins, erinnerst du dich?«

»Schon, aber bei einer so ernsten Angelegenheit … Ich habe Angst, dass dir irgendjemand die Sache aus der Hand nimmt. Man akzeptiert keinen Mörder in der Gemeinde.«

»Wer redet denn von Mord? Doktor Zerlang hat sie untersucht und Tod durch Herzstillstand festgestellt.«

»Ja, das kann ich mir vorstellen.«

Krüger holte sich ein letztes Stück Kuchen. Robert erschien er kleiner als in Uniform. Gut, dass er seine trug.

Robert wollte die Gelegenheit nutzen und war schon an der Tür, als Krüger ihn einholte, um ihm einen letzten Rat zu geben. Oder zwei.

»Du solltest zwischendurch ein paar Berichte schreiben«, sagte er, »über kleinere Fälle, das habe ich immer gemacht. Sonst fangen sie im Kommissariat an, sich zu wundern. Denn es kann ja nicht sein, dass es hier überhaupt keine Kriminalität gibt.«

»Werde ich machen«, erwiderte Robert.

Krüger gab ihm zum Abschied die Hand und blieb noch einen Moment stehen, wahrscheinlich wollte er weitere gute Ratschläge loswerden. Schließlich steckte er die Hand in die Tasche und gab seinem Nachfolger eine Handvoll Bonbons.

»Die sind gut gegen Alkoholfahnen«, erklärte er. »Ich habe sie immer in der Kneipe verteilt, vor allem, wenn ich wusste, dass es Kontrollen gibt.«

»Wie hast du davon erfahren?«

»Ich hatte einen guten Draht zu denen in Tønder, dadurch wusste ich, wann sie in die Stadt kamen, und konnte die Leute rechtzeitig warnen. Sie waren froh darüber. Und ließen ihre Autos stehen, wenn sie die Möglichkeit dazu hatten.«

»Und wenn nicht?«

Krüger schluckte das letzte Stückchen Kuchen, öffnete den Mund und legte ein Bonbon mitten auf die Zunge. Robert tat es ihm nach; es schmeckte nach Salmiak und ließ ihn nach Luft schnappen. Krüger grinste, als er sich wieder den anderen Gästen zuwandte.

Robert fiel der Pastor ein, hatte er neulich am Abend nicht auch nach Salmiak gerochen? Wie sich alles fügte. Er hätte sich eigentlich vom Pastor verabschieden sollen, aber es war nicht so leicht, an ihn heranzukommen. Als er sah, wie Robert sich näherte, hatte er es plötzlich eilig, schüttelte den Kopf und kehrte ihm den Rücken zu. Und seine Frau unterhielt sich mit Krüger.

Am Abend fuhr Robert noch einmal auf Streife, und wie von allein führte ihn der Weg zu Jørgens und Ingerlises Haus. Alles sah aus wie immer, nur brannte kein Licht. Alles war dunkel und verlassen.

Robert fuhr bis zum Gasthaus und überlegte hineinzugehen – als er Jørgen auf den Bürgersteig taumeln sah.

»Dorthe!«, brüllte er.

Jørgen schien in einer fürchterlichen Verfassung zu sein und sah nicht aus wie jemand, der seinen Frieden mit Gott oder irgendjemand anderem gefunden hatte. Er lehnte sich an eine Hauswand und erbrach sich.

»Dorthe, wo bist du? Komm nach Hause zu deinem Vater!«

Robert drehte die Scheibe hinunter und grüßte.

»Kann ich irgendwie helfen?«

Jørgen schaute betrunken auf und fragte: »Hast du Dorthe gesehen?«

Robert hatte sie nicht gesehen. Als Jørgen schwer seufzte, schnitt es Robert ins Herz. Er wollte irgendetwas Tröstendes und Aufmunterndes sagen. In der Zwischenzeit zog Jørgen den Reißverschluss herunter, pinkelte und erbrach sich noch einmal – gleichzeitig! Eigentlich beeindruckend. Auf dem Bürgersteig kam ihm eine Frau entgegen, Jørgen sagte höflich »Guten Abend« und sie nickte zurück. Dann wischte er sich mit dem Jackenärmel den Mund ab und zog den Reißverschluss wieder hoch.

Er kehrte Robert den Rücken zu und lehnte sich wieder an die Hauswand, wo er sich ein wenig erholte. Robert hatte Feingefühl genug, um weiterzufahren. Er hätte ohnehin nicht gewusst, was er sagen sollte, um ihn zu trösten. Ein paar hundert Meter entfernt hielt er und beobachtete Jørgen im Rückspiegel.

Jetzt tauchten Tage, Hansi und Helmuth aus der Gaststube auf. Sie packten Jørgen, der in seinen Lastwagen steigen wollte, und riefen, er wäre zu besoffen, um noch zu fahren. Jørgen war anderer Ansicht, sie sollten sich gefälligst nicht einmischen. Er versuchte, sie von sich zu stoßen.

»Wo ist meine Tochter? Ihr habt sie versteckt, ihr verfluchten Hunde!«

Doch sie waren drei gegen einen und Tage riss ihm die Wagenschlüssel aus der Hand.

»Wir werden dir helfen, sie zu finden«, behauptete er. »Wenn die Polizei nicht weiterkommt, müssen wir es wohl tun.«

Tage setzte sich ans Lenkrad des Lasters, Hansi und Helmuth stießen Jørgen die Beifahrerseite hinauf und kletterten hinterher. Dann fuhren sie los.

Robert folgte ihnen in sicherem Abstand. Sie fuhren Jørgen nicht nach Hause, sondern entschieden sich für die Hauptstraße, hinaus aus der Stadt, ein schlechtes Zeichen. Sie hielten erst am Rand eines großen sumpfigen Moor-Sees.

Die drei Männer schubsten Jørgen aus dem Wagen und warteten. Robert nahm das Fernglas aus dem Handschuhfach; von allen Dingen, die er aus Kopenhagen mitgebracht hatte, freute er sich am meisten über das Fernglas. Mit dem Fernglas vor Augen konnte er den Auftritt genau verfolgen. Jørgen schwankte ein wenig und blickte sich verständnislos um.

»Dorthe?«, rief er. »Dorthe?«

Dann wurde ihm klar, was die anderen von ihm erwarteten. Er zögerte. Langsam begann er auf das Wasser zuzugehen, drehte dann aber rasch um und lief zurück. Er hatte den Lastwagen beinahe erreicht, als er innehielt. Unruhig blieb er stehen, während sein Blick zwischen dem See und den drei Männern, die im Wagen saßen und ihn lächelnd betrachteten, hin- und herging.

Wieder bewegte er sich in Richtung Wasser. Ging hinein. Immer weiter. Als das Wasser ihm bis zum Nabel reichte, drehte er sich verstört um, gab seinen Widerstand auf und verschwand langsam im See.

Robert sprang aus dem Auto und lief das Ufer entlang. Als die Männer ihn bemerkten, stiegen sie aus dem Lastwagen und rannten davon. Doch Robert hatte sie erkannt und rief laut ihre Namen. Mit hängenden Ohren kamen sie zurück.

»Hinterher!«, brüllte Robert, aber sie blieben einfach stehen und glotzten, niemand reagierte.

Erst als er seine Pistole zog, wateten Hansi und Helmuth ziemlich unwillig ins kalte Wasser. Als es ihnen bis zum Bauch reichte, blieben sie stehen und schüttelten sich vor Kälte. Robert zielte in ihre Richtung, sie gingen weiter hinaus. Im letzten Augenblick zogen sie Jørgen ans Ufer. Er hustete und spuckte Wasser, seine Beine waren schlickverschmiert, um den Hals hatte sich Seegras gewickelt. Seine Augen blickten starr. Robert musste an die Tiere denken, wenn sie vom Moor verschluckt wurden. Er entfernte vorsichtig das Seegras und sah die drei Männer fragend an. Sie zogen nur die Köpfe ein, zwei von ihnen mit vor Wasser triefenden Klamotten.

»Er ist freiwillig reingegangen«, sagte Tage.

»Ja, er wollte es selbst«, sagte Hansi.

»Wir konnten ihn nicht davon abbringen«, sagte Helmuth.

Jørgen sagte nichts. Die drei Männer zogen sich zum Laster zurück, stiegen ins Führerhaus und ließen den Motor an.

»Du hast keine Beweise«, rief Tage Robert aus dem Seitenfenster zu, als sie losfuhren.

Robert fasste Jørgen und half ihm aufzustehen. Gemeinsam gingen sie zu Roberts Wagen. Robert legte ihm eine Decke um, doch als sie losfuhren, zitterte Jørgen noch immer, seine Zähne klapperten.

»Du hättest mich nicht retten sollen«, sagte er.

»Das glaubst du doch selbst nicht«, erwiderte Robert, spürte aber, dass Jørgen es bitterernst meinte. Eiskalt lief es ihm den Rücken hinunter, und beinahe hätte er auch angefangen, mit den Zähnen zu klappern. Jørgen tat ihm aufrichtig leid, er sollte für etwas bestraft werden, das er nicht getan hatte. Eine Schande. Robert wollte jetzt sagen, was wirklich vorgefallen war, er konnte es nicht mehr ertragen.

»Und wenn du es nun nicht gewesen bist«, begann er.

Weiter kam er nicht. Jørgen schien gar nicht zuzuhören, und bei genauerem Nachdenken war es auch gut so. Irgendwann würde die Strafe verbüßt sein, und bis dahin würde Robert ihm beistehen, so gut er konnte.

»Gibt es irgendetwas, was ich für dich tun kann?«, erkundigte er sich, als er Jørgen an dem leeren Haus absetzte.

»Du kannst anfangen, Dorthe zu suchen. Und dafür sorgen, dass sie zu ihrem Vater nach Hause kommt.«

Robert begann mit der Suche. Endlich hatte er eine Aufgabe, die einen Sinn hatte und die er bewältigen konnte. Zunächst fragte er den Kellner in der Wirtschaft, ob er wüsste, wo Dorthe sich versteckt hielt. Der Kellner wusste es nicht, leider. Aber er war ziemlich sicher, dass Kaufmann Moos es wusste. Robert suchte Kaufmann Moos auf. Doch Kaufmann Moos wusste auch nichts und schickte ihn weiter zu Anderthalbschritt-Nissum. Der verwies ihn an Svend ohne Geld, und der wiederum an Hansi, und so weiter. Robert klapperte einmal die ganze Runde ab – bis er wieder beim Kellner in der Wirtschaft landete. Als der Kellner wiederholte, keine Ahnung zu haben, hatte Robert genug. Er bat um ein Stück Papier und einen Kugelschreiber und setzte sich, um mitten in der Gaststube einen Brief zu schreiben. So etwas hatte man noch nicht gesehen. Leute waren hier schon eingeschlafen, man hatte sich geprügelt, auf den Tischen getanzt oder Geschlechtsverkehr auf den Toiletten gehabt. Einer der Männer hatte bei einer derartigen Gelegenheit seine Jacke auf dem Damenklo vergessen und versucht, sie durchs Toilettenfenster wiederzubekommen, nach Lokalschluss. Er wagte nicht, ohne Jacke nach Hause zu kommen, es hatte Angst, es würde sich herumsprechen, wo man sie gefunden hatte. Allerdings fiel das Toilettenfenster zu, als er erst halb drinnen war; der Mann steckte kopfüber fest und konnte weder vor noch zurück. Am nächsten Morgen fand ihn die Putzfrau, noch immer im Fenster hängend, mit blau angelaufenem Kopf und hervorquellenden Augen, tot und gedemütigt – denn nun kam der eigentliche Sachverhalt ans Licht. Obwohl Krüger nach Absprache mit der Witwe »Herrentoilette« in seinen Bericht geschrieben hatte und das Wochenblatt diplomatisch nur von Toilette sprach.

Man konnte also nicht behaupten, in der Kneipe wäre nicht schon einiges vorgefallen. Aber noch nie hatte jemand um Papier und Kugelschreiber gebeten und sich hingesetzt, um einen Brief zu schreiben.

»Darf man fragen, an wen du schreibst?«, erkundigte sich der Kellner.

»Dem Polizeimeister in Tønder«, sagte Robert.

Es wurde still in der Gaststube, das klang unheilschwanger in ihren Ohren, außerdem hatten sie Robert noch nie so entschlossen gesehen.

»Und darf man auch fragen, warum du ihm schreibst?«

»Ich bitte um meinen Abschied«, lautete die Antwort. »Ich habe genug von euch.«

Er sprach laut und deutlich, und seine Worte beeindruckten die Gäste durchaus. Ja, mehr als das, sie beunruhigten sie. Manche würden sagen, verletzten sie.

»Du willst einfach aufhören?«, fragte der Kellner. »Es tut mir leid, das zu hören. Aber wieso um alles in der Welt, es gibt doch gar keinen Grund. Gefällt es dir denn hier nicht? Hat dir jemand etwas getan?«

»Oh, ja«, erwiderte Robert. »Das habt ihr. Ihr haltet mich zum Narren. Ich frage, ob jemand weiß, wo Dorthe steckt, und der eine sagt, der andere weiß es, und der Zweite sagt, der Dritte, und so weiter und so fort. Was bildet ihr euch eigentlich ein? So kann ich nicht arbeiten.«

»Herrgott«, sagte der Kellner, »das musst du dir doch nicht so zu Herzen nehmen. Wir sind nur der Ansicht, Dorthe sollte nicht zurück zu ihrem Vater, wenn sie nicht will. Aber wenn du anderer Meinung bist, fügen wir uns natürlich. So war das doch nicht gemeint.«

An den Tischen erhob sich zustimmendes Gemurmel: »Immer mit der Ruhe«, und »nu' ma' sutje«, und »es läuft doch sehr gut«. Und mehr noch in dieser Art.

»Es läuft überhaupt nicht«, sagte Robert. »Jetzt ist der Brief geschrieben, jetzt muss er nur noch abgeschickt werden.«

Der Kellner ging zwischen den Tischen umher und sprach leise mit den Gästen. Robert hätte eigentlich gehen können, aber er wollte doch hören, was sie zu tun beabsichtigten, um ihn zu einer Meinungsänderung zu bewegen.

»Wir wollen dich nicht verlieren«, begann der Kellner. »So einfach ist das. Und darüber sind wir uns einig. Alle, die hier sind. Du bist unser Mann, Robert.«

Und als wäre das nicht schon genug, fingen sie an, ihn hochleben zu lassen. Laut und taktfest, wie bei einem Fußballspiel. Robert hörte es sich einen Moment mit einem schiefen Lächeln an, das niemand von ihnen bisher gesehen hatte. Wenn sie sich so aufführten, konnten sie ihn ja wohl kaum rundheraus hassen.

Möglicherweise mochten sie ihn sogar. Ein bisschen. Und schätzten seine Arbeit. Endlich erhielt er ein wenig von dem Respekt, nach dem er sich so gesehnt hatte. Man musste ihnen nur das Messer an die Kehle setzen.

Dennoch begriff er es nicht recht. Warum nutzten sie nicht die Gelegenheit, um ihn auszuwechseln? Hatten sie Angst, stattdessen einen anderen Beamten zu bekommen, einen, der sich nicht so leicht herumschubsen ließ? Und der sich an das hielt, was er auf der Polizeischule gelernt hatte, statt ihren ungeschriebenen Regeln zu folgen? So könnte es natürlich auch sein. Man konnte auch zu sehr an das Gute in seinen Mitmenschen glauben, hatte sein Vater immer gesagt.

»Ja, das könnte euch so passen«, sagte Robert. »Ihr sabbelt mir hier das Ohr ab. Aber wohin führt das? Erzählt ihr mir nun, wo Dorthe ist oder nicht?«

»Selbstverständlich«, entgegnete der Kellner. »Nur, wieso soll sie zurück zu ihrem Vater? Sie sagt, sie hat Angst vor ihm.«

»Dafür hat sie keinen Grund, er tut ihr nichts. Oder gibt es hier vielleicht jemanden, der ihr erzählt hat, ihr Vater hätte ihre Mutter umgebracht? Er hat es nicht getan, sie starb an Herzversagen. Aber wenn ihr es so wollt, kann ich mich auch ans Jugendamt wenden. Dann kommt Dorthe ins Kinderheim.«

Das wollte man auf keinen Fall, rundherum wurden die Köpfe geschüttelt. Hier in der Gegend wollte man mit den Sozialbehörden am liebsten nichts zu tun haben, so viel hatte Robert verstanden. Dann hielt man es lieber mit einem Ehefrauenmörder aus.

»Ich werde mit ihr reden«, sagte er. »Ich habe selbst

eine Tochter in ihrem Alter, die ich nicht zu sehen bekomme, und das schmerzt mich jeden Tag. Eine Familie gehört zusammen. In guten und in schlechten Zeiten. Dorthe braucht ihren Vater.«

Er hielt inne und bereute, seine Tochter erwähnt zu haben, was ging sie das an. Doch dann war es ihm egal, denn er spürte, wie er dadurch ihre Sympathie gewann. Ja, vielleicht war es sogar das Ausschlaggebende.

»Wir sagen dir, wo sie ist«, erklärte der Kellner, »wenn du den Brief zerknüllst und wegwirfst.«

»Erst die Adresse!«

So. Es wurde totenstill. Robert blickte den Kellner abwartend an. Von allen Bewohnern der Stadt hielt er ihn für den Vernünftigsten. Und jetzt machte er den Mund auf, jetzt kam es heraus: »Sie ist bei Kaufmann Moos.«

Robert schlug mit der Faust auf den Tisch, dass Bierflaschen und Gläser auf den Boden fielen und der Fernseher sich von allein einschaltete. Er sprang auf, die Leute wichen zurück, fürchteten, er würde auf sie einprügeln. Genau das hatte er im Sinn. Er ging zwischen den Tischen umher, wollte einen Tisch anheben und ihn auf einem anderen zerschlagen, aber er wusste nicht, wo er beginnen sollte.

»Das ist die Wahrheit, fahr hin«, hieß es von allen Seiten. »Sie halten sie versteckt, du musst nur reingehen und nach ihr suchen.«

Robert warf einen Blick über die Versammlung, sie nickten und sahen ihn ernst an. Er faltete den Brief zusammen und stopfte ihn in die Tasche.

»Ich gebe euch eine Chance«, sagte er. »Aber nur eine.«

Kaufmann Moos und seine Frau leugneten auch weiterhin, etwas über Dorthes Aufenthaltsort zu wissen. Aber diesmal bestand Robert darauf, eintreten zu dürfen. Und er durfte. Er ging direkt durch den Laden ins Büro zum Besenschrank. Moos und seine Frau folgten ihm. Robert starrte den Schrank an. Trat heran und rüttelte an der Tür. Sie war abgeschlossen.

»Wo ist der Schlüssel?«

Da niemand antwortete, bückte er sich und schaute durchs Schlüsselloch. Der Schlüssel steckte von innen. Er klopfte an die Tür.

»Dorthe?«, sagte er. »Hier ist Robert Hansen. Ich weiß, dass du da drin bist.«

Er klopfte erneut, fester, und nun war das Weinen eines Kindes zu hören.

»Es ist die Polizei, Dorthe, es ist besser, wenn du aufschließt«, sagte Kaufmann Moos. Er wandte sich an Robert: »Wir haben sie nicht eingeschlossen, das war sie selbst. Sie hat Angst, ihr Vater könnte sie finden. Wenn sie da drin sitzt, fühlt sie sich sicher.«

»Komm jetzt raus, Schätzchen«, sagte Nina, »niemand wird dir etwas tun.«

Ein Schlüssel drehte sich im Schlüsselloch, die Tür wurde von innen geöffnet, und Dorthe blickte heraus, verweint und verängstigt. Robert öffnete die Tür ganz und schaute hinein. Es sah überraschend gemütlich aus, mit einer Bettdecke, einer Taschenlampe, Comics und einer Packung Kekse.

»Sagt mal, schläft sie auch da drin?«, fragte er.

»Sie wollte es selbst so«, wiederholte Moos. »Wir haben gesagt, sie soll sich im Wohnzimmer aufs Sofa legen, aber das wollte sie nicht. Wir konnten sie schließlich nicht auf die Straße werfen. Sie hat auch ein bisschen im Laden geholfen, wenn die Luft rein war, sie ist wirklich sehr umgänglich.«

Robert hockte sich vor Dorthe und fragte sie freundlich: »Warum willst du denn nicht nach Hause zu deinem Vater?«

Dorthe wand sich, sie wollte offenbar lieber zurück in die Sicherheit des Schranks.

»Schlägt er dich?«

Sie schüttelte den Kopf.

»Was dann?«

Als sie nicht antwortete, zogen Moos und seine Frau sich zurück, und diesmal mussten sie nicht einmal darum gebeten werden. Sie schlossen die Tür von außen. Robert dämpfte seine Stimme, für den Fall, dass sie an der Tür lauschten.

»Die Leute reden so viel Unfug, da glaubst du doch nicht dran? Ich weiß, dass dein Vater deine Mutter geschlagen hat. Und dass du es gesehen hast. Ich verstehe gut, weshalb du davongelaufen bist. Aber er hat sie nicht totgeschlagen, deine Mutter starb an einem Herzstillstand. Das sagt der Arzt, und er weiß, wovon er spricht.«

»Ich habe dich gesehen, als ich zurückkam«, sagte sie.

»Du hast mich gesehen?«

»Ja, ich ging an dir vorbei, kannst du dich nicht daran erinnern? Du hast geblutet. Hat Vater dich auch geschlagen?«

Robert antwortete nicht.

»Es gibt niemanden, der es mit meinem Vater aufnehmen kann. Sogar die Polizei hat Angst vor ihm, das hat er selbst gesagt.«

»Wenn du es sagst, Dorthe.«

»Du wolltest ihn aufhalten, als er meine Mutter gehauen hat. Aber du hast es nicht geschafft.«

Er war drauf und dran zu protestieren, so ein unfähiger Beamter war er trotz allem nicht. Er unterließ es. Es konnte bestimmt nicht schaden, wenn das Mädchen dieser Ansicht war, ja, es konnte ihm vielleicht sogar nützen. Er wollte ja gern noch ein wenig abwarten, bis er ein Geständnis ablegte.

»Dorthe, hast du das irgendjemandem erzählt?«

»Nein.«

»Das sollst du auch nicht. Denn es ist nicht gut, wenn dein Vater die Polizei verprügelt, oder? Aber es gibt keinen Grund, ihm noch mehr Probleme zu bereiten, als er ohnehin schon hat, darum habe ich nichts unternommen. Ich finde, es sollte unter uns bleiben.«

»Gut.«

»Dann haben wir beide jetzt ein Geheimnis. Denk dran, dein Vater ist nicht böse, er ist unglücklich und er vermisst dich. Wenn du wieder nach Hause kommst, geht es ihm vielleicht besser. Möchtest du nicht, dass es deinem Vater besser geht? Natürlich möchtest du das. Wenn er dir etwas tut, dann sagst du es mir, und dann werde ich dafür sorgen, dass du woanders wohnen kannst. Vielleicht hier. Dabei werde ich dir bestimmt helfen. Aber jetzt musst du mit mir kommen.«

Er stand auf und reichte ihr die Hand. Und sie nahm sie und folgte ihm. Gott sei Dank. Ob er sie nun davon überzeugt hatte, dass es das Beste war, oder weil man tut, was die Polizei sagt, wusste er nicht. Zumindest kam sie mit ihm.

Nina umarmte sie zum Abschied herzlich. Kaufmann Moos versorgte sie mit einer Tüte Süßigkeiten, die sie sofort zu essen begann. Die Eheleute verdrückten beide eine Träne. Robert trat ganz nah heran, um festzustellen, ob er richtig gesehen hatte – tatsächlich.

»Lasst ihr den Besenschrank so, wie er ist?«, fragte Dorthe. »Falls ich zurückkomme?«

Nina ging in die Hocke und sah ihr in die Augen.

»Er wird immer so bleiben, mit der Bettdecke, der Taschenlampe und den Keksen, falls du ihn eines Tages wieder brauchen solltest. Von jetzt an ist es dein Besenschrank.«

»Aber du bist auch im Wohnzimmer willkommen«, fügte Moos eilig hinzu.

Dorthe lächelte sie dankbar an. Sie mochte das Ehepaar Moos, das sah man, sie fühlte sich geborgen bei ihnen. Aber sie war ja auch nicht sonderlich verwöhnt. Dann begleitete sie Robert zum Auto.

Als sie fuhren, spürte er, wie sie allen Mut für das Wiedersehen mit ihrem Vater zusammennahm. Hoffentlich wurde es kein Problem, sie abzuliefern.

»Ich habe eine Tochter in deinem Alter«, sagte er. »Sie heißt Josefine und wohnt in Australien. Aber sie kommt bald zu Besuch, dann könnt ihr vielleicht zusammen spielen.«

Dorthe antwortete nicht, sie hörte wahrscheinlich nicht einmal zu. Nun hielten sie vor dem Haus. Jørgen sah sie vom Fenster aus und kam heraus, er wartete an der Eingangstür.

»Denk dran, wir haben ein Geheimnis. Wir helfen deinem Vater, nicht wahr, Dorthe?«, sagte Robert.

Dorthe nickte, blieb aber sitzen. Wieso stieg sie nicht aus? Er lehnte sich hinüber und öffnete die Beifahrertür, und endlich verließ sie den Wagen. Zur Sicherheit blieb er noch ein wenig stehen und sah, wie sie auf die Haustür zuging. Wenn sie es nur nicht bereute und zurückgelaufen kam.

Jørgen ging ihr entgegen. Als sie sich auf der Hälfte des Wegs trafen, fielen sie sich nicht gerade um den Hals. Sie blieben beide stehen und wussten nicht recht, was sie sagen oder tun sollten. Jørgen sah so erbärmlich aus, Robert litt regelrecht mit ihm. Dorthe ging es wahrscheinlich ähnlich, denn schließlich nahm sie Jørgen bei der Hand und ging mit ihm ins Haus. Robert atmete erleichtert auf und fuhr nach Hause.

An diesem Tag hatte er ein ordentliches Stück Arbeit hinter sich gebracht. Alles war wieder normal – oder wie man es nun nennen mochte. Mein Gott. Der Kellner hatte recht gehabt, es verhielt sich so, wie er und die anderen es gesagt hatten, sie wollten ihn nicht auf den Arm nehmen. Sie wollten Dorthe nur vor ihrem Vater schützen. Und vor der Einweisung in ein Kinderheim – das hätte sie unmittelbar betroffen, es wäre ein Schandfleck für die Stadt gewesen. Roberts Ansicht nach gab es allerdings keinerlei Anlass zu derartigen Befürchtungen. Und letztendlich hatten sie auf ihn gehört.

Plötzlich erschienen sie ihm ganz menschlich, alle zusammen. Die Stadt machte den Eindruck einer ganz gewöhnlichen Stadt. Sogar der Kater lief ihm entgegen, jetzt wollte er wieder mit ihm spielen. Robert hob ihn hoch und tanzte ein bisschen mit ihm auf dem Rasen, eins, zwei, Wiegeschritt.

»Na, allmählich gewöhnst du dich ein, oder?«, tönte es über die Hecke.

Robert drehte sich verlegen um. Natürlich schaute ihm sein Nachbar zu. Der Kater sprang ihm aus den Armen und lief hinüber zu seinem Besitzer.

»Ja«, antwortete er. »Es wird so langsam.«

»Ich habe etwas für dich.«

Robert trat näher heran. Vorsichtig, er war auf das Schlimmste gefasst. Der Nachbar lächelte so eigenartig. Aber es handelte sich nur um den Teebecher aus dem Konsum, den Robert irgendwann dem Kater hinterhergeworfen hatte.

»Der lag in unserem Rosenbeet.«

»Wo lag er? Tja, da kann man mal sehen.«

Robert nahm ihn entgegen, dankte und wusste nicht, was er sonst noch sagen sollte. Er lächelte und ging rasch ins Haus. Der Nachbar hatte den Becher gespült. Im Grunde waren doch alle Menschen gut.

Hemden neben Hemden, Handtücher neben Handtücher, und so weiter. Gab es zwei blaue Handtücher, hatte man sie nebeneinanderzuhängen. Es sollte schon einigermaßen ordentlich aussehen, das schadete nicht. Robert hängte Wäsche auf und bemühte sich, sie so zu hängen, wie es hier üblich war. Damit brach man sich keinen Zacken aus der Krone. Man gab etwas und man bekam dafür etwas zurück, so war es doch überall.

Als er den Wäschekorb ins Haus trug, klingelte das Telefon. Eigentlich konnte es sich nur um einen Anruf seiner Mutter handeln. Er freute sich darauf, mal wieder mit ihr zu plaudern.

»Hallo Schatz«, sagte sie. »Wie geht's? Hast du die Sache im Griff?«

»Ja, ja.«

»Hast du Erfolg da unten im Jütländischen?«

»Das kann man wohl sagen.«

Beide lachten. Wann hatten sie zuletzt zusammen gelacht?

»Ich wusste es. Du hast deine wahre Bestimmung gefunden, endlich. Weißt du was, ich glaube, ich komme mal rüber und sehe nach dir. Doch, das mach ich, ich habe Zeit. Passt dir Freitag?«

»Öh«, sagte Robert. »Nein, eigentlich ist das nicht so gut. Ich habe Freitag schon etwas vor.«

Er wagte nicht, ihr zu erzählen, was er vorhatte – ein Besuch beim Pastor –, und schon gar nicht, worüber er mit ihm sprechen wollte.

»Kann das nicht warten, Mutter? Versteh mich nicht falsch, ich möchte dich sehr gern sehen, aber im Moment ist hier ein bisschen viel los. Außerdem kommt Josefine auch bald. Das beschäftigt mich sehr. Hat es nicht Zeit, bis sie wieder abgereist ist?«

»Josefine? Sie kommt doch erst in ein paar Wochen. Oder willst du dich nicht mit mir sehen lassen? Ich bleibe nur ein paar Tage.«

»Na gut, okay, dann komm einfach.«

Sie würde sowieso erscheinen, ob er nun einverstanden war oder nicht. Wenn sie sich etwas in den Kopf gesetzt hatte, ließ sie sich nicht bremsen. Und vielleicht war es auch gar keine schlechte Idee. Es würde ihn auf andere Gedanken bringen.

»Mir geht es auch gut«, sagte sie. »So einigermaßen jedenfalls. Im Großen und Ganzen. Aber es ist aus zwischen mir und Erik. Das solltest du wissen. Als seine Frau nach Hause zurückkam, war eine gewisse andere plötzlich nicht mehr gut genug. Tja, so sind sie, die Männer. Aber ich schaff das schon, du musst dir um mich keine Sorgen machen. Ich habe die Sache im Griff; wenn du es kannst, kann ich es auch. Aber du solltest nicht mit der allerbesten Stimmung bei mir rechnen, nur damit du vorbereitet bist.«

»Bringst du einen Traumkuchen mit?«

Es entstand eine lange Pause. Sie schniefte einige Male, normalerweise signalisierte sie so ihre Zustimmung. Dann legte sie den Hörer auf.

Sie hatte Liebeskummer, und er wurde gebraucht. Eine wunderbare Situation. Er würde sie schon wieder aufrichten. Nicht ganz einfach, aber es war ihm schon früher gelungen. Sie mussten sich lediglich ein paar Fußballtoto-Sendungen ansehen und dabei ein paar Flaschen Bier trinken.

Hauptsache, sie fuhr vorsichtig.

Aber wieso musste es ausgerechnet Freitag sein? Obwohl er gesagt hatte, es würde ihm nicht passen. Andererseits schien der Pastor sich nicht um ein Gespräch mit ihm zu reißen. Und wenn Robert es sich recht überlegte, hatte auch er kein sonderlich großes Bedürfnis mehr, mit jemandem über Ingerlises Tod zu sprechen. Als hätte sich die ganze Angelegenheit ein wenig beruhigt. Er hatte inzwischen nicht unbedingt ein besseres Gewissen, er hatte sich nur daran gewöhnt, mit einem schlechten Gewissen zu leben. Eigentlich merkwürdig, dass so etwas möglich war. Aber wenn er genauer darüber nachdachte, hatte er tatsächlich sein ganzes Leben ein schlechtes Gewissen gehabt. Obwohl er eigentlich nie etwas angestellt hatte. Also nichts Ernstes. Bis jetzt.

Sobald Josefine wieder zu Hause war, würde er nach Tønder fahren und alles gestehen. Gleich am folgenden Tag, wenn es sein musste. Wie hoch würde die Strafe wohl ausfallen? Zehn Jahre, höchstens. Es handelte sich ja nicht um einen geplanten Mord, es war im Affekt passiert. Bei guter Führung kam er vielleicht mit acht davon. Josefine war jetzt sieben Jahre alt, dann wäre sie fünfzehn. Und er Mitte vierzig. Hauptsache, sie vergaß ihn nicht. Sehr häufig würden sie sich sicher nicht sehen, wenn sie so weit entfernt lebte und er wegen Mordes im Gefängnis saß; so etwas hatte ja häufig eine eher abschreckende Wirkung. Wenn sie ihn in ein paar Wochen besuchte, sah er sie möglicherweise zum letzten Mal. Im Grunde genommen konnte er sich gleich darauf einstellen. Er musste die Batterien aufladen, solange es noch ging; er musste von jedem Tag, an dem sie zusammen waren, alles in sich aufsaugen, ja, von jeder Stunde. Vielleicht wäre es eine gute Idee, einen Film in die Kamera zu legen. Und ein paar Filme zusätzlich in der Schublade zu haben. Er könnte ein Tonband mitlaufen lassen, oder noch besser: eine Videokamera. Aber selbstverständlich ganz diskret, es musste natürlich wirken. Sie durfte nicht ahnen, wie viel ihm ihr Besuch bedeutete, sonst würde sie völlig überdrehen. Es war eine Frage der sorgfältigen Vorbereitung.

## *Kapitel 9*

Robert pflückte Blumen im Garten, langstielige Rosen, und arrangierte sie in einer Vase, die er auf den Esstisch stellte. Nun war alles erledigt, nun blieb ihm nur noch zu warten. Er setzte sich auf die Außentreppe. Es konnte nicht mehr lange dauern, bis sie kam. Sie hatte angerufen, als sie von zu Hause losfuhr, und versprochen, vorsichtig zu fahren, aber darauf konnte man sich nicht verlassen. Wenn Mutter deprimiert war, fuhr sie schnell. Hauptsache, sie hatte nicht auch noch getrunken, sonst musste er ein Bußgeld anordnen.

Wenn er nur wüsste, wie lange sie bleiben wollte. Ein paar Tage wären in Ordnung, da blieb Zeit genug, um ihr alles zu zeigen – und sie zu verabschieden, bevor sie irgendwelchen Unfug anstellen konnte. Irgendwie würde es schon gehen.

Die Sonne schien, noch immer herrschten sommerliche Temperaturen, und er knöpfte die Uniformjacke auf. Er begann oben, hatte bereits zwei Knöpfe geöffnet und wollte eben mit Knopf Nummer drei beginnen, als er zögerte. Jemand ging auf ihn zu. Es war Jørgen, und er kam näher. Robert beließ es bei den oberen beiden Knöpfen. Ein einigermaßen irritierender Zeitpunkt, doch noch irritierender war Jørgens Anliegen.

»Die ganze Stadt redet und zeigt mit dem Finger auf mich«, erklärte er. »Ich halte das nicht mehr länger aus.«

»Ich erwarte den Besuch meiner Mutter«, sagte Robert.

»Ich will gern die Verantwortung dafür übernehmen, was ich getan habe, aber ich will nicht für etwas bestraft werden, was ich nicht getan habe.«

»Wie gesagt, ich erwarte den Besuch meiner Mutter«, sagte Robert.

»Na ja, dann entschuldige die Störung.« Jørgen zog den Kopf ein, drehte sich um und trottete davon. Robert sah ihm nach und dachte, so sieht ein geschlagener Mann aus. Gott verhüte, dass man auch mal so aussieht.

In diesem Moment machte Jørgen kehrt und kam zurück.

»Wenn du Zeit hast, müssen wir uns unterhalten«, sagte er. »Es gibt ein paar Dinge, die nicht zusammenpassen. Zum Beispiel das Glas mit Ingerlises Tabletten. Es ist weg. Sie kann doch nicht auch das Glas verschluckt haben, es muss jemand weggenommen haben ...«

Robert nickte nur – und hoffte, Jørgen würde von allein verschwinden. Doch Jørgen verschwand nicht.

»Wie läuft's mit Dorthe?«, probierte es Robert.

»Danke, gut. Es ist schön, sie wiederzuhaben. Danke.«

Jørgen zog erneut den Kopf ein, offenbar hatte er den Faden verloren. Er schaute auf seine Holzschuhe, schien sogar ein wenig dankbar zu sein, nach allem, was Robert getan hatte.

»Sie glaubt, dass ich es war«, fuhr er fort. »Sie wirft mir so böse Blicke zu.«

»Lass uns bei Gelegenheit reden«, erwiderte Robert. »Meine Mutter kann jeden Moment kommen. Sie ist den ganzen Weg aus Kopenhagen gefahren, und ich habe sie lange nicht gesehen. Komm irgendwann nächste Woche vorbei, sagen wir, Mittwoch. Ich freue mich auf unser Gespräch.«

Ein wenig fühlte er sich wie der Pastor, der versuchte, sich ihrem Gespräch zu entziehen. Es war kein angenehmes Gefühl, aber vielleicht konnte man sich daran gewöhnen. Hauptsache, Jørgen ging, bevor seine Mutter auftauchte. Eine Szene wäre ihm jetzt überhaupt nicht recht, ausgerechnet, wenn seine Mutter kam, das fehlte noch.

»Ich meine, du hast doch jetzt Bürozeit«, sagte Jørgen und richtete sich plötzlich auf. »Und ein Mord ist doch wichtiger als ein Besuch der Mutter. Denk ich mir jedenfalls. Aber ich kann auch die Polizei in Tønder anrufen, könnte ja sein, dass die Zeit haben, mit mir zu reden.«

»Das steht dir jederzeit frei«, antwortete Robert. »Aber wenn ich du wäre, würde ich damit noch warten. Bis wir hier ein bisschen weitergekommen sind. Gut möglich, dass du es nicht gewesen bist, aber wer war es dann? Und welche Beweise haben wir? Das meiste weist auf dich hin, Jørgen. Also, wenn du sicher sein willst, nicht ins Gefängnis zu kommen, dann … nu' ma' sutje.«

»Ich glaube, ich kann mich an etwas erinnern … An dem Abend, da hat mich jemand geschüttelt …«

»Ich habe selbst eine Tochter«, fügte Robert ein wenig hastig hinzu. »In Australien. Sie ist im gleichen Alter wie Dorthe. Ein halbes Jahr habe ich sie nicht gesehen. Ich weiß, wie es ist, von seinem Kind getrennt zu sein. Das kann ich dir nicht empfehlen. Ich habe die Hand über dich gehalten, um dir einen Gefallen zu tun. Dir und deiner Tochter. Damit ihr weiterhin zusammen sein könnt.«

»Aber ich war es nicht!«

»Und wenn du mich jetzt bitte entschuldigen würdest, da kommt meine Mutter.«

Jørgen drehte sich um und sah, wie ein rotes Auto um die Ecke bog und am Bürgersteig hielt. Sonja Hansen schob die Sonnenbrille auf die Nasenspitze und schaute zu ihnen her. Dann öffnete sie die Tür und stellte ihren zusammenklappbaren Rollstuhl auf den Fußweg. Robert umarmte sie. Er atmete erleichtert auf, als er sah, dass sie nüchtern war. Ihre Augen glänzten rot, aber nicht vom Alkohol. Sie war deprimiert, aber nicht betrunken. Offensichtlich hatte sie sich seinetwegen zusammengenommen. Er fand es wirklich rührend. Abgesehen davon, dass sie die Strecke Kopenhagen – Højer erstaunlich schnell zurückgelegt hatte.

Sie küsste ihn auf die Wange, ein wenig vom Lippenstift blieb hängen.

»Das ist deine Mutter?«, fragte Jørgen.

»Ja, und ›das‹ würde sich gern aus dem Wagen helfen lassen«, sagte sie.

Sie legte die Arme um den Hals ihres Sohnes, er hob sie an und trug sie über die Schwelle der Haustür. Erst als Robert seine Mutter im Wohnzimmer aufs Sofa gesetzt hatte, bemerkte er Jørgen, der ihnen den Rollstuhl nachtrug.

»Danke. Im Wagen sind auch noch meine Koffer«, sagte Sonja.

»Die hole ich«, erklärte Robert.

Als Jørgen ging, sah Sonja ihm lange nach, auf eine Art, die Robert gar nicht gefiel.

»War das einer deiner Freunde?«, fragte sie.

»Eigentlich nicht«, gab er zur Antwort und ging rasch zum Auto, um ihre Koffer zu holen.

Er schlug vor, ihr vor dem Abendessen das Haus zu zeigen, aber sie wollte wissen, ob das nicht Zeit hätte. Als er auf die Rosen hinwies und erklärte, sie kämen aus seinem eigenen Garten, sagte sie »schön«, schaute aber kaum hin. Den Garten wollte sie sich lediglich vom Fenster aus ansehen; sie bekäme Kopfschmerzen, wenn sie sich dem starken Sonnenlicht aussetzte, behauptete sie. Robert kannte sie gut genug, um sich dadurch nicht kränken zu lassen; es handelte sich um nichts Persönliches, es ging ihr einfach nur schlecht. Seine Aufgabe bestand darin, sie wieder aufzumuntern.

Während des Abendessens sagte sie nicht viel, sie saß nur da, schniefte und stocherte im Essen. Er hatte Grünkohl aus der Dose mit südjütländischer Brägenwurst gekocht, vielleicht schmeckte sie ihr nicht? Oder nagte diese andere Sache an ihr, diese Liebesgeschichte? Robert erkundigte sich nicht nach Erik, er hielt es für das Vernünftigste. Wenn sie über Erik sprechen wollte, würde sie schon selbst damit beginnen. Allerdings sagte sie nichts. Seine Strategie zielte darauf ab, sie abzulenken und auf andere Gedanken zu bringen.

»Ich habe getippt«, sagte er. »Du auch?«

Sie nickte.

»Die übliche Reihe?«

Sie nickte erneut. Er lächelte, das ging schon in Ordnung.

»Ich habe einen Kasten Bier gekauft«, sagte er. »Für

morgen. Wir können Fußballtoto sehen, genau wie früher. Ich habe es vermisst.«

Sie antwortete nicht, schaute bloß aus dem Fenster; er wusste nicht, ob sie ihn gehört hatte.

Robert erzählte von der Wäsche, die auf eine ganz bestimmte Art aufgehängt werden musste. Von dem Futterbrett, das ihm der Bürgermeister geschenkt hatte, und dem Kater, der hinaufsprang und die Vögel fraß. Kaufmann Moos und die Diebe im Besenschrank erwähnte er auch, nicht aber die Sache mit Dorthe. Er hielt sich an die kleinen, ungefährlichen Dinge, und sie sagte ja und nein an den richtigen Stellen, hörte aber nicht ernsthaft zu. Es schien sie geradezu zu langweilen. Ja, sogar zu irritieren; er musste sich jetzt konzentrieren und ein etwas interessanteres Thema finden. Andererseits fragte sie nicht nach der kleinen Freundin, von der er am Telefon erzählt hatte, sie schien es vollkommen vergessen zu haben. Zum Glück, schließlich handelte es sich um ein heikles Thema. Es bekümmerte ihn, wenn er an seine grässliche Tat dachte. Wenn er nur mit jemandem darüber sprechen könnte. Aber keinesfalls mit seiner Mutter. Jetzt musste er auch seufzen.

»Vielleicht hätte ich gar nicht erst kommen sollen«, sagte sie auf einmal. »Mir geht es schlecht, und dir geht es auch schlecht, vielleicht sollte ich wieder nach Hause fahren.«

»Aber davon kann gar keine Rede sein«, widersprach er. »Du bist doch gerade erst gekommen.«

Er versuchte es mit der Geschichte, wie sich ein paar Männer gegenseitig in den Hintern traten, mitten auf der Straße. Er hatte sie trennen wollen, weil er glaubte, sie würden sich prügeln. Aber sie hatten sich nur aus alter Freundschaft so aufgeführt. Jetzt verzog sie die Mundwinkel zu einem Lächeln, war das schön; und als sie hörte, dass die Gastwirtschaft wie ein Saloon im Wildweststil eingerichtet war und dort deutsche Schlagermusik gespielt wurde, erklärte sie, dass sie das gerne sehen wolle. Später. Den größten Erfolg hatte er allerdings mit der Geschichte über die Kühe. Die im Sumpf versanken und mit einem Traktor und einer Eisenkette wieder herausgezogen werden mussten, nun hörte sie zu. Besonders die Geschichte mit der Kuh, die einst unter der Erde verschwand – und ein halbes Jahr später wieder auftauchte! Mit einem Kalb!

»Was für ein Blödsinn! Die hat doch unter der Erde nicht überleben können!«

»Es ist ein Märchen«, sagte Robert.

»Es muss eine andere Kuh gewesen sein, die so ähnlich aussah und ein Kalb hatte.«

»Ja. Das Eigenartige war nur, dass es sich bei dem Kalb nicht um ein gewöhnliches Kalb handelte. Es war halb Tier und halb Mensch.«

Sonja schaute ihren Sohn mit großen Augen und offenem Mund an, um genau diesen Gesichtsausdruck war es ihm gegangen.

»Es ist nur ein Märchen, denke ich. Niemand hat dieses Kalb je gesehen. Doch, einer, der Bauer, dem es gehörte, aber er ist schon lange tot. Er starb kurz darauf; das passiert, wenn man vor Ablauf des Jahres so etwas sieht. Ja, so heißt es. Aber es gelang ihm noch, das Kalb zu töten und zu vergraben, niemand weiß, wo. Nimm dir doch noch von der Brägenwurst.«

Allmählich begann sie zu essen; sie kaute langsam,

und während sie darüber nachdachte, was er ihr erzählte, lächelte sie in sich hinein. Robert erzählte weiter.

»Es heißt auch, man soll Heiligabend nicht in einen Kuhstall gehen, und schon gar nicht um zwölf.«

»Und warum nicht?«

»Weil man etwas sieht, das wir Menschen nicht sehen sollen.«

»Was denn? Was denn?« Seine Mutter brüllte fast über den Tisch, und Robert zögerte die Antwort so lange wie möglich hinaus.

»Kühe natürlich, die vor dem Heiland auf die Knie gefallen sind. Dann stirbt man, bevor das Jahr um ist.«

»Singen die Kühe auch einen Psalm?«

Nach dem Abendessen schlug Robert vor, ans Meer zu fahren, aber Sonja hatte etwas anderes im Sinn: Könnten sie nicht zu einer Weide mit Kühen fahren? Und vielleicht einen letzten Blick von einer Kuh erhaschen, die gerade im Morast versank?

»Wenn du meinst«, sagte er.

Er füllte eine Thermoskanne mit Kaffee und sie holte den Traumkuchen. Dann setzten sie sich in seinen Wagen. Sie fuhren ein bisschen umher, doch das Milchvieh hatte man bereits für die Nacht von den Weiden getrieben, und die Erde schien auch nicht sonderlich morastig zu sein, eher hart und staubig.

»Im Juni und Juli war es ziemlich trocken«, erklärte er. »Du musst warten, bis es zu regnen beginnt. Das Wasser versickert nicht einfach, es bildet große Pfützen – und bleibt ziemlich lange stehen. Es kann auch

Wasser hochkommen, von unten. Ganz unmotiviert. Es kommt einfach und blubbert …«

Erst als sie zu Tages Wiese am Bach fuhren, entdeckten sie ein Pferd, das mit beiden Hinterbeinen halb im Moor steckte.

»Es ist immer gefährlich, wenn die Tiere schlafen«, sagte Robert. »Dann stehen sie zu lange an der gleichen Stelle still, sie müssen sich bewegen.«

Während sie darauf warteten, dass das Pferd tiefer sank, aßen sie vom Traumkuchen und tranken Kaffee aus der Thermoskanne. Plötzlich sah Sonja weiter entfernt etwas aus der Erde ragen, etwas, das aussah wie ein Pferdekopf. War es eine arme Mähre auf dem Weg in die Tiefe? Robert nahm das Fernglas heraus und meinte, es könnte sich um eine Pferdetränke handeln. Aber er war nicht sicher, denn es wurde neblig und unten auf der Weide war der Nebel besonders dicht. Sonja bat um das Fernglas und behauptete, etwas ganz anderes zu sehen, einen Menschen mit einem Horn auf der Stirn, der sich auf dem Weg an die Oberfläche befand!

»Vielleicht sollten wir jetzt besser nach Hause fahren«, sagte sie.

Als Robert den Gang einlegte und zurücksetzen wollte, drehten die Räder durch, sie kamen nicht von der Stelle. Sie waren zu weit auf den Randstreifen geraten, und je mehr Gas er gab, desto weniger Halt hatte der Wagen. Und grub sich ein. Sein Mutter riss bereits die ersten Witze, es könnte doch sehr lustig sein, in die Unterwelt zu kommen und herauszufinden, welches Monster dort unten hauste und wie es »ausgestattet« sei; vielleicht würde es sie sogar schwängern? Aber wirklich komisch war es nicht, im Grunde begann sie sich ernsthaft Sorgen zu machen. Schließlich stieg Robert aus, legte den Picknickkorb mit dem Traumkuchen unter das Rad, das sich am tiefsten eingewühlt hatte, und setzte zurück. Er versuchte es erneut und endlich griff das Rad – sie kamen zurück auf die Straße und konnten heimfahren.

Am nächsten Tag zeigte Robert seiner Mutter die Stadt. Er schob den Rollstuhl. Eine weitaus sicherere Fortbewegungsart als am Abend zuvor, hier gab es zumindest festen Boden unter den Rädern. Andererseits schaukelte der Rollstuhl enorm auf den kopfsteingepflasterten Straßen. Als Sonja sich beschwerte, fuhr ihr Sohn langsamer und versicherte, er werde sie schon nicht umkippen. All denen, die ihnen aus den Fenstern nachsahen, hätte sich ein hübsches Spektakel geboten.

Stand jemand in seinem Vorgarten oder ging an ihnen vorbei, grüßte seine Mutter und sagte etwas Nettes über die Stadt. Die Leute dankten ihr und lächelten. Robert hatte den Eindruck, als grüßten die Leute freundlicher als sonst. Jetzt gab es endlich ein neues Thema, über das sie sich unterhalten konnten. Ah ja, das also war die Mutter des neuen Wachtmeisters, eine Behinderte. Sieh mal einer an. Natürlich blühten neue Spekulationen über seine Vergangenheit und seine Beweggründe, warum er sich nach Højer hatte versetzen lassen, in ihre kleine Stadt, so weit fort von Kopenhagen. Natürlich hatten sie von seinem engen Verhältnis zu seiner Mutter gehört, aber sie hatten nicht gewusst, dass sie im Rollstuhl saß.

Mehrfach bat sie Robert anzuhalten, um ein Foto zu machen. Sie konnte sich gar nicht sattsehen an den kleinen Fachwerkhäuschen und den Gärten, die aussahen wie aus dem vorigen Jahrhundert. Auf dem Marktplatz wollte sie selbst im Vordergrund sitzen, Robert fotografierte. Und als Post-Helmuth vorbeikam, bot er an, ein Foto von Mutter und Sohn zu knipsen.

»Tausend Dank«, sagte Sonja. »Wie friedlich und idyllisch es hier ist. Und die Leute sind so zuvorkommend. Man möchte direkt hierherziehen.«

»Wir haben ja auch einen guten Landpolizisten, der auf uns aufpasst«, sagte Helmuth und klopfte Robert auf die Schulter. Dann setzte er sich ins Postauto und fuhr davon.

»Ich glaube, du bist hier sehr beliebt«, sagte Sonja.

»Ja, sicher«, antwortete er.

Tatsächlich schien es an diesem Nachmittag so zu sein, überall wurde gelächelt und Mutter war vom Erfolg ihres Sohnes überzeugt. Endlich. Robert grinste über das ganze Gesicht und wusste, dass er aussah wie ein selbstzufriedener Doof, es war ihm egal. Als sie am Bäckerladen vorbeikamen, spiegelte er sich im Fenster und fand sein Aussehen überraschend sympathisch – in diesem Moment fuhr er den Rollstuhl gegen ein Straßenschild. Mutter stöhnte laut auf.

In Kopenhagen war sie einige Male aus dem Rollstuhl gefallen, aber nur, weil sie beide getrunken hatten. Und betrunken waren sie, weil sie im Fernsehen Fußballtoto gesehen hatten – und dabei zu viele Tore geschossen wurden. Also lieber vorher spazieren gehen. Und genau das taten sie jetzt, denn es war Samstagnachmittag und die Sendung begann in einer halben Stunde. Robert wendete und trat den Rückweg an. Aber nein, etwas wollte sie noch sehen, bevor sie nach Hause zurückkehrten.

»Die Gastwirtschaft«, sagte Mutter, »oh ja, Robert, du hast es versprochen, das schaffen wir noch.«

Robert stoppte und blieb einen Augenblick stehen. Er war einverstanden, sofern sie nichts bestellten, sondern sich den Gastraum lediglich von der Tür aus ansahen. Aber als sie in der Tür standen, war Sonja von der Einrichtung so begeistert, dass sie hineinrollen musste. Sie musste die Thekenhocker anfassen, richtige Pferdesättel. Und dann musste sie auf einem sitzen. Der Kellner war so freundlich und half Robert, sie hinaufzuheben. Und als sie im Sattel saß, musste sie auch ein Bier trinken.

»Was für ein gemütliches kleines Lokal«, sagte Mutter. Sie sagte es laut, damit alle in der Gaststube es hörten. »Jetzt verstehe ich, warum du dich hier wohlfühlst. Die große Stadt ist nichts für dich, du brauchst einen Ort, an dem es nicht allzu viele Probleme gibt und wo die Leute sich kennen und anständig benehmen.«

»Ja, ja«, sagte Robert.

»Wir freuen uns aber auch, ihn hierzuhaben«, erklärte der Kellner.

»Wirklich? Und das sagst du nicht nur, um nett zu sein? Wenn er etwas getan hat, das er nicht hätte tun sollen, dann würde ich es gern wissen.«

Sie schaute sich in der Gaststube um.

»Sagt es ruhig. Hm, offenbar gibt es nichts. Oder …«

Knud, der Ladendieb, saß mit seiner Mutter an einem der Tische. Er reckte den Finger in die Luft und fasste sich gleichzeitig ans Ohr. Robert spürte, wie ihm das Blut in die Wangen schoss, diese Geschichte sollte doch wirklich bald mal aus der Welt sein – da meldete sich auch der Kellner und Svend ohne Geld – und kurz darauf schnippten alle mit den Fingern, bis Knud seinen Arm wieder sinken ließ. Sonja begann zu lachen, stieß Robert in die Seite und zwinkerte. In diesem Moment richtete sich die gesamte Aufmerksamkeit auf die Tür, denn nun betrat Jørgen die Gaststube.

»Du hast hier nichts mehr zu suchen«, erklärte der Kellner, »habe ich mich nicht klar genug ausgedrückt?«

»Und wieso ausgerechnet ich?«

Jørgen sah sich um und hoffte, einige Gäste würden ihm zu Hilfe kommen, aber nichts geschah. Im Gegenteil, ein paar Männer gingen auf ihn zu, schüttelten den Kopf und rempelten ihn an. Obgleich es ein sehr unglücklicher Zeitpunkt war, spürte Robert den Drang zur Toilette. Doch Jørgen verließ murrend das Lokal und die Leute setzten sich wieder auf ihre Plätze. Robert musste doch nicht aufs Klo.

»Wieso darf er nicht hierbleiben?«, wollte Sonja wissen.

»Weil er sich nicht anständig benommen hat«, antwortete Robert.

Sonja hatte noch weitere Fragen, hielt jedoch mitten im Satz inne, denn nun stand Jørgen vor dem Fenster und blickte herein. Und wie es schien, suchte er Sonjas Blick – und erlaubte sich sogar, ihr zuzuwinken. Sie winkte nicht zurück, rückte aber ihr rotes Halstuch ein wenig zurecht. Kurz darauf begann sie in ihrem Schminktäschchen zu kramen. Robert leerte das Glas seiner Mutter.

»Abfahrt«, erklärte er auf Deutsch.

»Die haben hier auch einen Fernseher«, sagte sie.

»Aber ich habe zu Hause alles vorbereitet«, erwiderte Robert. »Dort sitzen wir ruhig und friedlich, ohne gestört zu werden. Wir gehen jetzt!«

Doch Sonja blieb sitzen, sie zog obendrein ihren Tippschein aus der Tasche, als wüsste sie ihre verdammte Reihe nicht auswendig, und der Kellner schaltete auf das richtige Programm um. Robert wollte sich nicht hier vor allen Gästen mit ihr zanken. Also fügte er sich und holte auch seinen Tippschein aus der Brieftasche, sie verteilten die Spiele. Die Leute beobachteten sie, vor allem als sie einen ganzen Kasten Bier bestellten, der mitten auf den Tresen gestellt wurde. Der Kellner drehte den Ton des Fernsehers lauter, die Sendung begann.

In der Gegend interessierten sich viele für Fußball, und es gab auch einige, die Toto spielten; die Spiele am Samstag wurden aufmerksam verfolgt. Aber nicht so wie von Robert und Sonja, die sich vor allem auf das Geräusch des Dong und die Zeile ganz unten auf dem Bildschirm konzentrierten. Hier ließ sich ablesen, wann in einem der dreizehn Spiele ein Tor fiel, dann mussten sie nur noch herausfinden, in wessen Spiel es gefallen war. Bei jedem Tor musste ein Bier getrunken werden – es sei denn, das Tor fiel in einem der Spiele des Rollstuhls, diese Treffer wurden übersprungen. Robert gefielen die neugierigen Blicke der übrigen Gäste nicht, doch Sonja genoss sie.

»Es ist das Dong-Spiel«, erklärte sie, »sehr beliebt in Kopenhagen.«

Und dann erläuterte sie die Spielregeln. Sie fragte sogar, ob jemand Lust hätte mitzuspielen, er könnte dann die Spiele des Rollstuhls übernehmen. Aber es fand sich niemand.

»Am Ende werdet ihr besoffen sein«, meinte der Kellner.

»Kommt darauf an, wie viele Tore geschossen werden«, sagte sie. »Und wie sich die Tore verteilen. Ich hatte bis jetzt erst zwei Bier, Robert vier. Aber er kann sie vertragen. Ihn trinkt niemand unter den Tisch, aber das wisst ihr sicher längst.«

Niemand wusste es, aber sie merkten es sich.

»Ich glaube, ich mache mit«, hörten sie plötzlich eine Stimme sagen.

Jørgen hatte sich unbemerkt hereingeschlichen und kam auf den Tresen zu.

»Haben wir nicht gesagt, dass du hier nicht willkommen bist?«, hieß es von mehreren Seiten und er wurde wieder zum Ausgang geschubst.

»Was ist denn mit ihm?«, wandte sich Sonja an Robert. »Ich will das jetzt wissen.«

»Er ist ziemlich unglücklich aufgefallen …«

»Wenn ihr mich rausschmeißen wollt, verlange ich, dass ihr laut sagt, was ich getan haben soll«, rief Jørgen.

Nicht ungeschickt, denn niemand war bereit dazu, und schon gar nicht im Beisein Fremder.

»Setz dich schon hin«, sagte Robert. »Aber verhalt dich ruhig.«

Jørgen setzte sich schwerfällig und bestellte ein Bier. Der Kellner verlangte das Geld im Voraus, bei den anderen Gästen tat er es nicht. Sonja hatte zunehmend

Mitleid mit dem armen Kerl. Er saß so allein und war doch ein so netter Mann.

»Wie ist er denn unglücklich aufgefallen?«, flüsterte sie ihrem Sohn zu, der sie aufforderte, den Mund zu halten, denn gerade fiel ein Tor. Aber je mehr Robert es ablehnte, über Jørgen zu reden, desto interessanter wurde er natürlich in Sonjas Augen. Was Jørgen nicht entging; er richtete sich auf und lächelte sie an. Sie lächelte zurück – auf diese Art, die Robert nicht ertrug. Wenn man es nicht besser wüsste, schien es, als würden sie flirten.

»Hat er Frau und Kinder?«

Dong, tönte es.

»Oh nein«, sagte Robert, es war wieder eines seiner Spiele. Wenn die Punkte sich nicht gleichmäßiger verteilten, würde er zu betrunken sein, um seine Mutter im Rollstuhl nach Hause zu fahren. Der größte Teil des Wegs war kopfsteingepflastert und führte über Bordsteinkanten und Treppen.

»Trink ruhig, ich komm schon irgendwie nach Hause«, sagte Sonja, als könnte sie Gedanken lesen.

»Wie denn?«

Mutter antwortete nicht, sondern lächelte nur geheimnisvoll und blickte Jørgen an. Immerhin sah sie inzwischen den über Vierzigjährigen nach. Aber warum zum Teufel musste es ausgerechnet er sein?

»Schaffst du dein Bier nicht?«, erkundigte sich Jørgen und wies mit dem Kopf auf die beiden Flaschen, die zwar geöffnet, aber noch unangetastet vor Robert standen.

»Niemand kann meinen Sohn unter den Tisch trinken«, behauptete Sonja.

»Wie viele Flaschen hat er denn getrunken?«

Sonja rechnete sie zusammen und teilte Jørgen das Ergebnis mit, er bestellte sofort die gleiche Anzahl beim Kellner. Noch ehe Robert protestieren konnte, hatte er sich neben Sonja an die Theke gesetzt und begann, zügig zu trinken. Robert konzentrierte sich auf den Fernsehschirm. Sonja versuchte es ebenfalls, aber ohne Erfolg. Sie konnte die Augen nicht von Jørgen und der Art lassen, wie er eine Flasche nach der anderen leerte, in einem ungeheuren Tempo, aber ohne jeden Krawall. Und von der Art und Weise, wie er sich den Mund mit dem Hemdsärmel abwischte.

Der Kellner fragte: »Soll ich ihn rausschmeißen?«

»Nein, wieso denn?«, sagte Sonja, und Robert schaute ihn verstimmt an, denn wenn jemand rausgeschmissen werden müsste, wäre es seine Aufgabe gewesen.

Sie richteten ihre Aufmerksamkeit wieder auf das Spiel im Fernsehen, denn nun gab es einen Elfmeter. Es fiel ein Tor und Robert musste erneut eine von seinen Flaschen öffnen. Er seufzte laut und eindringlich und Sonja erklärte: »Mein Sohn hat Sorge, wie ich nach Hause komme. Denn wenn er betrunken ist, kippt er für gewöhnlich den Rollstuhl um.«

»Ist nicht wahr?«, sagte Jørgen und schaute Robert bestürzt an.

Robert zog den Kopf ein. Jørgen rückte Sonja immer näher. Dann fiel sein Blick auf ihren Tippschein.

»Du hast ja nur eine Reihe getippt?«

»Ja«, antwortete sie, »reicht das nicht? Ich tippe immer nur eine Reihe, diese Reihe, die raten sie nie.«

Robert fasste sich an den Kopf, es war ihm unglaublich peinlich; begriff sie denn nicht, dass sie sich lächerlich machte?

»Wie meinst du das?«, fragte Jørgen.

»Ich schicke meine Zahlen ein, und dann liegt es an denen, ob sie dreizehn Richtige bekommen. Von mir.«

Jørgen schaute sie an, rückte ein wenig von ihr ab und bekam einen abwesenden Blick. Dann blickte er zu Boden. Vergaß vollkommen zu trinken. Schließlich erklärte er: »Das ist wirklich genial!«

Er wandte sich an den Rest der Anwesenden und brüllte: »Habt ihr das gehört? Roberts Mutter tippt immer nur eine Reihe, und statt sich darüber zu ärgern, weil sie nie gewinnt, freut sie sich, dass die Spieler nie ihre Zahlen erraten!«

An den Tischen wurde anerkennend genickt und gelächelt, so konnte man natürlich auch spielen. Einige wollten sich ihre Reihe ansehen, der Tippschein wanderte einmal durch die Gaststube; Sonja sonnte sich in ihrer Popularität. Schließlich hielt Jørgen Robert den Coupon vor Augen, den er längst auswendig kannte.

»Zum Teufel, du hast vielleicht eine Mutter«, erklärte er.

»Tja«, erwiderte Robert.

»Normalerweise ist er nicht sonderlich stolz auf mich«, sagte Sonja. »Ich darf nicht mal meine Zahlen einsenden; er sagt, ich würde das Ganze missverstehen.«

»Gerade du hast es verstanden!«, behauptete Jørgen. »Hat er vielleicht schon mal gewonnen?«

Robert sagte kein Wort, denn im Moment hatte er keinen guten Stand. Das Kleingeld, das er vor ein paar Monaten gewonnen hatte, war nicht der Rede wert.

Jørgen legte den Kopf in den Nacken und lachte; es klang, als würde ein Pferd wiehern. Dann wandte er sich wieder Sonja zu und betrachtete den Rollstuhl, der neben ihr stand. Er streichelte das Rad und fummelte an den Speichen herum, und sie sah nur zu. Und lächelte kokett.

Robert stand abrupt auf.

»Was jetzt?«, fragte sie. »Wo willst du hin?«

»Nach Hause«, antwortete er.

Er blieb einen Moment stehen und wartete, er fragte nicht, ob sie mitwollte, denn eigentlich hielt er es für eine Selbstverständlichkeit.

»Lass uns doch erst einmal austrinken«, sagte sie und hob ihr Glas. Gleichzeitig leerten sie ihre Gläser und stellten sie zurück auf den Tresen.

»Geht ihr schon?«, fragte Jørgen, und als Sonja nickte, wandte er sich an Robert. »Ich dachte, du wolltest mich unter den Tisch trinken. Das hatte ich erwartet.«

»Das muss noch warten.«

»Ja, dachte ich mir. So sind die Kopenhagener, ist doch alles nur Angeberei bei dir.«

»Nein, ist es nicht«, erklärte Sonja mit Nachdruck, »man kann über meinen Sohn viel sagen, aber trinken kann er!«

Robert wollte seiner Mutter in den Rollstuhl helfen, doch Sonja musste sich noch von Jørgen verabschieden.

Sie beugte sich zu ihm hinüber und umarmte ihn. Robert blieb stehen und wartete ungeduldig. Jørgen erwiderte ihren Kuss, nun war es aber gut. Doch dann küsste er sie ein weiteres Mal – und plötzlich hatte sie andere Pläne.

»Ich komme später nach«, teilte sie Robert mit. »Hier sind so viele nette Menschen, da wird sich schon der eine oder andere finden, der mich nach Hause fährt.«

Robert traute seinen Ohren nicht, sie wollte nicht mit ihm kommen. Sie zog es vor, bei einem wildfremden Mann zu bleiben, einem Mann, der alkoholisiert und gewalttätig war.

Jørgen grinste lautlos und öffnete noch ein Bier.

Robert wäre am liebsten gegangen, aber er verbot es sich, schließlich empfand er eine gewisse Verantwortung gegenüber seiner Mutter. Er würde es sich nicht verzeihen, wenn ihr irgendetwas zustieß. Vielleicht sollte er bleiben und noch etwas mit Jørgen trinken; wenn Jørgen richtig betrunken war, hätte Mutter bestimmt bald genug von ihm.

Robert setzte sich wieder auf den Tresenhocker und holte eine weitere Flasche aus dem Kasten. Sonja lachte und schlug ihm auf die Schulter.

»So mag ich das, das ist mein Sohn!«, sagte sie stolz.

Jørgen und Robert begannen, zügig zu trinken, wortlos; Sonja saß zwischen ihnen. Sie sahen sich aus den Augenwinkeln an wie zwei Kampfhähne, während sie das Bier in sich hineinschütteten. Und aus lauter Kampfeseifer ein bisschen aufs Kinn, ja, sogar aufs Hemd tropfen ließen. Irgendwann wollte Jørgen prosten, doch Robert unterbrach ihn barsch: »Trinken wir oder reden wir?«

Worauf Jørgen den Mund hielt und weitertrank. Sonja versuchte, mit ihnen mitzuhalten, fiel aber bald zurück. Sie feuerte erst den einen, dann den anderen an. Das gesamte Lokal verfolgte das Ereignis, es wurde auf den Sieger gewettet. Man gab den beiden Männern Schnäpse aus, die sie bereitwillig tranken – Jørgen kippte seinen ins Bier, Robert trank ihn nebenher, jedoch ohne sichtbare Wirkung. Mit anderen Worten, nach einer Weile sah es so aus, als könnte es noch einige Zeit dauern. Hansi schlug daher vor, sie sollten zusätzlich Arm drücken, um den Spaß zu erhöhen. Doch Robert schüttelte nur den Kopf. Sonja begann sich allmählich zu langweilen, alle schienen sie vergessen zu haben. Sie schaute eine Weile den Fußballspielen zu. Dann griff sie zur Fernbedienung und schaltete um. Niemand protestierte, im Lokal passierte Wichtigeres. Sie geriet in eine deutsche Unterhaltungssendung, nur wurden diesmal keine Lederhosen und vollbusigen, jodelnden Damen gezeigt, die Deutschen konnten auch anders. Popmusik wurde gespielt, und ein Mädchen namens Nena sang »Neunundneunzig Luftballons«. Das klang gar nicht so übel, Sonja hielt es kaum auf ihrem Sattel. Jørgen ging es ebenso, er kannte das Lied und sang mit.

»Die Nummer muss bald zehn Jahre alt sein«, sagte Robert.

»Davon wird sie doch nicht schlechter«, entgegnete Jørgen. »Wenn was richtig gut ist, wird's mit den Jahren nur noch besser.«

Er zwinkerte Sonja zu, sie stellte den Ton lauter.

Plötzlich nahm sie den beiden Männern die Biergläser aus der Hand, stellte sie auf den Tresen und sagte »Halbzeit«. Worauf sie Jørgen zum Tanz aufforderte.

Tanz? Er verstand nicht recht, aber sie sah aus, als würde sie es ernst meinen. Schließlich hob er sie aus dem Sattel, setzte sie in den Rollstuhl und begann, mit ihr zu tanzen. Robert schaute in die andere Richtung und hoffte auf ein baldiges Ende. Aber nichts deutete darauf hin. Der Kellner schob die Tische ein wenig zur Seite, damit sie mehr Platz hatten. Jørgen hielt Sonja an den Händen und der Rollstuhl drehte sich von einer Seite auf die andere, im Takt der Musik. Sie saß ganz vorn auf dem Stuhl und bewegte den Oberkörper vor und zurück; offenbar wurde ihr warm, denn nun entledigte sie sich ihres roten Halstuchs. Was die Männer zum Pfeifen brachte. Robert wusste, dass ihr so etwas gefiel, daher überraschte es ihn nicht, als sie die obersten Knöpfe ihrer Bluse öffnete. Als erneut gepfiffen wurde und sie die Bluse ganz aufknöpfte, bis man den BH sah, wollte er sie aufhalten. Was zum Teufel trieb sie da? Rollstuhlstrip? Robert wurde ausgebuht, er wurde Spielverderber genannt, und Jørgen schob ihn zurück an die Theke. Peinlich! Mutter durfte sich keinen Skandal erlauben, das wäre fatal für ihn. Schlimmer als damals die Geschichte mit Erik und dem Rollstuhl am Fahnenmast, immerhin sahen hier auch andere zu, sie befand sich mitten unter den Leuten, bei denen er sich Respekt zu verschaffen versuchte.

Doch als Robert sich umsah, musste er feststellen, dass niemand außer ihm Sonja peinlich fand. Im Gegenteil, die Gäste klatschten im Takt und ermunterten sie, sich weiter auszuziehen. Pfiffe wechselten sich mit atemloser Stille ab, und als sie ein Kleidungsstück nach dem anderen auszog, wurde wieder gepfiffen. Die langen Strümpfe behielt sie an, denn ihre Füße sollte niemand sehen, sie baumelten so merkwürdig um den Stuhl. Und das Höschen behielt sie selbstverständlich auch an. Nein, auch das fummelte sie noch ab! Ziemlich geschickt sogar, fast sah es so aus, als hätte sie es zu Hause geübt. Sie warf es ins Publikum – das sich regelrecht darum schlug. Die Leute waren vollkommen aus dem Häuschen. Eine Intimrasur hatte sie auch …

Eigentlich ein schöner Körper, dachte Robert, so schlank und mädchenhaft. Es hatte etwas Rührendes, wie die alten Männer mit ihren Segelohren und Stirnglatzen sich über sie beugten. Anderthalbschritt-Nissum war unverfroren genug, sie anzufassen. Er legte eine Hand auf ihre Brust, und als sie nicht protestierte, gab es kein Halten mehr, alle begannen, sie an allen möglichen Stellen zu betatschen. Svend ohne Geld hätte sich auch gern beteiligt, aber er kam nicht nah genug heran, weil er so klein war und die anderen so eng beieinander standen; er schlug sich selbst an den Kopf und knirschte mit den Zähnen vor Ärger. Schließlich hob Jørgen Sonja aus dem Rollstuhl und trug sie im Lokal herum – er reichte sie Helmuth, der sie an Hansi übergab, Hansi legte sie Nissum in den Arm und so weiter, sie musste einmal durchs ganze Lokal. Zwischendurch wurde sie in die Luft geworfen, und Sonja juchzte und lachte und stachelte sie an weiterzumachen. Irgendwann dachten sie, Sonja wäre auf den Boden gefallen, allerdings lag sie im Arm von Svend ohne Geld, und so hatte er doch noch etwas von dem Abend. Robert erinnerte sich nur allzu gut an ihren Wunsch, eine Puppe zu sein, mit der die Männer nach Belieben spielen konnten; jetzt hatte sie die richtige Gesellschaft gefunden.

»Meine Herren, du hast vielleicht eine Mutter!«, sagte Hansi zu Robert, voller Anerkennung und Bewunderung. »Wieso hast du sie nicht schon früher mitgebracht?«

Sie waren eigenartig, diese Südjütländer. Robert hatte gedacht, es wäre alles verloren, und nun standen ihm vor Staunen Mund und Nase offen. Sie liebten seine Mutter, sie konnten nicht genug von ihren Ausschweifungen bekommen. Und auch er hatte etwas davon, ihr Erfolg färbte auf ihn ab. Nun blickten sie ihn mit dem Respekt an, nach dem er sich gesehnt hatte. Unbegreiflich, wie so etwas möglich war, aber so war es. Vielleicht sollte er sich einfach zurücklehnen und es genießen? Und ein wenig stolz auf seine Mutter sein.

Er versuchte es und es funktionierte, wer hätte das gedacht. Ein schönes Gefühl – das allerdings nicht lange anhielt, leider. Denn nun setzte Jørgen sich auf der Tanzfläche auf einen Stuhl und Mutter saß auf seinem Schoß, doch damit nicht genug, sie saß rittlings auf ihm und gab ihm einen Zungenkuss ... Und sie hatte sich nicht wieder angezogen.

Robert spürte, wie ihm übel wurde. Hastig sprang er auf, der Thekenhocker fiel um. Nun war es genug, jetzt hatte sie den Bogen überspannt, er hatte sie gewarnt! Diesen Auftritt würde er ihr nie verzeihen, niemals! Er ging zur Tür, ohne sich umzusehen, ohne ein Wort des Abschieds.

Sonja rief ihm nach, aber er tat so, als hätte er sie nicht gehört. Er hatte Tränen in den Augen, sein Blick verschleierte sich, er stolperte über seine eigenen Beine, hielt sich an einem Tisch fest und warf ein paar Biergläser zu Boden. So betrunken bin ich doch gar nicht, dachte er, aber er irrte. Als er in der Tür stand, hob er ein Bein und versuchte zu pupsen. Alle Augen ruhten auf ihm, doch es gelang nicht. Er setzte den Fuß wieder auf den Boden und hob das andere Bein. Nun kam etwas. Allerdings war es lediglich ein erbärmliches Säuseln, wie das Seufzen eines kleinen Mädchens, er hätte es besser lassen sollen.

Draußen war der Himmel dunkel überzogen, alles war still. Nicht einmal eine Kuh muhte.

Robert kehrte glücklicherweise heim, bevor das Unwetter losbrach. Der Himmel sah mehr und mehr aus wie in einem der Filme, die er sich nicht ansehen durfte, bevor er einschlief. Kurz bevor etwas Unheimliches geschah, begann es immer zu donnern und zu blitzen, dann schaltete er gewöhnlich auf einen anderen Kanal. Aber hier ließ sich nichts wegschalten. Selbst wenn er die Augen schloss, nahm er durch die Augenlider die Lichtblitze wahr, und sogar mit Stöpseln in den Ohren ließ es sich nicht vermeiden, das Krachen des Donners zu hören. Er konnte nichts tun, als auszuhalten und zu hoffen, dass das Gewitter rasch vorüberzog. Schon in seiner Kindheit hatte er große Angst vor Gewittern, und diese Angst hatte sich noch immer nicht gelegt. Er kannte nicht allzu viele Menschen, denen es ebenso ging.

Robert griff zu Papier und Bleistift, um einen Brief an Josefine zu schreiben. Vielleicht konnte er sich dadurch ablenken, außerdem verging auf diese Weise die Zeit. Wenn er den Brief beendet hatte, war das Gewitter gewiss abgeklungen – und Mutter käme nach Hause. Wahrscheinlich nicht, aber das spielte ohnehin keine Rolle mehr. Sie war nicht mehr länger seine Mutter.

So etwas zu sagen, hörte sich grässlich an, aber so war ihm nun einmal zumute; sie würde sich wirklich anstrengen müssen, wenn er ihr wieder gut sein sollte.

Was konnte er Josefine schreiben? Er betrachtete das Foto, das sie ihm geschickt hatte, es lag auf dem Küchentisch; wie groß sie geworden war. Im Gegensatz zu dem Klassenfoto konnte er sie darauf jetzt erkennen. Es handelte sich nicht um das Mädchen, das er gemeint hatte, sondern um ein ganz anderes. Wenn man genau hinsah, war es geradezu unheimlich, wie sehr sie ihrem Vater ähnelte.

»Liebe Josefine«, schrieb er. Das war der Anfang. Aber wie weiter? Robert fiel es schwer, sich zu konzentrieren, nach all dem, was vorgefallen war. Die ganze Zeit sah er seine Mutter, wie sie rittlings auf Jørgen saß und Zungenküsse mit ihm tauschte. Er spürte die Übelkeit zurückkommen. Robert ging auf die Toilette und steckte einen Finger in den Hals. Schon möglich, dass er nicht besonders gut auf Kommando pupsen konnte, aber kotzen konnte er verdammt noch mal. Er betätigte die Spülung und putzte sich die Zähne, doch als er sich im Spiegel sah, hatte er nicht den Eindruck, sehr viel nüchterner auszusehen. Er war das Trinken nicht mehr gewohnt. Besser, er wartete mit dem Brief, damit er nichts schrieb, was er später bereuen würde.

Robert ging ins Wohnzimmer und holte den Kalender, er wollte sehen, wann Josefine ihn besuchen kam. In acht Tagen. Keine sonderlich lange Zeit, vielleicht würde sie der Brief gar nicht mehr erreichen, bevor sie in Australien aufbrach. Vielleicht sollte er lieber anrufen, obwohl er das Telefon normalerweise nicht benutzte, das schuf nur Verwirrung. Möglicherweise nahm

Josefine wie beim letzten Mal das Telefon ab und begann zu weinen, worauf auch ihm die Tränen gekommen waren – obwohl ihre Mutter behauptete, es wäre umgekehrt gewesen. Woher wollte sie das eigentlich wissen? Es hatte zu einem Streit geführt, bei dem sie beide Josefine ausgefragt hatten, um herauszufinden, wer zuerst angefangen hatte zu weinen – was zu noch mehr Tränen bei Josefine führte. Am Ende hatte er versprochen, künftig nur noch zu schreiben. Aber unmittelbar vor ihrem Besuch war es doch etwas anderes? Er würde in ein paar Tagen anrufen.

Ohne es zu merken, hatte er sich ans Fenster gestellt und schaute in den Garten. Das hätte er besser nicht getan, denn plötzlich wurde alles in einen Lichtblitz getaucht, und Sekunden später kam der Donnerschlag. Wie er es hasste! Als er die Gardinen zuzog, sah er den Kater des Nachbarn auf der Terrasse sitzen. Er suchte unter dem Gartentisch Schutz, der arme Kerl. Robert ließ ihn herein und gab ihm ein bisschen Milch. Der Kater hatte mindestens so viel Angst wie er; ja, ja, ich bin hier nicht der einzige Feigling, dachte er. Der Gedanke beruhigte ihn. Er streichelte den Kater und setzte sich in den Sessel. Kurz darauf sprang der Kater ihm in den Schoß.

»Na, mein kleiner Freund«, sagte er. »Es passiert schon nichts. Es ist nur ein Gewitter. Oder glaubst du vielleicht, Gott ist böse auf dich, weil du im Garten so viele Spatzen gefressen hast? Du kleiner Dummkopf, du bist eine Katze, und Katzen fangen Vögel, dafür kannst du nichts.«

Dann hielt er den Mund.

»Eigentlich stellst du doch viel schlimmere Sachen

an«, entgegnete der Kater. »Und es läuft ganz und gar nicht so, wie es laufen sollte, das weißt du genau. Aber auch dafür wird man bestraft. Früher oder später, auf die ein oder andere Weise. Darüber musst du aber nicht traurig sein, denn sonst gäbe es keinerlei Gerechtigkeit mehr. Und was hätte das Ganze sonst für einen Sinn?«

Jetzt musste er sich aber wirklich zusammenreißen, natürlich sagte der Kater keinen Ton. Aber er schien es zu denken.

Robert meinte, auf der Fensterscheibe Regentropfen zu hören, die allmählich lauter wurden – gut so. Es regnete. Jetzt wurden die Abstände zwischen den Blitzen und den Donnerschlägen länger und das Schlimmste war überstanden. Der Kater begann zu schnurren.

»Wir sind mit dem Schrecken davongekommen«, sagte Robert.

Kurz darauf dösten sie beide, und nach einer Weile schliefen sie. Plötzlich wachte er ruckartig auf, er hatte jemanden an der Tür gehört, seine Mutter? Doch es handelte sich nur um den Kater, der miaute und an der Terrassentür kratzte. Robert schaute auf die Uhr, die Totosendung war seit vielen Stunden vorbei. Er ließ die Katze heraus. Überall hatten sich große Wasserpfützen gebildet. Das Wasser wollte nicht im Boden versickern, alles schwamm.

Der Kater versuchte, auf trockenen Pfoten über den Rasen nach Hause zu kommen, gab es jedoch auf. Er drehte sich um und kehrte zurück, setzte sich wieder unter den Gartentisch und starrte leer in den Regen. Der Kater bemerkte eine Wasserratte, die an der Hecke zum Nachbarn herumstrich, doch er unternahm keinerlei Anstalten, sich mit ihr anzulegen. Robert verstand es gut. Plötzlich ertönte ein Schuss und die Ratte fiel tot um. Einen Augenblick später steckte jemand eine Harke durch die Hecke und der Kopf des Nachbarn war kurz zu sehen. Er nickte Robert zu und zeigte ihm die Schrotflinte. Robert nickte zurück, dann ging er wieder ins Haus, vermutlich war es das Sicherste.

Auch die Straße stand unter Wasser, wie er aus dem Fenster seines Büros sah. Gut, dass man Gummistiefel hatte. Heute benötigte man die wirklich. Ob der Bach über seine Ufer getreten war? Die ganze Stadt schwamm. Früher oder später hatte es ja so kommen müssen, es hatte gleichsam in der Luft gelegen. Wohin schwammen sie? Hinaus ins Meer? Oder versank die Stadt im Untergrund und war fort, ein für alle Mal, ohne irgendwelche Spuren zu hinterlassen? Von all den Zukunftsszenarien, die Robert vor Augen standen, war dies nicht einmal das schlimmste.

Er setzte sich, schloss die Augen und spürte, wie alles schaukelte und er zurücksank und mit einem Purzelbaum rückwärts in ein großes Loch fiel, zwischen Seegras, Schlick und tote Kühe, die vielleicht noch gar nicht richtig tot waren. Sie beschnüffelten ihn und leckten seinen Nacken; er hätte Angst haben müssen, aber eigentlich hatte er keine. Und was passierte nun? Zwischen den Kühen rollte ihm plötzlich Mutter entgegen. Die Kühe machten ihr Platz und verschwanden, das Seegras wurde zum Teppich und der Schlick trocknete ein. Schließlich blieb nur noch Mutter übrig, nun saß sie in ihrem Rollstuhl im Flur und schlief. Der Regen hatte sie durchnässt und das Kinn hing ihr auf der Brust. Er verstand nicht, wie es möglich war, jemand musste die Eingangstür geöffnet und sie hereingeschoben haben. Und offenbar wieder gegangen sein. Robert fragte sich, ob er sich noch immer in der Unterwelt befand oder schon an die Oberfläche zurückgekehrt war – und was schlimmer wäre. Als er seine Mutter wachrüttelte und ihr auf die Wangen klapste, kicherte sie wie ein Schulmädchen.

»Du bist aber auch ein Frecher«, murmelte sie noch im Halbschlaf, was immer das heißen sollte.

Als er wissen wollte, was sie getrieben hatte, hob sie mit einem Mal den Kopf und sagte: »Gar nichts.« Robert schob sie ins Wohnzimmer, setzte sich ihr gegenüber und schaute ihr tief in die Augen. Was er sah, gefiel ihm nicht. Doch als er sie packte und ernsthaft durchschütteln wollte, wurde auf der Toilette die Spülung betätigt. Einen Moment später betrat Jørgen das Wohnzimmer.

»Wir kommen, um ihre Sachen zu holen«, sagte er, während er den Reißverschluss hochzog. Er trug Gummistiefel und den Cowboyhut, und er zog weder die Stiefel aus, noch nahm er den Hut ab, als er eintrat. »Sie zieht bei mir ein. Sie kann dich nicht länger ertragen. Wo ist das Gästezimmer?«

Robert schwankte einen Moment, sollte er sich zur Wehr setzen oder kooperieren? Nachdem er einen Blick auf seine Mutter geworfen hatte, die verliebt zu Jørgen hinaufschaute, entschied er sich zur Zusammenarbeit. Er wies den Weg, öffnete den Kleiderschrank und holte ihren Koffer.

»Hier besorgst du's also deinen Gästen?«, sagte Jørgen und begann zu packen. Er stopfte die Kleider in den Koffer und ging ins Badezimmer, um die Toilettenartikel zu holen. Sonja döste mit einem kleinen Lächeln um den Mund im Rollstuhl.

Am Ende ging Jørgen in die Küche und holte einige Flaschen Starkbier aus dem Kühlschrank, die eigentlich nicht Mutter gehörten. Robert stand daneben, sagte aber nichts. Auch nicht, als Jørgen in die südjütländische Brägenwurst biss und ins Wohnzimmer ging, um sich umzusehen. Mit den Bieren in der einen und der Wurst in der anderen Hand. Als er vor dem Bild des alten Hauses stehen blieb und den Kopf schüttelte, hatte Robert genug.

»Ich möchte, dass du jetzt gehst«, sagte er. »Und meinetwegen kannst du meine Mutter gern mitnehmen.«

»Keine Sorge, nur ruhig«, antwortete Jørgen und reichte Robert ein Bier. »Du bist so plötzlich gegangen, wir waren doch noch gar nicht fertig …«

Robert schüttelte den Kopf und verschränkte die Arme. Er hatte mehr als genug getrunken, zumal, wenn er noch die Kraft haben wollte, Jørgen hinauszuschmeißen.

»Gibst du auf?«

Er nickte, obwohl es schmerzte.

»Ja, ja, die Kopenhagener, ich hab's doch gleich gewusst.«

Jørgen stellte die Bierflaschen auf den Kaffeetisch und wies mit dem Kopf auf das Bild.

»Da bist du geboren worden?«

Als er keine Antwort bekam, setzte er sich aufs Sofa und legte die Stiefel auf den Kaffeetisch. »Du solltest mal zum Psychologen gehen, Robert.«

Robert zitterte vor Zorn und sagte: »Verschwinde!«

»Du hast es schwer gehabt mit deinem Vater. Er traute dir nichts zu. Er war auch nicht sonderlich nett zu deiner Mutter.«

Jørgen trank schlürfend von seinem Bier und warf einen Blick auf Sonja, die jetzt fest schlief. Er gab dem Rollstuhl einen kleinen Stoß.

»Sie macht auf mich einen etwas vernachlässigten Eindruck, in jeder Beziehung. Es gibt offenbar vieles nachzuholen. Nicht wahr, Sonja?«

Der Rollstuhl bekam wieder einen Stoß, und Sonja fiel beinahe heraus, blieb dann aber doch in einer eigenartigen Stellung darin hängen; der Kopf hing beinahe auf dem Boden. Jørgen grinste anzüglich und biss in sein Würstchen. Schmatzte demonstrativ, während er Robert ansah.

»Magst du den Gedanken nicht, dass ich mit deiner Mutter im Bett war? Verflucht, Mann, du warst im Bett mit meiner Frau, das ist vermutlich nicht viel besser. Glaub ich jedenfalls. Teufel auch, du hast vielleicht eine Mutter!«

Ohne Sonja anzusehen, packte er ihr mit festem Griff ins Haar und zog sie zu sich heran. Er legte ihren Kopf in seinen Schoß und spreizte die Beine. Fummelte ein bisschen herum.

Robert ging zur Schublade und nahm die Dienstpistole heraus.

»Raus aus meinem Haus«, sagte er.

Doch Jørgen blieb sitzen, er hatte es nicht eilig. Auch nicht, als Robert auf ihn zielte und den Finger an den Abzug legte.

»Erschieß mich doch, Mann. Zeig mir, dass du dich traust«, forderte er Robert auf.

Und als Robert nicht schoss, hob Jørgen Sonjas Kopf, gab ihr einen Kuss auf den Mund und schob sie zurück auf den Rollstuhl. Dann erhob er sich langsam, aber nicht, um zu gehen. Im Gegenteil, er trat sehr nah an Robert heran.

»Warum schießt du denn nicht, du Waschlappen? Reiß dich zusammen, zum Teufel, und drück ab! Wie haben sie dich in Kopenhagen genannt? Das Weichtier? Ich verstehe immer besser, warum sie dich hierher geschickt haben, du bringst es einfach nicht. Du machst einfach alles kaputt, bei dir und bei uns anderen. Schau dir doch an, in was für eine Situation du mich gebracht hast. Und dich selbst, wenn man so will. Ich habe gehört, du warst beim Pastor? Worüber wolltest du denn mit dem Pastor reden, Robert? Hast du auch etwas auf dem Gewissen? Da war jemand, der mich an dem Abend geschüttelt hat, das warst doch nicht etwa du? Dorthe sagt, sie hat dich gesehen …«

Jørgen legte den Kopf zurück und lachte sein Pferdelachen. Dachte wohl, er hätte etwas Wichtiges entdeckt, etwas, das Robert hinter Gitter bringen und ihn wieder zum eigentlichen Sheriff der Stadt machen würde. Plötzlich griff er nach der Pistole, sicher, dass das Weichtier nicht den Mumm haben würde, ihn aufzuhalten. Doch da irrte er sich. Denn das Weichtier trat einen Schritt zurück, betätigte den Abzug und schoss ihm durch den Kopf.

# *Kapitel 10*

Robert betrachtete sein Spiegelbild in der Fensterscheibe, er hatte Jørgen tatsächlich erschossen. Vor den Augen seiner Mutter, obwohl sie noch immer schlief und wahrscheinlich nichts bemerkt hatte. Jørgen lag auf dem Boden und blutete aus dem Kopf. Robert warf die Pistole fort und holte einen Lappen, es musste aufgewischt und sauber gemacht werden, so weit konnte er noch denken.

Als er zurückkam, war Jørgen verschwunden. Nur Mutter saß noch da, mit einer Blutlache vor den Füßen. In der Lache schwamm ein Stück Brägenwurst – nur, wo war die Pistole? Robert wäre am liebsten fortgelaufen, das wäre allerdings nicht sonderlich klug gewesen; er riss sich zusammen, folgte der Blutspur und fand Jørgen hinter dem Fernseher sitzend. Der arme Kerl schwankte und hantierte mit der Pistole, er konnte sie kaum halten, ein seltsamer Anblick. Robert nahm ihm problemlos die Pistole ab, zielte, schloss die Augen und drückte noch einmal ab. Sonja zappelte mit den Beinen und öffnete für eine Zehntelsekunde die Augen. Robert schob sie hastig ins Gästezimmer, wo er sie in ihrem Rollstuhl sitzen ließ, sie musste selbst sehen, wie sie zurechtkam. Zurück ins Wohnzimmer.

Er wischte die Fingerabdrücke von der Pistole und überlegte, sie Jørgen in die Hände zu legen, damit es aussah wie Selbstmord. Aber wer zum Teufel schießt sich selbst in den Kopf – zweimal? Stattdessen schloss er die Pistole in der Kommodenschublade ein. Dann wickelte er ein Handtuch um Jørgens Kopf, zog eine große Plastiktüte darüber und verknotete sie mit einer Schnur sehr eng am Hals. Das war das Sicherste, nun tropfte es wenigstens nicht mehr. Wieder hatte er den Eindruck, in einem Film mitzuspielen, den er sich vor dem Einschlafen nicht ansehen würde, irgendwann musste er doch einmal zu Ende sein. Und jetzt klingelte es auch noch an der Tür!

Robert ging in den Flur und öffnete. Es war sein Nachbar.

»Was ist los? Ich habe Schüsse gehört.«

»Ach das. Ich schieße Ratten«, sagte Robert.

»Im Wohnzimmer?«

»Nein, ich sitze am Fenster. Ich glaube, ich habe eine erwischt.«

Er lächelte und sein Nachbar nickte. Und ging. Viel zu sagen hatten sie sich nicht, sie nickten sich zu. So sollte es sein.

»Mojn«, sagte Robert.

Als die Luft rein war, trug er die Leiche in den Kofferraum seines Autos. Wieder im Haus wischte er den Boden und beseitigte sämtliche Spuren, die er finden konnte. Auf dem Sofa lag Jørgens Cowboyhut, Robert wusste nicht, wie er ihn loswerden sollte. Schließlich setzte er ihn auf, zumal er seinem eigenen Hut zum Verwechseln ähnlich sah. Dann zog er die blauen Gummistiefel an und ging hinaus zum Wagen.

Das Gebiet vor der Stadt, das von den Einheimischen das Moor genannt wurde, glich Tages Weide, war aber größer und weitaus sumpfiger und tiefer. Besonders nach dem heftigen Regenguss. Robert parkte am Ende der Straße und sah sich um, Gott sei Dank war er allein. Er hob die Leiche aus dem Kofferraum, schleppte sie zwischen ein paar Büsche und schob sie in den Sumpf, wo sie allmählich versank. Nur schien die Leiche nicht vollständig verschwinden zu wollen. Robert trat drauf, damit es schneller ging. Ständig ragte irgendetwas heraus, mal der Kopf, dann wieder ein Bein. Robert musste sich mit beiden Füßen auf Jørgen stellen und ein bisschen herumhüpfen, das half. Dabei verlor er den Cowboyhut, darum konnte er sich jetzt allerdings nicht kümmern, denn er fing selbst an einzusinken. Schließlich rettete er sich auf die Straße und fuhr nach Hause.

Erst am späten Vormittag des nächsten Tages zeigte Sonja sich wieder. Und natürlich fragte sie sofort nach Jørgen. Robert antwortete nicht. Er blickte sie an, während er unablässig darüber nachdachte, wie er ihr diese Geschichte beibringen sollte. Natürlich musste sie es erfahren. Aber wie er die Worte in seinem Kopf auch drehte und wendete, er hatte einen kapitalen Fehler begangen. Statt zu antworten, umarmte er sie, wie er seine Mutter lange nicht mehr umarmt hatte.

»Bestimmt ist es das Beste, wenn du nach Kopenhagen zurückfährst«, flüsterte er.

Sonja schüttelte den Kopf, davon konnte überhaupt keine Rede sein, nicht jetzt.

»Wo ist Jørgen?«, wollte sie wissen.

Er nahm sie unter die Arme und schob sie hinaus zu ihrem Wagen. Sie protestierte lautstark und schlug nach ihm, hoffentlich sahen die Nachbarn nichts. Dann hatte er sie endlich auf den Sitz gehoben und hinters Steuer gesetzt.

»Und was jetzt?«, fragte sie. »Willst du auch das Auto für mich fahren?«

Er hob sie aus dem Wagen und trug sie mit dem gleichen Theater zurück ins Gästezimmer.

Sie protestierte und schlug ihn, er musste die Tür von außen abschließen. Obwohl es ihm nicht sonderlich gefiel, schließlich sperrt man seine Mutter nicht ein. Es sei denn, man war dazu gezwungen, so wie er. Wieso fuhr sie nicht einfach nach Hause? Er könnte sie morgen wieder ins Auto setzen, vielleicht hatte sie sich bis dahin beruhigt. Nur war es noch lange hin bis zum nächsten Tag, vor allem, wenn sie sich so aufführte; die Leute konnten sie bis auf die Straße hören, was würden sie wohl denken?

Robert ging ins Badezimmer und griff zu dem Glas mit den Schlaftabletten, die ihm Zerlang verschrieben hatte. Er hatte sie gar nicht gebraucht, denn er schlief wirklich ausgezeichnet. Tatsächlich immer besser, je mehr Zeit verging und ihm die Probleme über den Kopf wuchsen. Eigentlich seltsam, früher hatte er sich ganz anders verhalten, so ging es ihm erst, seit er nach Südjütland gezogen war.

Er schüttete ein paar Tabletten in die Hand und ging ins Gästezimmer zu Mutter. Obwohl er sich wahrlich nicht wohl dabei fühlte, zwang er sie, die Medikamente zu nehmen. Hinterher bereute er es, denn damit hatte er zugegeben, keine wirklich reine Weste zu haben. Nun konnte er sie nicht mehr heimfahren lassen, sie würde ihn nur anschwärzen, vermutlich bei Preben.

Wenn die Zeit reif war, würde sie alles erfahren, hoffentlich verstand sie ihn. Und vergab ihm. Bis dahin nahm er ihr die Krücken und den Rollstuhl weg und stellte alles auf den Dachboden.

Dann fuhr er zum Pastor.

Diesmal hatte er Glück, der Pastor war zu Hause und Robert kam nicht ungelegen. Es sah fast so aus, als hätte man ihn erwartet.

»Ich hätte eigentlich Freitag kommen sollen«, sagte Robert.

Der Pastor tat seine Entschuldigung mit einer Handbewegung ab und bat Robert in die Bibliothek. Sie setzten sich einander gegenüber, der Pastor lächelte seinem Gast aufmunternd zu und wartete, dass er etwas sagte. Robert wand sich in seinem Stuhl, er schaute auf die Bücherregale und die Bilder mit moderner Kunst an den Wänden und bekam den Mund nicht auf. Er hatte so viel auf dem Herzen, wusste aber nicht, womit er beginnen sollte.

»Ich bin nicht der, den ihr zu kennen glaubt«, sagte er.

»Wer ist das schon?«, erwiderte der Pastor.

Damit konnte er recht haben.

»Und jetzt weiß ich nicht, wie ich weiterleben soll«, fuhr Robert fort.

Der Pastor blickte aus dem Fenster. Auch er hatte ein Futterbrett im Garten, es war obendrein das gleiche Modell wie das von Robert, wer weiß, ob es ihm nicht auch der Bürgermeister geschenkt hatte. Und pickte da nicht ein großer Buntspecht vom Futter? Einen Buntspecht hatte Robert bisher noch nicht zu Besuch gehabt. Und in der Ecke sah er etwas noch Interessanteres: eine Blutbuche. Ebenso groß wie ihre am alten Haus, wenn nicht größer. Also gab es hier Blutbuchen, jedenfalls im Garten des Pastors. Wäre das Wetter entsprechend gewesen, hätten sie dort draußen sitzen und Kaffee trinken können. Robert hing seinen

Gedanken nach, als der Pastor sich ihm zuwandte. Er blickte ihm in die Augen.

»Möchtest du mir etwas erzählen?«

»Ja, wenn du es dir anhören magst.«

»Aber natürlich möchte ich es hören«, sagte der Pastor. »Wenn du es erzählen willst.«

Robert hatte das Gefühl, als würde diese Antwort nicht ausreichen. Er hätte unter Druck gesetzt, gleichsam verhört werden müssen, aber das versuchte der Pastor gar nicht erst. Vielleicht war es auch egal. Sie wussten doch ohnehin das meiste, jedenfalls normalerweise. Er hatte zur Polizei gehen wollen, nur noch nicht sofort, sondern erst nach Josefines Besuch. Vielleicht sollte er es dem Pastor erklären, aber vorher wollte er sich noch einer Sache vergewissern.

»Kann ich davon ausgehen, dass das, was ich dir erzähle, unter uns bleibt?«

»Ja. Natürlich. Ein Pastor unterliegt der Schweigepflicht.«

Eigentlich beruhigend. Und doch ganz unglaublich, er musste wirklich sichergehen.

»Manche Dinge lassen sich ja umgehen. Du könntest zum Beispiel einen anonymen Anruf tätigen, bei der Polizei von Tønder?«

»Das könnte ich natürlich tun«, bestätigte der Pastor und nickte ernst. »Möglich wär's. Ein anonymer Anruf. Bei der Polizei von Tønder, ja.«

Damit waren sie keinen Schritt weitergekommen. Robert zog es vor, den Mund zu halten. Und der Pastor drängte ihn nicht. Er lächelte noch immer so milde. Und sagte: »Demjenigen, der glaubt, wird vergeben.«

»Dann ist es wohl besser, ich versuch das mal«, erwiderte Robert, worauf sie beide laut lachten.

Der Pastor nahm ein großes und schweres Buch von seinem Schreibtisch und fing an, darin zu blättern. Es sah aus wie die Bibel, war aber wohl irgendein Gebetbuch, denn nun begann er, daraus vorzulesen. Robert verlor sich in seinen Gedanken, die Worte sagten ihm nichts, aber sie wirkten beruhigend. Diese altertümlichen Sätze, ein bisschen wie zur Weihnachtszeit. Wieder schweiften seine Augen hinaus in den Garten, unter die Blutbuche, und die Zeit stand auf eine Weise still, wie er es gernhatte.

Bevor Robert aufbrach, fragte der Pastor, ob er am kommenden Abend zum Abendkaffee ins Pfarrhaus kommen wollte. Es kämen ein paar Gäste aus der Stadt, Doktor Zerlang und Kaufmann Moos, normalerweise wäre es immer sehr gemütlich. Krüger hätte sich auch immer an ihren Abenden beteiligt, aber er war ja nun umgezogen. Es könnte sein, dass eine Runde Karten gespielt würde. Das sollte Robert allerdings nicht weitererzählen, denn Kartenspiel im Pfarrhaus würde nicht gern gesehen. Der Pastor spielte selbst nicht mit, er kochte den Kaffee und buk die Brötchen, Butterbrötchen mit hausgemachter Rhabarbermarmelade. Aber seine Frau wäre eine passionierte Kartenspielerin. Richtig gut beim Skat.

Mutter hatte inständig darum gebeten, im Wohnzimmer fernsehen zu dürfen. Sie hatte Robert um die Erlaubnis regelrecht angefleht. Selbstverständlich durfte sie fernsehen, warum sollte es darum viel Aufhebens geben? Bisher ging doch alles sehr gut. Sie war beinahe wieder die gute, alte Mutter. Abgesehen davon, dass sie ihn jedes Mal, wenn er sie ansah, so bereitwillig anlächelte, die Hälfte hätte es auch getan. Aber sie hielt sich wach, also hatte er die Medikation richtig dosiert. Es brauchte nur ein wenig Übung, sie durfte weder zu wach noch zu schläfrig sein. Und sie durfte auf keinen Fall die Möbel besabbern, dann trug er sie wieder ins Bett.

Im Büro klingelte das Telefon. Aus dem Wohnzimmer hatte er das Telefon entfernt; weniger, weil er den Verdacht hatte, Mutter könnte jemanden um Hilfe rufen, sondern weil es keinen Grund gab, sie in Versuchung zu führen. Daher ließ er auch die Tür zwischen Büro und Wohnzimmer einen Spalt aufstehen, er wollte sie ständig im Auge behalten.

Am anderen Ende der Leitung hörte er eine Kinderstimme. Erst dachte er, es sei Josefine, er freute sich und nannte sie sofort Schatz. Doch am Apparat war Dorthe, da musste er einen anderen Ton anschlagen. Dass sie überhaupt auf die Idee kam, ihn anzurufen. Aber vermutlich kannte sie nicht so viele, an die sie sich wenden konnte.

»Mein Vater ist nicht nach Hause gekommen«, sagte sie. »Ich verstehe das nicht. Er ist auch nicht in der Gastwirtschaft, und dort ist auch niemand, der weiß, wo er ist.«

»Niemand?«, fragte Robert.

»Nein«, sagte sie und begann zu weinen. »Weißt du es?«

Auch Robert kamen die Tränen, er hielt es nicht aus, wenn Kinder weinten, und schon gar nicht, wenn es einen Grund dafür gab.

»Nein. Aber ich werde mal sehen, ob ich ihn finden kann. Wenn er morgen noch nicht gekommen ist, müssen wir natürlich nach ihm suchen. Aber nur ruhig, früher oder später wird er schon zurückkommen. Wenn du willst, kann ich kommen und dich holen, Dorthe, du musst nicht allein bleiben.«

Sie dachte einen Moment über seinen Vorschlag nach, und er begann sich bereits Gedanken zu machen, wo sie schlafen könnte, aber dann antwortete sie: »Danke. Aber ich glaube, ich möchte lieber zu Kaufmann Moos.«

Es verletzte ihn schon, dass sie den Besenschrank ihm vorzog. Aber natürlich ließ er sich nichts anmerken.

»Dann rufe ich jetzt bei Moos an und frage, ob es in Ordnung ist«, schlug er vor, damit hatte er wenigstens etwas getan.

»Sie haben selbst angerufen und es mir angeboten«, antwortete sie. »Und ich gehe jetzt zu ihnen.«

Damit legte sie den Hörer auf.

Er hätte auch selbst darauf kommen können, dass alle Bescheid wussten, zumindest hatten sie von Jørgens plötzlichem Verschwinden erfahren. Wer weiß, ob sie wussten, was aus ihm geworden war. Vielleicht hatten sie eine Vermutung?

»Wer war das?«, fragte Mutter, als Robert zurück ins Wohnzimmer kam.

Robert antwortete nicht, nahm sich ein Bier aus dem Kühlschrank und setzte sich. Seine Gedanken kreisten um das kleine Mädchen, das erst seine Mutter und nun seinen Vater verloren hatte. Wie gern würde er ihr helfen.

»Es geht mich zwar nichts an«, sagte Mutter. »Aber egal, was passiert, du kannst dich auf mich verlassen, das weißt du doch, nicht wahr? Mein Mund ist versiegelt.«

»Ja, ja«, sagte Robert. »Das weiß ich, Mutter.«

Er tätschelte ihr die Hand und holte ihr auch ein Bier.

»Und du irrst dich, wenn du glaubst, Jørgen und ich wären im Bett gewesen«, fuhr sie fort. »Das stimmt nicht, wir haben nur miteinander geredet. Im Übrigen war er auch gar nicht mein Typ.«

»Nein, nein«, antwortete Robert.

Er sah sie nicht gern so: zusammengekauert, mit großen bettelnden Augen, wie ein Hund, der Angst hat, geprügelt zu werden. Aber er war hier, um auf sie aufzupassen, und er wusste, was er tat. Glaubte er zumindest. Er wusste nicht, was er hätte großartig anders machen können.

Als Robert eintrat, empfingen ihn der Pastor und seine Frau, aber auch Zerlang und Moos sehr herzlich. Ein Arm der Pastorengattin lag in Gips, sie war auf der Küchentreppe gefallen und hatte sich den Arm gebrochen. Ihr Gatte nannte sie einen »gefallenen Engel«, und die Gäste lachten höflich. Seine Frau nicht, sie bat ihn, den Mund zu halten.

Sie aßen Selbstgebackenes vom Pastor und redeten über den Wind und das Wetter. Und über Dorthe. Moos erzählte, sie würde bei ihnen wohnen, bis auf Weiteres. Sie nähme nicht sonderlich viel Platz weg und wäre doch ein so braves kleines Mädchen. Wer hätte das gedacht, wenn man bedachte, aus welchen Verhältnissen sie kam.

Als die Brötchen aufgegessen waren, räumte man

den Tisch ab und holte die Karten. Kleingeld wurde auf den Tisch gelegt, und zur Sicherheit ein paar Zettel, dann konnte das Skatspiel beginnen. Der Pastor setzte sich in die Sofaecke, so kam er nicht in Versuchung mitzuspielen. Robert blieb noch eine Weile sitzen und sah zu, und Doktor Zerlang versuchte, ihm die Regeln zu erklären, aber er verstand überhaupt nichts. Sie schlugen auf den Tisch, fluchten und übertönten sich, wobei sie Münzen über die Tischplatte schnipsten. Es dauerte nicht lange, dann setzte sich auch Robert aufs Sofa.

»Ursprünglich wollten wir etwas für die Gemeinde tun«, erklärte der Pastor, »etwas Kulturelles, daher setzten wir eine Anzeige ins Kirchenblatt. Wir versuchten es zunächst mit Brahms-Abenden, aber niemand kam. Dann probierten wir etwas ganz anderes und luden zu einem Lesekreis über das Werk von Martin A. Hansen. Aber es meldete sich noch immer niemand. Hier in der Stadt ist lediglich Kartenspiel von Interesse, um genau zu sein, Skat, also blieb nichts anderes übrig, als es zu lernen. Und es ist uns auch gelungen, jedenfalls meiner Frau.«

Sie hatte offensichtlich ihren Spaß am Tisch, sie rauchte und trank, und wenn sie auf den Tisch klopfte, benutzte sie ihren Gipsarm, dass die Tassen klirrten.

Der Pastor beugte sich zu Robert hinüber und senkte die Stimme: »Du solltest in der Sache mit Jørgen und seinem Verschwinden mit der Polizei in Tønder Kontakt aufnehmen. Es sieht einfach besser aus, wenn du zu ihnen gehst, bevor sie zu dir kommen.«

Robert wusste nicht, was er dazu sagen sollte. Er war nicht darauf vorbereitet, die Sache anderen zu überlassen. Sollten sie nicht besser warten und ein wenig Zeit vergehen lassen?

»Warte nicht zu lange«, riet der Pastor. »Ich kenne den Polizeimeister, er ist sozusagen mein Schwager.«

Vom Tisch aus mischte man sich ein; Robert sollte sich einfach entspannen und die Sache der Polizei von Tønder überlassen. Nicht weil Robert kein tüchtiger Landpolizist wäre, nein, einen besseren hätten sie bisher nicht gehabt. Nicht zuletzt, wenn man ihn mit dem konfliktscheuen Krüger verglich, und das konnte man von Robert wahrlich nicht behaupten. Er fasste die heißen Eisen an und holte sie mit Stumpf und Stiel aus dem Feuer. So sollte es sein. Aber nun könnte er sich durchaus eine wohlverdiente Verschnaufpause gönnen.

»Verschnaufpause wovon?«, fragte er.

Zerlang legte die Karten zur Seite und wandte sich an seinen Freund.

»Hör schon auf damit«, sagte er, »wir wissen alles.«

Robert stellte sich dumm und wollte wissen, was sie denn wüssten.

»Dass du Ingerlise umgebracht hast. Es war sicherlich nicht deine Absicht, aber nichtsdestotrotz bist du es gewesen.«

»Und Jørgen hast du eine Kugel in die Stirn geschossen«, sagte Moos.

»Nein, zwei!«, korrigierte ihn die Frau Pastor. »Und wir wissen auch, was du mit ihm gemacht hast.«

Sie fielen sich gegenseitig ins Wort, sie wüssten alles, aber sie würden ihm deshalb nichts vorwerfen. Auch der Pastor nicht. Weder vermissten sie Jørgen noch

Ingerlise, vor allem Ingerlise nicht. Als sie in die Stadt kam, war es mit Jørgen bergab gegangen. Er hatte sich immer geprügelt, doch als er begann, auch seine Frau zu schlagen, verloren die meisten den Respekt vor ihm. Er schien nicht mehr derselbe zu sein, nachdem sie ihn in die Finger bekommen hatte, und eigentlich war auch die Stadt nicht mehr dieselbe gewesen. Überall diese Unruhe. Und damit hatte es, Gott sei Dank, nun ein Ende. Robert hatte wirklich aufgeräumt, das war nötig gewesen.

»Aber jetzt kannst du es ein wenig ruhiger angehen lassen«, sagte die Frau Pastor.

»Ja, immer langsam mit den jungen Pferden«, sagte Zerlang.

»Nu' ma' sutje«, sagte Moos.

»Weiß der Polizeimeister von Tønder ebenfalls Bescheid?«, wollte Robert wissen.

»Nein!«, rief Zerlang. »Bist du verrückt? Und so soll es auch bleiben, denn anderenfalls bist du dran. Und wir wissen dann gar nichts.«

Robert brach auf, erklärte, er würde sich nicht wohlfühlen. Sie hatten Verständnis. Der Pastor begleitete ihn hinaus, die anderen schlossen sich an. Alle gaben ihm die Hand, wünschten ihm gute Besserung und hofften, er käme ein andermal wieder.

Auf dem Heimweg kam Robert der Himmel ganz seltsam vor. Es war dunkel, aber es gab keine Sterne – und auch keine Wolken. Er wirkte nicht wie ein richtiger Himmel. Ihm wurde immer unbehaglicher zumute. Als wäre es ein unterirdischer Himmel. Wenn es so etwas gab. Möglicherweise war die Stadt tatsächlich in den Untergrund versunken und befand sich nun unter der Erde? Natürlich ging seine Fantasie wieder einmal mit ihm durch, darüber war er sich vollkommen im Klaren, aber es gelang ihm nicht, dagegen anzukämpfen. Hier gab es schließlich niemand anderen als ihn – abgesehen von dem Kater, der ihm entgegenkam und sich an seine Beine schmiegte.

»Wie kommt man von hier aus bloß wieder an die Oberfläche?«, fragte er. »Durch den Schlamm hinauf ans Licht?«

»Du musst darauf warten, dass jemand kommt und dir eine Hand reicht«, erwiderte der Kater.

»Und wer sollte das sein?«

Das wollte der Kater nicht verraten. Aber es war auch egal, denn davon hatte er durchaus eine Vorstellung.

Er holte sie am späten Abend vom Zug ab. Josefine versteckte sich hinter Hannes Rücken, drückte sich ganz dicht an ihr Kleid, verbarg das Gesicht. Sie sah nicht aus wie jemand, der kam, um ihn zu retten, andererseits hatte sie etwas Engelsgleiches an sich, und vielleicht brauchte er einen Engel?

Robert versuchte, mit seiner Tochter Kontakt aufzunehmen, allerdings vergeblich.

»Eigentlich hat sie sich den ganzen Tag darauf gefreut«, sagte Hanne.

Schließlich ließ er sie in Ruhe. Stattdessen umarmte er Hanne in aller Freundschaft und trug ihre Koffer zum Auto.

Auf der Rückfahrt sprachen sie gedämpft miteinander, Josefine döste auf dem Rücksitz. Er erzählte Hanne, dass er seinen Dienst doch nicht quittiert hätte, wie er es in dem Brief angekündigt hatte, und darüber freute sie sich. Also lief es mit der Arbeit besser? Gewissermaßen könnte man das so sagen. Allmählich bekam er die Dinge in den Griff.

»Bitte entschuldige diesen Brief. Ich war ziemlich sauer.«

»Ja, ganz offensichtlich«, sagte sie. »Bist du es vielleicht noch immer?«

»Ich fürchte, ja«, erwiderte er, »aber lass uns nicht jetzt darüber reden.«

Dann fuhren sie eine Weile, ohne ein Wort zu sagen.

»Wie läuft's in Australien?«, erkundigte er sich.

»Ja, danke.«

Er kannte sie gut genug, um zu wissen, was das bedeutete: Gar nicht gut.

»Und mit dir und John?«

»Lass uns nicht jetzt darüber reden«, sagte sie.

Schweigend fuhren sie den Rest der Strecke. Das hatten sie schon immer gut gekonnt, zusammensitzen, ohne etwas zu sagen; es funktionierte immer noch. Die Probleme entstanden eigentlich erst, wenn sie anfingen, miteinander zu reden.

Als sie Højer erreichten und am Polizeirevier parkten, drehte Robert sich um und schaute Josefine an, die auf dem Rücksitz lag. Sie war eingeschlafen.

»Du darfst sie gern hineintragen«, flüsterte Hanne.

Wie aufmerksam von ihr. Er hätte ihr gern einen Kuss gegeben, aber glücklicherweise tat er es nicht. So etwas konnte schnell missverstanden werden, und er empfand ihr gegenüber seit langem nichts mehr. Er empfand es als große Erleichterung und sie vermutlich auch.

Robert stieg aus, öffnete die hintere Tür und nahm Josefine in die Arme. Er war überglücklich, als er sie über die Einfahrt und durch die Haustür trug. Gern hätte er ein paar Tanzschritte gewagt, aber was würde Hanne dann von ihm denken, außerdem wollte er nicht stolpern. Und doch konnte ihm niemand verdenken, dass er innerlich vor sich hin sang.

Unendlich vorsichtig legte er Josefine aufs Sofa und setzte sich daneben. Er konnte die Augen nicht von ihr lassen. Und als hätte sie es bemerkt, wälzte sie sich ein paar Mal unruhig hin und her, dann schlug sie plötzlich die Augen auf, schaute Robert an und gähnte. Nie hatte er ein Kind so reizend gähnen sehen, er bekam Tränen in die Augen. Das hätte allerdings nicht passieren dürfen, denn Josefine bemerkte es und erschrak. Sie rief nach ihrer Mutter.

Hanne trug ein paar Koffer herein, stellte sie ab und kümmerte sich um Josefine. Robert stand auf und wischte sich die Augen mit einem Blatt von der Küchenrolle; er wollte nicht weinen, aber es fiel ihm so schwer, die Tränen zu unterdrücken.

»Dein Vater ist nur so froh, dich zu sehen«, sagte Hanne. »Das ist ganz natürlich.«

Robert wusste genau, warum Josefine so reagierte. Sie erinnerte sich an seinen Anruf in Australien. Damals kamen ihm die Tränen, als er ihre Stimme hörte, und dann hatte sie auch weinen müssen. Oder war es umgekehrt gewesen? Jedenfalls hörte sie nicht wieder auf und ihre Mutter war böse geworden. Und hatte Robert verboten, weiterhin anzurufen. Aber nun war es etwas anderes, das musste Josefine doch verstehen, nun besuchte sie ihn. Außerdem saß ihre Mutter neben ihr, es konnte doch nichts passieren.

»Wahrscheinlich ist sie noch nicht ganz wach«, sagte Hanne. »Es war aber auch eine lange Reise, doch nun sind wird da. Hier wohnt Papa.«

Robert nickte und lächelte seiner Tochter zu. Wie sie sehen konnte, hatte er praktisch aufgehört zu weinen.

»Wie lange müssen wir hier bleiben?«, wollte sie wissen.

Keine besonders höfliche Frage, und das wusste sie offenbar genau, wie Robert bemerkte. Sie errötete und drückte sich an ihre Mutter, die wusste, was für ein intelligentes und empfindsames Mädchen sie war.

»Wir sind doch gerade erst gekommen«, sagte Hanne.

Eine Weile hatten sie sich nichts Rechtes mehr zu sagen. Eigentlich kann das Ganze nur ein furchtbares Missverständnis sein, ging Robert durch den Kopf; er konnte doch keine Beziehung zu seiner Tochter aufbauen, wenn er sie so selten sah, und jedes Mal nur wenige Tage. In diesem Moment kroch der Kater unter dem Sofa hervor und blickte Josefine neugierig an.

»Bestimmt möchte er dir guten Tag wünschen«, sagte Hanne.

Josefine streckte ihre kleine Hand nach ihm aus. Der Kater ließ sich streicheln, sprang zu ihr aufs Sofa und begann zu schnurren. Robert und Hanne lächelten sich erleichtert an. Dann standen sie auf und trugen das Gepäck ins Schlafzimmer.

»Hast du kein Gästezimmer?«, fragte Hanne.

»Dort wohnt Mutter«, sagte er. »Willst du sie begrüßen?«

»Deine Mutter? Sie ist hier?«

Hanne war einigermaßen überrascht. Robert wies auf das Gästezimmer. Klopfte vorsichtig an die Tür.

Von innen hörten sie ein Murmeln und er öffnete die Tür einen Spalt. Hanne schaute hinein, nun kam auch Josefine.

»Bist du wach, Mutter?«

Wieder murmelte sie etwas, es klang unverständlich. Aus Anlass des Tages hatte Robert ihr eine größere Dosis als sonst verabreicht.

»Ist das Oma?«, fragte Josefine.

»Ja, aber sie ist zu müde, um uns guten Tag zu sagen«, antwortete Robert.

Er schloss die Tür wieder, und Josefine lief zurück zu dem Kater. Hanne fragte mit gedämpfter Stimme: »Wohnt sie hier länger?«

Robert konnte es nicht leugnen.

»Sie hat in der letzten Zeit ziemlich abgebaut und hätte wohl in ein Pflegeheim gemusst«, erklärte er. »Aber ich bin der Ansicht, sie kann ebenso gut hier bleiben. So weiß ich wenigstens, wie es ihr geht.«

»Guter, alter Robert«, sagte Hanne, »du willst immer nur das Beste für alle. Denkst du denn manchmal auch an dich selbst?«

Seiner Meinung nach schon. Aber Hanne lächelte, als sie den Kopf schüttelte, sie glaubte ihm offenbar nicht. Sie kannte Sonja und wusste, wie beschwerlich sie sein konnte. Und wie schwer es Robert fiel, sich gegen sie durchzusetzen.

»Meist schläft sie«, sagte er. »Ich merke nicht sonderlich viel von ihr.«

»Darf ich mit der Katze schlafen?«, fragte Josefine. Sie hatte das Schlafzimmer entdeckt, wo er für sie und ihre Mutter das Bett bezogen hatte.

»Natürlich«, antwortete Robert.

Er richtete sich sein Bett auf dem Sofa ein. Bisher lief alles so, wie es sollte.

Am nächsten Morgen erschien die Polizei aus Tønder. Robert hatte gerade den Frühstückstisch gedeckt und seine Mutter ans Kopfende gesetzt, als es an der Tür klingelte. Er ahnte, wer vor der Tür stand, dennoch ging er nicht hinaus, um zu öffnen. Wenn er sich tot stellte, verschwanden sie vielleicht wieder.

Josefine lief im Wohnzimmer dem Kater hinterher, der unters Sofa kroch. Josefine legte sich auf den Bauch und krabbelte hinterher.

Als es erneut klingelte und Robert noch immer nicht reagierte, kam Hanne aus dem Schlafzimmer und fragte: »Ist da nicht jemand an der Tür?«

Nun gab es keine Ausflüchte mehr, Robert musste in den Flur und öffnen. Vor der Tür standen der Polizeimeister aus Tønder und einer seiner Assistenten. Natürlich wollten sie mit Robert sprechen, und bevor er noch etwas sagen konnte, hörte er seine Tochter aus dem Wohnzimmer: »Ist das die Polizei? Wollen sie mit Papa reden?«

Und Hanne, die sie beruhigte: »Es geht nur um die Arbeit. Dein Vater ist selbst bei der Polizei.«

Der Polizeimeister sah zu ihnen hinein: »Ach, du hast Gäste? Äh, na ja, es tut mir leid, wenn ich störe.«

Robert versicherte, sie würden nicht stören, und der Polizeimeister versicherte, es würde nicht lange dauern; dann stellte er sich vor und gab allen die Hand. Der Assistent ging hinterher und tat dasselbe. Die Hand zu geben, bedeutete eine gewisse Sicherheit, auch in dieser Situation, und Robert dachte darüber nach, ob man ihm auch die Hand geben würde, wenn man ihn irgendwann wegen Mordes verurteilt hätte und er ins Gefängnis müsste. Bis es dazu kam, tat eine Tasse Kaffee bestimmt gut, also goss er drei Tassen ein, stellte sie auf ein Tablett und ging voraus in sein Büro.

Als alle drei Platz genommen hatten und die Tür geschlossen war, schienen sie darum zu wetteifern, wer den entspanntesten Eindruck machte. Und wer über Dinge reden konnte, die am wenigsten mit der Sache zu tun hatten, über die sie eigentlich sprechen wollten. Wusste Robert zum Beispiel, wie viel er sparen konnte, wenn er in Deutschland tankte? Und bei Alkohol und Zigaretten? Robert wusste es, doch er fühlte auch eine gewisse Verpflichtung gegenüber dem ortsansässigen Konsum – das verstand der Polizeimeister sehr gut. Aber man konnte trotzdem viel Geld sparen. Dann sprachen sie ein wenig über den Wind und das Wetter, den furchtbaren Wolkenbruch neulich und darüber, wie viel Wasser jetzt auf den Feldern stand. Wie lange würde es wohl in diesem Jahr dauern, bis es im Boden versickerte? Und aus unerfindlichen Gründen ging das Gespräch über den Regen und den Boden direkt über in ein Gespräch über Jørgen und sein Verschwinden. Robert erklärte, er habe anrufen und um Unterstützung bitten wollen, aber nun wären sie ihm zuvorgekommen. Er wäre heilfroh über ihre Hilfe, denn er hätte keine Ahnung, wo der Mann geblieben sei.

Der Polizeimeister wollte wissen, wann Robert ihn zuletzt gesehen hatte.

»Am Sonnabend gegen neun Uhr abends«, antwortete er. »Jørgen war so freundlich, meine Mutter vom

Gasthaus nach Hause zu begleiten. Wir sprachen kurz miteinander, dann ging er.«

»Wir fanden seinen Laster beim Krug. Aber sonst haben wir keinerlei Anhaltspunkte. Eventuelle Spuren hat der Regen weggespült.«

Der verdammte Regen, da konnte man es mal wieder sehen. Er vernichtete nicht nur die Arbeit der Bauern, sondern auch die der Polizei.

»Wirkte er deprimiert?«, fragte der Polizeimeister.

»Das kann man wohl sagen.«

Man tauschte sich ein wenig über Jørgen und seine Vergangenheit aus und kam auf Ingerlises allzu frühen Tod zu sprechen. Eventuell war dies ein Schlüssel zur Erklärung? Robert wusste nicht, was er sagen sollte, er konnte nichts beitragen, das sie weiterbrachte. Allerdings hatte es den Anschein, als könnten sie sich den Ablauf der Ereignisse genau vorstellen: Jørgen hatte sich aus Trauer um seine Frau das Leben genommen. Robert widersprach ihnen nicht.

Aber der arme Kerl musste natürlich gefunden werden, es führte kein Weg an einer größeren Fahndung vorbei. Und Robert war selbstverständlich herzlich willkommen, daran teilzunehmen – wenn es sich denn zeitlich bei ihm einrichten ließ, sie sahen ja, dass er Familienbesuch hatte. Nun ergriff der Assistent das Wort, sie hatten etwas vergessen: »Sollten wir nicht auch ein paar Worte mit seiner Mutter wechseln?«

Robert fuhr leicht zusammen, aber er ließ sich nichts anmerken. Im Gegenteil, er erhob sich bereitwillig aus seinem Stuhl und begleitete die beiden Polizisten zurück in die Küche. Sonja hing über dem Küchentisch, sehr lebhaft wirkte sie nicht.

»So sitzt sie die meiste Zeit da«, sagte Robert. »Leider ist sie nicht ganz gesund. Soll ich versuchen, sie zu wecken?«

Unter diesen Umständen gäbe es dazu keinen Grund, meinte der Polizeimeister; außerdem hatte Robert den Gesuchten ja zuletzt gesehen.

Dann gingen sie wieder. Etwas Schlimmeres geschah nicht.

Robert begleitete sie hinaus, und sie waren so höflich, sich von den Gästen zu verabschieden, allerdings gaben sie ihnen nicht noch einmal die Hand, nur Robert.

»Was wollten sie denn?«, fragte Hanne, als er zurückkam.

Jemand aus der Stadt wäre in deprimiertem Gemütszustand verschwunden, berichtete Robert. Eine bedauerliche Geschichte. Seine Frau starb an Herzversagen, und nun wurde ein Selbstmord befürchtet.

»Eigentlich ist so etwas kaum vorstellbar, so weit draußen auf dem Land«, sagte Hanne. »Ich hätte nie gedacht, dass hier etwas passiert.«

»Ich auch nicht«, erwiderte Robert.

Plötzlich begann Sonja zu sabbern und mit den Augen zu rollen, es war unheimlich anzusehen, als versuchte sie, etwas zu sagen, aber die Zunge wollte nicht recht gehorchen. Robert sah sich gezwungen, ihr einige weitere Tabletten zu verabreichen und sie ins Bett zu bringen. Sonja kämpfte dagegen an und spuckte Robert die Tabletten an den Kopf, er musste sie ziemlich fest anfassen, ausgerechnet als Josefine zusah. Hanne nahm sie bei der Hand und zog sie mit auf die Terrasse.

Nachdem sie gefrühstückt hatten und Sonja im Gästezimmer schnarchen hörten, wollte Robert zum Konsum fahren und einkaufen. Er benötige keine Hilfe, erklärte er und verschwieg, dass er rasch am Moor vorbeifahren wollte, um zu sehen, ob noch alles so war, wie er es hinterlassen hatte. So sollte es eigentlich sein. Außerdem musste er sich noch um Jørgens Cowboyhut kümmern, gut, wenn er ihn wiederfände. Doch Hanne und Josefine wollten ihn unbedingt begleiten, also musste er seine Pläne ein wenig ändern. Hanne hätte gern etwas von der südjütländischen Landschaft gesehen, denn als sie gestern Abend ankamen, war es schon so dunkel gewesen. Sie einigten sich darauf, zunächst einen Ausflug ans Wasser zu unternehmen; die frische Luft und ein bisschen Bewegung würden ihnen nach diesem Vormittag guttun. Einkaufen konnten sie später.

Es herrschte Ebbe und am Wasser war es ziemlich windig. Robert schlug vor, auszusteigen und ein wenig spazieren zu gehen, aber Hanne wollte lieber im Wagen bleiben, da sie nicht das richtige Schuhwerk trug, außerdem blies ein kalter Wind.

»Aber richtig schön ist es hier«, sagte sie.

»Wollen wir beiden ein bisschen spazieren gehen, Josefine?«, fragte Robert. »Wir könnten Muscheln sammeln und damit spielen, wenn wir wieder zu Hause sind?«

»Kannst du das nicht allein machen? Mama und ich warten so lange im Auto.«

Er wusste nicht recht, ob er dazu Lust hatte. So hatte sie doch sonst nicht mit ihm geredet, sie war tatsächlich älter geworden. Möglicherweise sollte er sie auch nicht mehr Prinzessinnen-Fee nennen.

Er legte den Gang ein und fuhr stattdessen einige Male um den Ort, einmal linksherum und dann wieder rechtsherum, damit sie einen Eindruck davon bekamen, wo er wohnte, landschaftsmäßig und so. Doch das Einzige, was sie interessierte, war der Storch, der mitten auf einem Feld stand. Das war durchaus etwas Besonderes, ein richtig lebendiger Storch, im Landesinneren gab es das nicht so häufig zu sehen. Aber was tat er denn da? Der Storch glotzte in eine Schlammlache, die er offenbar mit einem Wasserloch verwechselte.

»Da gibt's doch keine Frösche«, sagte Hanne.

Damit hatte sie vermutlich recht. Und bestimmt fand der Storch es irgendwann auch heraus. Das stand jedenfalls zu hoffen.

»Versucht er, Futter für seine Jungen zu finden?«, fragte Josefine.

»Es gibt nur ihn«, antwortete Robert. »Er hat den ganzen Sommer auf sein Weibchen gewartet, aber sie ist nicht gekommen.«

»Was zum Teufel will er dann hier?«, fragte Hanne. »Und was willst du hier? Ja, Entschuldigung, ich begreife nicht, wie du an einem solchen Ort wohnen kannst, ich würde nach vierzehn Tagen vor Langeweile umfallen. Wenn es hier wenigstens Wälder und Hügel gäbe … Vielleicht solltest du mit meinem Vater über eine erneute Versetzung reden? Es muss doch andere Orte geben, an denen Landpolizisten in Pension gehen. In Nordjütland zum Beispiel, oben bei den Hügeln von Rebild, oder im Süden von Fünen, da soll es sehr idyllisch sein. Oder meinetwegen auf Bornholm …«

»Das flache Land hat nun auch seinen Charme«, erwiderte Robert. »Und ganz so langweilig ist es nicht.

Überleg mal, man kann an einem Ort wie diesem, wo alles flach ist, weit sehen. Unendlich weit. Jetzt kannst du natürlich einwenden, dass es nicht sonderlich viel zu sehen gibt, nichts als Felder, und das ist sicherlich auch richtig. Außerdem fällt es manchmal ein bisschen schwer, sich zu orientieren. Wenn man so fährt wie wir jetzt, hat man das Gefühl, als würde man nirgendwo ankommen. Und eigentlich ist das auch so. Ich weiß nicht, ob ihr es bemerkt habt, aber ich bin diese Straße rund um die Stadt schon einmal gefahren, vorhin bin ich nur andersherum gefahren.«

Sie hatten es nicht bemerkt, aber es interessierte sie auch nicht sonderlich.

»Ich könnte auch ein bisschen nach Norden fahren«, fuhr er fort, »oder nach Süden, das ist kein großer Unterschied, die Landschaft ist dieselbe. Sicherlich ein wenig eintönig, eigentlich ungewöhnlich eintönig, aber das ist ja das Besondere daran. Man sieht, was da ist, es gibt nichts anderes. Die Menschen, die hier wohnen, leben ohne Hügel, Wälder und Wasserfälle, und wenn sie sich auf der Straße treffen, müssen sie anhalten und sich grüßen – oder sie grüßen sich nicht, diese Möglichkeit gibt es natürlich auch, aber das wird registriert und hat Konsequenzen. Man muss miteinander auskommen, man ist einander ausgeliefert. Und natürlich der Natur. Aber die merkt man am meisten bei Sturmflut, und Sturmflut ist ungefähr jedes achte Jahr. Dazwischen ist das Land nur flach und windig und dünn besiedelt. Und wenn man irgendetwas angestellt hat, was man besser hätte sein lassen sollen, dann wissen es alle blitzschnell. Es gibt keinen Ort, an dem man sich verstecken kann.«

Robert wunderte sich über seinen plötzlichen Redeschwall, das war überhaupt nicht seine Art, er wusste gar nicht, was ihn trieb. Aber er war der Ansicht, dass sie dem Ort eine Chance geben sollten, bevor sie ihn vollkommen abschrieben, sie sollten sich ein wenig Zeit nehmen und noch einmal hinschauen. Er hatte reichlich Gelegenheit dazu gehabt, und irgendwie hatte es ihm geholfen. Er könnte versuchen, ein Gedicht darüber zu schreiben: »Ode an das Flachland«. Aber mit den Gedichten wurde es ja doch nichts, sie blieben ein Traum; allerdings gefiel ihm dieser Traum sehr gut.

»Es gibt keinen Ort, um sich zu verstecken?«, fragte Josefine.

»Und trotzdem gibt es jemanden, der verschwunden ist«, sagte Hanne.

»Ja, aber Papa findet ihn!«, sagte Josefine.

In der Ferne tauchte ein Helikopter am Himmel auf.

Sie hielten am Konsum, um einzukaufen, und Frau Moos schaute sich die Fremden besonders genau an – das durfte man ihr nicht verübeln. Sie fragte nicht, sie zog es vor zu warten, bis Robert von sich aus erzählte, wen er zu Besuch hatte. Und er tat nichts lieber als das.

»Das sind meine Tochter und ihre Mutter«, sagte er.

Er sprach das Wort »Tochter« gern aus. Und dann noch das kleine »meine« davor. Frau Moos lächelte und nickte und wirkte beinahe zu überrascht.

»Aus Australien«, sagte er.

»Das ist sicher ein ziemlich weiter Weg«, sagte sie und schenkte Josefine ein Eis.

Während die Kunden ihre Waren aussuchten, fegte Dorthe zwischen den Regalen – und behielt gleichzeitig die Kunden im Auge. Vor allem Josefine beobachtete sie derart eifrig, dass sie mit ihr zusammenstieß. Josefine verstand nicht, was Dorthe wollte. Sie glaubte, sie wollte spielen. Josefine ahnte ja nichts von Dorthes Aufgabe als Ladendetektivin. Frau Moos gab auch Dorthe ein Eis und flüsterte ihr zu, sie dürfe ruhig eine Pause machen.

»Wir haben ihr ein Zimmer eingerichtet«, sagte sie zu Robert, damit er nur nichts Verkehrtes annahm. »Den Besenschrank benutzt sie so gut wie nicht mehr. Nur, wenn sie traurig ist. Sie versteht einfach nicht, wo ihr Vater geblieben ist.«

Robert fragte mit gedämpfter Stimme, ob Frau Moos irgendeine Ahnung hätte, wo Jørgen sein könnte, aber sie hatte keine. Sie schüttelte den Kopf und biss sich auf die Lippen. Sie wusste nur, was sie bereits der Polizei von Tønder erzählt hatte: Außerhalb der Stadt gab es ein Gebiet, in das man seit alters ging, wenn man sich umbringen wollte. Ins Moor.

»Ins Moor?«, fragte Robert.

»Ja«, sagte sie. »Und sie sind bereits dort und untersuchen die Gegend, mit Hunden und so. Mein Mann ist hingefahren, um zuzusehen. Es soll wohl auch noch ein Hubschrauber kommen.«

Es ärgerte Robert, dass die Kaufmannsfrau mehr von der Suche wusste als er; sie hatten doch eigentlich versprochen, ihn mit einzubeziehen. Es sah nicht gut aus, wenn man ihn raushielt.

Er ging hinaus zum Wagen und rief über Funk die Polizei von Tønder an. Um kurz gebrieft zu werden.

Und um zu hören, ob er behilflich sein könnte. Als er kurz darauf in den Laden zurückkehrte, fragte er Josefine, ob sie sich vorstellen könnte, einmal in einem Hubschrauber zu fliegen. Sie glaubte schon.

»Kommt Mama auch mit?«, fragte sie.

»Es gibt nur noch Platz für zwei«, sagte Robert.

Nun musste Josefine sich entscheiden, entweder sie flog mit ihrem Vater im Helikopter, oder sie blieb mit ihrer Mutter auf der Erde.

»Kannst du nicht hier unten bleiben, Papa? Und Mama und ich fliegen?«, fragte sie.

Da wurde Robert allerdings böse und erklärte ihr, er wäre schließlich der Polizist und natürlich müsse er mitfliegen. Wenn sie lieber bei ihrer Mutter bleiben wollte, flog er auch gern allein. Josefine erschrak sich richtig ordentlich und wollte eben anfangen zu weinen, als der Hubschrauber am Himmel auftauchte – und sie vergaß ihre Tränen. Der Helikopter kreiste über ihren Köpfen und schraubte sich weiter und weiter herunter, sie spürten den Luftdruck von den Propellern und mussten sich wegen des Lärms die Ohren zuhalten.

Er landete auf einem Feld hinter dem Konsum.

Josefine nahm ihren Vater bei der Hand, und zusammen liefen sie über das Feld auf den Hubschrauber zu. Der Polizeimeister erwartete sie bereits, um sie in die Maschine zu ziehen. Er zeigte ihnen, wie sie sich anzuschnallen hatten, und kurz darauf hoben sie ab.

Hanne winkte von unten und wurde kleiner und kleiner.

Josefine hielt ihren Vater weiterhin an der Hand, drückte sie, so fest sie konnte.

Dann flogen sie über die kleinen Fachwerkhäuschen hinüber zum Moor.

»Die Hunde haben seinen Cowboyhut gefunden«, berichtete der Polizeimeister. »Jetzt fehlt uns nur noch der Mann.«

Robert nickte und versuchte, nicht besorgt zu erscheinen. Er blickte untersuchend hinunter zur Erde. Josefine tat das Gleiche.

»Vielleicht finde ich ihn ja«, sagte sie.

Er lächelte ihr zu, ihm wurde regelrecht warm ums Herz über ihren Eifer, und beinahe hätte er sich gewünscht, es würde ihr gelingen. Aber auch nur beinahe.

# *Kapitel 11*

Der Hubschrauber flog tief über das Moor und Robert sah, wie Beamte das Gelände mit Hunden absuchten. Allerdings war das Gebiet begrenzt, auf dem sich die Polizisten bewegen konnten, denn an einigen Stellen war der Untergrund nicht sicher. Josefine zeigte auf einen Hund, der im Morast zu versinken drohte. Gut, dass man ihn an der Leine hatte und wieder herausziehen konnte.

Nun flogen sie über die Stelle, an der Jørgen begraben lag, und plötzlich hatte Robert den Eindruck, als sähe er eine Hand aus dem Morast ragen. Er griff sich ans Herz, hoffte, nicht richtig gesehen zu haben, und warf einen Blick auf den Polizeimeister – der nichts bemerkt zu haben schien. Gott sei Dank. Der Pilot hingegen schon. Er drehte um und flog zurück, um die Stelle noch einmal zu untersuchen, er ging sogar mit der Höhe runter. Robert wies beiläufig darauf hin, dass Kinder anwesend wären, worauf der Polizeimeister dem Piloten Zeichen gab weiterzufliegen. Sie hatten mehr als genug gesehen.

»Was war das?«, wollte Josefine wissen.

»Wir wissen es nicht genau«, sagte Robert.

Der Helikopter hielt jetzt auf ein Feld zu, das an das Moor angrenzte, und landete kurz darauf dort. Josefine und ihr Vater stiegen zusammen mit dem Polizeimeister aus. Der rief seine Leute und teilte ihnen mit, dass ihnen möglicherweise aus der Luft etwas Interessantes aufgefallen wäre. Sie sollten ihm folgen.

»Was hat er denn gesehen?«, fragte Josefine.

»Ich weiß es nicht«, sagte Robert und versuchte, seine Tochter ein wenig zur Seite zu ziehen. »Wir sollten sehen, dass wir nach Hause kommen.«

Er führte sie zur Straße, doch Josefine drehte sich ständig um, denn hinter ihnen gab es Geschrei und hektisches Treiben. Schließlich riss sie sich los und lief zu den Beamten zurück, Robert rannte hinter ihr her. Die Polizisten hatten die Hand gefunden, die aus dem Moor ragte. Einige Männer zogen daran, ein Kopf tauchte auf.

»Was ist das?«, fragte Josefine.

Robert hörte seinen eigenen Aufschrei und ein paar Leute wandten sich um und schauten erst ihn an, dann Josefine. Sie schien über den Schrei ihres Vaters erschrockener zu sein als über das, was die Männer aus dem Morast zogen. Robert riss sich zusammen und bat einen der Beamten, Josefine nach Hause zu fahren. Sicherlich wäre es das Beste, wenn er blieb, nun würde er endlich ein Geständnis ablegen – doch dann änderte er seinen Entschluss, denn es wurde keineswegs Jørgen aus dem Moor gezogen. Sondern ein ganz anderer Mann! Kaufmann Moos, der sich unter die Beamten gemischt hatte, erkannte ihn wieder. Es handelte sich um einen Fuhrunternehmer, der vor ein paar Jahren in Konkurs gegangen war; er hatte Gott und aller Welt Geld geschuldet, darunter auch Kaufmann Moos. Und eines Tages war er plötzlich verschwunden. Man hatte gedacht, er wäre weggezogen, hierher hatte es ihn also getrieben.

Robert spürte eine gewisse Erleichterung – die indes nicht lange anhielt, denn nun wurde ein Stück weiter gerufen, man hätte eine weitere Leiche gefunden, diesmal ein junges Mädchen. »Vielleicht die Konfirmandin, die der Pastor vor ein paar Jahren geschwängert hat«, vermutete Post-Helmuth, der dazugestoßen war. »Sie hat sich nicht getraut, es ihren Eltern zu erzählen.« Das, so der Polizeimeister, könne er sich überhaupt nicht vorstellen, und das sage er nicht aufgrund seiner Verwandtschaft mit dem Pastor, sondern weil die Leiche bereits älteren Datums sei, vielleicht sogar aus der Vorzeit. Behauptete er. Aber viele waren es sicher nicht, die seiner Version glaubten. Nicht weit davon tauchte ein kleiner menschlicher Körper auf, möglicherweise ihr Kind? Nein, es war kein Kind, denn es kam ein Kalbskopf zum Vorschein, oder vielmehr zwei zusammengewachsene Kalbsköpfe. Aber auch Arme und Beine, es musste sich um die Missgeburt handeln, von der Robert die Leute hatte erzählen hören, halb Mensch, halb Kuh. Niemand durfte sie sehen, denn sonst starb man, bevor das Jahr zu Ende ging. Also wurde sie rasch zurück in den Sumpf gestopft, und dasselbe geschah mit dem Mädchen, das in Schwierigkeiten geraten war, und dem Fuhrunternehmer, der sein Geschäft zugrunde gerichtet hatte. Die alten Wunden sollten nicht wieder aufgerissen werden, dabei konnte nichts Gutes herauskommen. Der Polizeimeister protestierte, alles müsse in einem Bericht festgehalten werden, verlangte er; und die Beamten begannen, die Leichen wieder herauszuziehen, doch Moos, Helmuth und der neue Landpolizist stießen sie ebenso schnell wieder zurück ins Moor.

»Man sollte nicht in der Vergangenheit herumwühlen«, erklärte Robert. »So etwas macht man hier nicht, sonst hat das nie ein Ende.«

»Du scheinst dich in der Stadt wirklich gut eingelebt zu haben«, sagte der Polizeimeister. »Glaubst du, du müsstest deinen Amtsvorgänger schützen?«

»Ja, und seine Vorgesetzten auch. Denn wenn Krüger in bestimmten Fällen nicht unbedingt dem Lehrbuch entsprechend gehandelt hat, dann werden seine Vorgesetzten in Tønder darüber wohl nicht ganz uninformiert gewesen sein.«

Das war nicht ungeschickt formuliert, seine Worte verfehlten jedenfalls nicht ihre Wirkung.

»Außerdem glaube ich kaum, dass das junge Mädchen aus der Vorzeit stammt«, fuhr Robert fort. »Jedenfalls trug sie Jeans, ich konnte das Levi's-Logo erkennen.«

Der Polizeimeister gab umgehend nach, denn was wäre, wenn es sich bei dem jungen Mädchen tatsächlich um die Konfirmandin handelte, die sein Schwager geschwängert hatte? Außerdem tauchten ständig neue Leichen auf – oder waren es die alten, die nun an neuen Stellen an die Oberfläche kamen? Die Beamten und die Zaungäste aus der Stadt hüpften ihnen auf den Köpfen herum, um sie wieder in die Unterwelt zu befördern. Auch Robert nahm daran teil, er erwies sich beinahe als der Eifrigste. Eins, zwei, Wiegeschritt. Und sie hatten Erfolg; hier ragte noch eine Hand heraus, dort noch ein Fuß, aber das ließ sich jetzt auch nicht mehr ändern. Das Vorderrad eines Fahrrades kam zum Vorschein, es wurde herausgezogen. Das Fahrrad war so gut wie neu, warum sollte man es wegwerfen? Allerdings hatte sich die Leiche eines Mannes darin verheddert. War das nicht Theis, der Fahrradhändler, der in der Stadt sein Glück finden wollte? Und den Anderthalbschritt-Nissum ausgetrickst hatte? Im Grunde hatte er ziemlich früh die Flinte ins Korn geworfen, immerhin hatte er Frau und Kinder hinterlassen, sie waren arm dran. Aber sie mussten es ja nicht erfahren, also zurück mit ihm. Das Fahrrad schien er allerdings nicht hergeben zu wollen – egal, wie sehr man auch daran zog und zerrte, er hielt es fest. Wieso mussten sich die Leute auch partout im Moor ertränken? Eigentlich war das unüberlegt, denn man verschwand ja doch nicht richtig. Plötzlich tauchte man wieder auf und sorgte für Aufsehen, das war schon ein ziemlicher Unfug. Dann konnte man es doch auch gleich ganz lassen.

Es begann, dunkel zu werden, und der Polizeimeister beschloss, die Suche nach Jørgen einzustellen, jedenfalls für heute. Wogegen Robert natürlich überhaupt nichts einzuwenden hatte. Er galt als der unbestrittene Held des Tages, er hatte den Bürgern der Stadt geholfen, die Vergangenheit auf sich beruhen zu lassen – und er hatte sogar den Polizeimeister von Tønder in die Schranken gewiesen!

Als Robert nach Hause kam, wollte Josefine natürlich wissen, was sie im Moor gefunden hätten und warum ihr Vater so aufgeschrien hatte. Einen richtigen Menschen? Den Mann, nach dem sie gesucht hatten?

»Es war nur ein Kalb, Josefine«, erwiderte Robert. »Es sah einem Menschen ähnlich, darum habe ich geschrien, aber es war kein Mensch. Gott sei Dank.«

»Wo ist er denn dann? Du hast doch gesagt, man kann sich hier nicht verstecken.«

»Vielleicht ist er fortgegangen, in eine andere Stadt.

Eventuell ist er auch untergetaucht, wie man so sagt, und will von anderen Menschen nicht gesehen werden.«

»Aber wieso?«

»Vielleicht hat er etwas getan, von dem wir gar nichts wissen, und das ist so schlimm, dass er es niemandem erzählen kann. Auch denen nicht, die er mag. Vielleicht weil er Angst hat, sie würden ihm nicht verzeihen können.«

»Aber sie würden es doch tun, oder?«

Robert nickte, wie ein guter Vater zu nicken hat, der sein Kind beruhigen will und innerlich selbst wie Espenlaub zittert.

»Jetzt musst du aber ins Bett«, sagte Hanne.

Doch Josefine blieb bei ihrem Vater sitzen. Jetzt, in den Ferien, dürfe sie lange aufbleiben, meinte sie. Und gerade nach einem Tag, an dem so viel passiert war, hatte sie Angst, davon zu träumen. Robert gab ihr recht, er fühlte sich verantwortlich und wollte gern noch eine Weile bei ihr sitzen bleiben. Hanne gab nach.

Schließlich schlief Josefine in den Armen ihres Vaters ein. Robert wagte nicht aufzustehen, denn einerseits wusste er nicht, was geschehen würde, wenn sie erwachte, und andererseits war es eigentlich sehr schön, so dazusitzen. Hanne kam, um ihm Josefine abzunehmen, aber Robert hielt sie fest und wollte sie nicht loslassen. Letztendlich musste er sie aber freigeben, denn Hanne nahm all ihre Kräfte zusammen, riss sie an sich und trug sie ins Schlafzimmer. Wie gefühllos, wie herzlos von ihr!

Kurz darauf kam sie zurück. Vorsichtig schloss sie

die Tür zum Schlafzimmer und blickte ihren Exmann ernst an. Sie schaute über den Rand ihrer Brille und schielte ein wenig; ganz offensichtlich schien irgendetwas nicht in Ordnung zu sein.

»Ich habe mit deiner Mutter gesprochen«, sagte sie.

Selbstverständlich, wie hatte er sie vergessen können? Nach dem Ausflug ans Meer hatte sich dermaßen viel ereignet und alles war so schnell gegangen. Als Robert und Josefine mit dem Hubschrauber abflogen, war Hanne natürlich nach Hause gefahren, und die Tür zum Gästezimmer hatte er nicht abgeschlossen. Mutter hatte offenbar Kraft genug aufgebracht, um nach Hanne zu rufen und sich ihr anzuvertrauen.

»Sie sagt, du füllst sie mit Medikamenten ab«, sagte Hanne, »obwohl ihr nichts fehlt. Sie sagt auch, du hättest Jørgen erschossen. Hier im Wohnzimmer, sie hätte es selbst gesehen.«

Robert überlegte einen Augenblick und schüttelte dann den Kopf. So weit war es also gekommen, seine eigene Mutter fiel ihm in den Rücken.

»War das alles? Habe ich nicht auch noch eine Konfirmandin vergewaltigt, einen Säugling erdrosselt und Kokain für die russische Mafia geschmuggelt? Sie leidet an Altersdemenz, zum Teufel. Frag Doktor Zerlang.«

Hanne schaute ihn mit schmalen, forschenden Augen an. Sie wusste nicht, was sie von ihm halten sollte, und zur Sicherheit vermutete sie erst einmal das Schlimmste.

»Mein Vater hat angerufen, während ihr fort wart. Er muss morgen zu einer Konferenz nach Odense. Er hat vorgeschlagen, rüberzukommen und Josefine und mich abzuholen …«

»Ihr wolltet doch erst übermorgen fahren!«

»Ja, aber so sparen wir die Zugfahrkarten. Ich habe ihm nichts versprochen, ich habe ihm nur gesagt, ich werde mit dir darüber reden.«

»Du entscheidest es doch ohnehin«, sagte Robert.

Sie log, wenn sie nur den Mund aufmachte, wirklich. Natürlich hatte sie persönlich bei Preben angerufen und ihm erzählt, was vorgefallen war; sie hatte ihn angefleht zu kommen. Bei dieser Gelegenheit könnte er auch herausfinden, ob an den Geschichten, die Roberts Mutter erzählte, etwas Wahres war. Richtig nett würde es werden. Und er hatte gerade gehofft, noch ein wenig Zeit mit Josefine allein verbringen zu können. Sie hätten nach Deutschland fahren, billige Süßigkeiten und Schnaps kaufen und es sich gut gehen lassen können, nur sie beide, doch daraus wurde nun nichts. Hanne glaubte wohl, er würde die Gelegenheit nutzen und ihre Tochter entführen. Diebe glauben ja auch, dass jedermann stiehlt, hieß es. Schließlich hatte sie ihr gemeinsames Kind mit auf die andere Seite des Erdballs genommen, ohne ihn um Erlaubnis zu fragen, noch dazu mit einem anderen Mann!

Das hatte sie nun davon.

Am nächsten Tag buk Robert Butterbrötchen. Josefine half ihm, doch als Preben kam, ließ sie alles stehen und liegen, lief ihm entgegen und erzählte von ihrem Hubschrauberflug. Im Moor hätten sie etwas gefunden, und Papa hatte geglaubt, es wäre ein Mann, der Jørgen hieß; Papa hatte geschrien und sich die Hand vor die Augen gehalten, aber dabei war es nur ein Kalb! Robert lachte und wollte die tatsächlichen Zusammenhänge erzählen, doch Preben unterbrach ihn.

»Ich habe mit dem Polizeimeister in Tønder gesprochen«, sagte er. »Ja, wir kennen uns, in der Polizei ist das so, außerdem sind wir sogar ziemlich weit entfernt miteinander verwandt … aber das ist eine andere Geschichte. Er hat mich über den Fall informiert.«

Dann lächelte er Robert freundlich zu und sagte irgendetwas Nettes über das Haus und dessen Einrichtung. Damit hatte Robert nicht gerechnet, plötzlich wusste er nicht, wo er mit sich hin sollte, er ging in die Küche, um Kaffee und Gebäck zu holen. Josefine half ihm. Es war unvermeidbar, dass er Preben und Hanne im Wohnzimmer tuscheln hörte, allerdings gelang es ihm nicht, einzelne Worte zu unterscheiden.

Die Butterbrötchen schmeckten nicht so wie im Pfarrhof, aber vielleicht wäre das auch ein bisschen viel verlangt. Josefine mochte sie jedenfalls. Außerdem hatte Robert eine kleine Flasche Schnaps zum Kaffee gekauft; er wollte Preben Kaffeepunsch servieren, auf echt südjütländische Art.

Robert und Josefine gingen zurück ins Wohnzimmer, Josefine mit der Schüssel voller Brötchen, Robert mit dem Kaffeepunsch. Sie aßen und tranken und sprachen über Wind und Wetter, und Preben sagte noch irgendetwas Freundliches über die Natur hier in der Gegend, aber besonders genau schien er nicht hingesehen zu haben. Auch er nicht. Freundlich verhielt er sich durchaus, das musste man ihm lassen; es handelte sich überhaupt nicht um den Preben, den Robert kannte, nicht den, der ihn so herablassend behandelt und für seine Versetzung gesorgt hatte. Ob er wohl noch immer gelbe Seidenunterhosen trug?

Doch dann räusperte sich Preben und wurde plötzlich ernst.

»Also, Robert«, begann er, »wie gefällt's dir denn so als Landpolizist?«

»Na ja«, sagte Robert, »ich finde, es läuft eigentlich ziemlich gut.«

Preben nickte, lächelte wieder.

»Ich glaube, ich habe dich falsch eingeschätzt«, sagte er. »Und ich bin bestimmt nicht der Einzige, dem es so gegangen ist.«

Er hielt eine kleine Kunstpause, die Robert sehr lang vorkam.

»Tja, ich bin nicht der, für den ihr mich haltet«, sagte Robert und senkte den Kopf.

»Das bist du tatsächlich nicht, nein.«

»Ich wusste es«, erklärte Josefine. »Du nicht auch, Mama?«

Und Hanne nickte und lächelte und wischte einen Fleck vom Kleid ihrer Tochter.

»Du machst dich sogar gar nicht schlecht als Polizist«, sagte Preben.

Robert war vollkommen verblüfft, kurz davor, in Tränen auszubrechen, er musste sich zusammennehmen.

»Nicht?«

»In dir steckt mehr, als du zeigen wolltest«, fuhr Preben fort. »Das ein oder andere Mal habe ich es wohl gespürt und dir deshalb auch eine letzte Chance gegeben und dich hierher versetzen lassen. Du solltest einfach ein bisschen Zeit haben, um herauszufinden, welche Art von Polizist du bist.«

»Und was bin ich für eine Art von Polizist?«

»Du bist einer, der erst einmal den Finger in die Erde steckt und zuhört, was die Leute zu sagen haben, bevor du urteilst. Du bist ein Beispiel dafür, wie weit man es im Guten bringen kann.«

»Hat das der Polizeimeister gesagt?«

»Ja. Und er hat hinzugefügt, es wäre nicht nur sein persönlicher Eindruck, sondern so redet man von dir auch hier im Ort, er hat sich umgehört.«

Preben hob die Kaffeetasse und beglückwünschte Robert zu seinem Erfolg, dann prosteten sie sich mit Kaffeepunsch zu, Josefine mit Fanta. Hanne hatte ein ernstes Gesicht aufgesetzt und sagte nichts.

»Wenn du Interesse hast«, schlug Preben vor, »kann ich dich wieder im 4. Revier unterbringen, glaube ich.«

»Dem 4. Revier?«, fragte Robert, als ob er alles über seinen ehemaligen Arbeitsplatz vergessen hätte.

»Ja, aber nur, wenn du willst. In der Zukunft stehen interessante Aufgaben an, die auf einen Mann wie dich warten.«

»Wirklich?«

»Es ist jetzt an der Zeit, dass du weiterkommst.«

Robert war da nicht so sicher. Es kam so plötzlich, so unerwartet.

»Hast du nicht immer gesagt, die Großstadt ist krank und jemand müsse sich darum kümmern und sie zivilisieren?«, sagte Preben und zwinkerte ihm zu. »Was hältst du davon, damit anzufangen?«

Robert blickte auf den Tisch und spürte, wie er feuerrot wurde. Und obwohl er genau wusste, dass Preben es nicht so wörtlich meinte, amüsierte ihn der Gedanke, wie er die Großstadt zivilisierte. Als Sheriff in der Hauptstadt. Ob er dazu wohl einen Cowboyhut tragen durfte, wie McCloud in der Fernsehserie?

Doch nun ergriff Hanne das Wort: »Vater? Hast du Sonja schon begrüßt?«

»Nein«, erwiderte Preben, den sie mit ihrer Frage aus dem Konzept gebracht hatte. »Aber das würde ich gern tun.«

»Sie ist in ihrem Zimmer«, sagte Robert. »Ihr geht es heute nicht besonders gut. Aber du kannst sie natürlich gern begrüßen.«

Robert ging zum Gästezimmer und klopfte. Innen wurde etwas gemurmelt, er öffnete die Tür. Preben kam dazu und schaute hinein.

»Guten Tag, Frau Hansen«, sagte er, »wie geht es Ihnen?«

Wieder murmelte sie etwas und wirkte wie gewöhnlich umnachtet. Als sie jedoch verstanden hatte, wer da zu Besuch gekommen war, setzte sie sich auf und schaute Preben mit großen, erschrockenen Augen an.

»Nicht besonders«, flüsterte sie.

»Nanu, was ist denn los, Frau Hansen?«

Sie signalisierte ihm, näher zu kommen, und er trat näher heran und setzte sich aufs Bett. Dann winkte sie Robert, der in der Tür stand, hinaus. Offenbar wollte sie vertraulich mit dem Polizeimeister sprechen. Robert lachte nervös auf, schloss die Tür und setzte sich wieder an den Kaffeetisch. Schenkte sich noch einen Kaffeepunsch ein.

Hanne schickte ihm einen triumphierenden Blick, als erwartete sie nun die große Offenbarung. Dann begann sie, das Gepäck ins Auto zu tragen. Josefine blieb bei ihrem Vater sitzen. Das ist das Gute an Kindern, sie wissen, wann ihre Eltern Unterstützung und Aufmunterung brauchen.

»Weißt du eigentlich, dass Mama und ich nach Kopenhagen ziehen?«

Robert wusste es nicht. Aber es stimmte.

Auch Hanne setzte sich nun wieder an den Tisch und erzählte, zwischen ihr und John wäre es vorbei, die Rückreise nach Australien fiel aus.

»Tut mir leid«, sagte Robert. »Eine Scheidung ist hart. Aber ich bin froh, wenn meine Tochter wieder näher bei mir ist.«

Josefine umarmte ihren Vater fest.

»Ja, für sie wird es einfacher, dich zu besuchen, wenn sie in Kopenhagen wohnt«, sagte Hanne. »Egal, was passiert …«

Robert wusste genau, woran sie dachte. Sie dachte ans Vestre Fængsel in Kopenhagen und dass sie ihn dort im Gefängnis besuchen müsste. Aber er war nicht sicher, er vermutete, man würde ihn eher in Herstedvester einsperren.

Als Preben zurückkehrte, erwartete Robert sein Urteil. Was hatte Mutter ihm erzählt? Und glaubte er ihr? Er sah so nachdenklich aus, vermutlich glaubte er ihr also. Auch Hanne wartete gespannt.

»Das ist ja eine unglaubliche Geschichte«, begann Preben. »Wenn auch nur die Hälfte davon wahr ist, ziehe ich meine Worte über dich als Polizist zurück.«

Sowohl Robert wie auch Hanne hielten den Atem an. Preben schüttelte resignierend den Kopf und setzte sich an den Tisch. Schmierte sich ein Brötchen.

»Sie will dich einlochen lassen, Robert, damit sie weiß, wo du bist. Ja, ja, das ist wahrlich keine Überraschung, jedenfalls nicht für uns, die wir sie kennen. Das ganz große Vertrauen zu dir und deinen tiefer liegenden Motiven hatte sie ohnehin nie. Aber jetzt spinnt sie vollkommen, sie ist ganz einfach unzurechnungsfähig. Hat ein Arzt sie untersucht?«

»Ja«, erwiderte Robert, »hier und in Kopenhagen. Darum bekommt sie ja auch ihre Medikamente. Wenn ich nicht vergesse, sie ihr zu geben. Um ehrlich zu sein, ich habe es einmal bewusst vergessen; es gefällt mir nicht, wenn sie ständig unter Drogen steht. Lieber lasse ich sie mal dasitzen und dummes Zeug reden, mein Gott, das halte ich schon aus.«

»Sie sollte dir dankbar sein, wie gut du dich um sie kümmerst, anstatt solche unglaublichen Anschuldigungen in die Welt zu setzen«, sagte Preben.

»Ich erwarte gar keine Dankbarkeit«, erklärte Robert. »Ich wünsche mir nur, dass sie es so gut wie möglich hat, und ich glaube, es geht ihr hier besser als in einem Pflegeheim.«

Er fühlte sich plötzlich wunderbar. Ein herrliches Gefühl, eine Veränderung, doch dann bekam er einen schlechten Geschmack im Mund, denn alles war doch nur Lug und Trug! Wer hätte gedacht, dass er es fertigbrachte, eine derartige Komödie zu spielen, er erschrak regelrecht über sich selbst.

»Wieso sagst du nichts, Hanne?«, fragte Preben.

Hanne senkte den Kopf und errötete, sie schämte sich wohl, so wenig Vertrauen in ihren Exmann gehabt zu haben. Gut, dass sie derartigen Respekt vor ihrem Vater hatte, sein Wort war Gesetz. Robert hatte sich oft genug darüber geärgert, nun kam es ihm wenigstens einmal zugute.

»Selbstverständlich stehe ich zu meinem Angebot«, sagte Preben.

Robert wusste noch immer nicht, was er sagen sollte, es war ein großer Entschluss, aufzubrechen und zurück nach Kopenhagen zu ziehen, er musste es sich gut überlegen. Aber nicht zu lange, mahnte Preben.

»Ich glaube, ich frage meinen Kater um Rat«, erwiderte Robert.

Josefine lachte laut auf, und kurz darauf lachten auch ihre Mutter und ihr Großvater. Endlich einmal hatte Robert etwas Komisches gesagt. Humor gehörte nicht unbedingt zu seinen starken Seiten, aber vielleicht hatte sich auch das in Südjütland geändert?

Er ging hinaus in den Garten, und es dauerte nicht lange, bis der Kater auftauchte und sich an sein Hosenbein schmiegte.

»Ich finde, du solltest nein danke sagen«, sagte er. »Die Leute hier waren nett zu dir, sie haben zusammengestanden und nur gut über dich geredet. Du kannst sie jetzt nicht im Stich lassen.«

»Auf der anderen Seite«, entgegnete Robert, »darf ich doch auch die Kopenhagener nicht im Stich lassen, wenn sie mich wirklich brauchen. Es ist eine kranke Stadt, sie muss ganz einfach zivilisiert werden, vielleicht kann ich dort etwas erreichen.«

»Jetzt überschätz dich und deine Bedeutung mal nicht. Hier hast du deinen Platz gefunden, hier wirst du geschätzt, ja, geradezu geliebt als der, der du bist.«

Was der Kater sagte, klang hübsch. Eigentlich gab es doch nichts Größeres als um seiner Persönlichkeit willen geliebt zu werden. Aber im Grunde war er ein Mörder. Sogar ein Doppelmörder. Verdiente er es wirklich, geliebt zu werden?

»Sicher nicht«, sagte der Kater, der seine Gedanken gelesen hatte, »aber du wirst es trotzdem. In gewisser Weise. Komm mal mit, ich zeige dir etwas.«

Der Kater lief über den Rasen zur Hausecke, Robert folgte ihm. Auf dem Bürgersteig blieben sie stehen: Es schien unglaublich, fast alle waren gekommen. Sie umringten beinahe das Haus! Hansi und Helmuth und Anderthalbschritt-Nissum winkten ihm zu, und neben ihnen standen all die anderen; egal, ob der Pastor oder der Bürgermeister, alle waren erschienen. Um ihren Polizisten zu feiern? Und ihn zum Bleiben zu bewegen?

Es war so nett von ihnen.

»Findet ihr wirklich, dass ich so gut bin?«

Sie nickten und lächelten und ihm wurde sehr warm ums Herz. Jetzt reckte Lone Tausendschwanz ihren Kopf aus der Menge und zwinkerte ihm zu. Nun wurde er übermütig und wollte wissen, wie weit er gehen konnte.

»Und wenn ich euch trotzdem verlasse?«

Da erstarrte das Lächeln, plötzlich wurden sie ernst und einige setzten geradezu drohende Mienen auf. Er wandte sich an den Kater, vielleicht konnte er es erklären.

»Dann würden sie dich nicht mehr lieben«, sagte der Kater. »Und du riskierst, dass Dinge über dich herauskommen, die besser nicht herauskommen sollten.«

Jetzt begriff Robert endlich, sie hatten ihn in der Hand. Solange er Landpolizist blieb, konnten sie tun und lassen, was sie wollten, darum waren sie so zufrieden mit ihm. Eine merkwürdige Art von Liebe. Aber besser als gar nichts. Und er hatte ja noch immer den Kater. Er bückte sich und kraulte ihn ein wenig hinter den Ohren. Als er sich wieder aufrichtete, stand er allein auf der Straße, alle waren verschwunden und schienen niemals da gewesen zu sein. Nur hinter einer Hecke raschelte es ein wenig und auf der anderen Straßenseite stand jemand hinter der Gardine am Fenster und glotzte. Der Kater saß auf der Treppe zur Haustür und blickte ihn an. Hatte seine Fantasie ihm wieder einmal einen Streich gespielt? Oder hatte sie ihm geholfen zu begreifen, wie seine Chancen standen, um glücklich zu werden?

»Letzteres«, sagte der Kater.

So stand es also, jetzt musste er sehen, wie er das Beste daraus machte. Er ging zurück zu den anderen.

»Ich danke dir für dein Angebot«, sagte er zu Preben, »aber ich möchte doch lieber in Südjütland bleiben. Ich habe mich gerade so gut eingewöhnt.«

Preben und Hanne verstanden es nicht. Wollte er wirklich hier bleiben? Ausgerechnet hier? Er stammte doch aus Kopenhagen, wenn auch aus dem Stadtteil Amager.

»Tja«, sagte er, »aber ich fühle mich als Südjütländer. Ja, das bin ich wohl immer schon gewesen, auf die eine oder andere Weise, ohne es zu wissen. Südjütländer zu sein, das ist ja nicht nur etwas Geografisches, sondern auch eine Einstellungssache …«

»Du hast also den ›inneren Südjütländer‹ in dir gefunden«, stellte Preben fest.

Robert lächelte, das erfasste es exakt. Aber er war nicht wirklich sicher, ob er es tatsächlich als Kompliment auffassen sollte.

»Mama sagt, du wohnst in einem Scheißort«, sagte Josefine. »Und dir geht es hier überhaupt nicht so gut, wie du behauptest. Es ginge dir besser, wenn du mit uns kommen würdest.«

»Ich bin lieber König in einer Scheißstadt als Scheiße in der Stadt des Königs«, widersprach Robert.

Als sie in der Einfahrt standen und Robert sich von allen verabschiedete, versprach Hanne, ihn bald wieder zu besuchen.

»Vielleicht könnte Josefine das nächste Mal allein kommen?«, schlug er vor, denn das wäre ihm am liebsten. »Groß genug ist sie doch schon.«

Hanne schien sich bei diesem Gedanken nicht ganz wohlzufühlen, aber sie protestierte mit keinem Wort.

»Sehr gern«, sagte Josefine. »Dann will ich wieder mit dir zur Arbeit gehen und zusehen, was die Polizei macht. Wenn ich groß bin, will ich nämlich auch Polizistin werden.«

Robert wusste nicht, was er dazu sagen sollte; er fürchtete, sie würde eine böse Überraschung erleben, wenn sie erst begriff, was es hieß, ein guter Beamter zu sein.

Dann küssten und umarmten sie sich und er wünschte ihnen eine gute Reise nach Kopenhagen, doch in dem Moment, als Robert Josefine hochhob und sie herumwirbeln wollte, erschrak er sich dermaßen, dass er sie beinahe fallen gelassen hätte. Denn jetzt bekamen sie tatsächlich noch Besuch, und es handelte sich um niemand Geringeren als Knud, den Ladendieb. Der verdammte Bengel stand auf dem Bürgersteig und starrte Robert und seine Gäste an. Und als sie ihm einen guten Tag wünschten, grüßte er nicht zurück, sondern fasste sich nur ans Ohr.

Erst als Preben den Wagen anließ und hupte, trat Knud endlich zur Seite. Einen halben Meter. Was exakt ausreichte, damit sie aus der Einfahrt fahren konnten.

Als Robert aufhörte, ihnen nachzuwinken, stand

Knud noch immer in der Einfahrt; was zum Teufel wollte er? Robert ging ins Haus und holte ihm eine Fanta, nein, er füllte eine ganze Plastiktüte mit Brauseflaschen und kehrte damit zurück. Knud nahm die Tüte, sah hinein – und ging ohne ein Wort davon. Sagte nicht einmal danke. Aber wenigstens ging er.

In der Küche schrieb Robert einen Merkzettel, den er an den Kühlschrank klebte. Darauf stand: »Reichlich Brause kaufen.«

Dann hörte er laute Geräusche aus dem Gästezimmer. Von innen wurde an der Türklinke gerüttelt, nur hatte er die Tür selbstverständlich verschlossen. Als Robert ins Badezimmer ging, um das Glas mit den Tabletten zu holen, bemerkte er, dass nur noch zwei Tabletten übrig waren. Er musste Zerlang anrufen und um weitere bitten. Bald. Obwohl ihm das eigentlich nicht gefiel, denn was würde Zerlang sagen? Er verbrauchte zu viele Tabletten in zu kurzer Zeit. Hauptsache, Zerlang empfahl ihm keinen Psychologen. Aber das war nicht seine Art. Eher würde er Robert die Tabletten geben, um die er bat, und ihn an den Skatabend am kommenden Donnerstag im Pfarrhaus erinnern. Und schließlich Lone Tausendschwanz empfehlen.

Vielleicht sollte Robert die Sache mit Lone eines Tages ernsthaft in Erwägung ziehen. Sie sah gar nicht schlecht aus, zumindest hatte sie ein hübsches Gesicht. Und hier in Südjütland bekam man normalerweise mehr für sein Geld als anderswo. Er könnte wegen der Tabletten zu Zerlang fahren, vielleicht besuchte sie ihn ja auch gerade. Und wenn nicht, hatte Zerlang sicher eine Telefonnummer oder eine Adresse. Verflixt noch mal, ein Landpolizist konnte doch nicht die einzige

Hure der Stadt besuchen, einen Tag später wüsste es der ganze Ort. Ebenso wäre es, wenn sie zu ihm nach Hause käme. Aber vielleicht durften sie es im Haus des Arztes treiben? Zerlang hätte bestimmt nichts dagegen. Bei der Gelegenheit könnte er Lone auch gleich auf Geschlechtskrankheiten und dergleichen untersuchen. Ob er die Handschellen mitnehmen sollte? Bei gelöschtem Licht könnte er sich vorstellen, es wäre Ingerlise, die er glücklich machte …

Mutter hämmerte jetzt ziemlich fest an die Tür und Robert schloss auf. Dann setzte er sich auf der Terrasse an die Windschutzhecke. Hier saß er gern, um nachzudenken. Nach Josefines Besuch hatte er sich eigentlich bei der Polizei in Tønder anzeigen wollen. Merkwürdig, er hatte es vollkommen vergessen. Andererseits wollte er niemanden unnötig beunruhigen, am allerwenigsten Josefine. Außerdem dauerte es ja auch nicht mehr lange, bis er sie wiedersah. Und möglicherweise hatte er sie dann für sich allein.

Es hatte doch alles ausgezeichnet funktioniert. So gesehen. Aber konnte man einfach so weiterleben, als wäre nichts geschehen? Der Kater sprang ihm in den Schoß und sagte: »Wieso eigentlich nicht?«

Mutter kam auf die Terrasse gestolpert. Sie musste sich ständig an irgendetwas festhalten, an Stuhllehnen oder Türrahmen, und mehrfach wäre sie beinahe gestürzt. Eigentlich hätte er aufstehen und ihr helfen sollen, aber in der Regel schaffte sie es allein, auch diesmal. Schließlich stand sie auf der Terrasse und setzte sich zu ihm. Abwechselnd lächelte sie ihn an oder gähnte.

»Na, ich muss wohl meine Tabletten nehmen«, sagte sie.

Er antwortete nicht, denn was hätte er antworten sollen? Er hatte Zerlang noch nicht angerufen.

»Ich muss wohl meine Tabletten nehmen«, wiederholte sie.

Fast klang es wie eine Bitte. Sie war doch nicht etwa abhängig? Diese Möglichkeit hatte er nicht vorausgesehen.

»Versuchen wir mal, die Dosis ein wenig zu verringern«, schlug er vor. »Von solchem Zeug kann man auch zu viel nehmen.«

Sie blinzelte mit den Augen.

»Die Dosis verringern?«, fragte sie.

Sie reagierte bestürzt, also war sie abhängig. Allein der Gedanke, eine drogenabhängige Mutter zu haben … Es wäre nicht gut, wenn es herauskäme. Es würde seinem Ruf als Landpolizist schaden.

»Du bekommst eine Tablette, damit du schlafen kannst«, sagte er. »Und noch eine morgen, dann sehen wir weiter. In der letzten Zeit bist du so unruhig gewesen, aber vielleicht bist du ja auf dem Weg der Besserung.«

Natürlich riskierte er, dass sie sich erholte und über ihn plauderte. Aber mit wem? Wer würde ihr und ihren Geschichten zuhören? Der Polizeimeister in Tønder jedenfalls nicht. Sie hätte schon nach Kopenhagen fahren und dort jemanden finden müssen, der mit ihr redete, es war also nicht so gefährlich.

»Ich habe das Angebot bekommen, auf meine alte Stelle im 4. Revier zurückzukehren«, erzählte er. »Ich soll ihnen helfen, die Großstadt zu zivilisieren. Vielleicht ist es notwendig, aber ich kann das nicht. Das müssen sie allein erledigen.«

Sah er da einen gewissen Stolz in ihrem Gesicht? Über ihren Sohn? Bestimmt war es so. Wenn er genau hinsah. Sie hatte sicher nicht damit gerechnet, dass ihr Sohn schließlich den Respekt bekam, nach dem er sich sehnte, aber er hatte auch hart dafür arbeiten müssen.

In der Ferne muhte eine Kuh. Sie muhte und muhte, ob sie wohl gerade in einem Schlammloch versank ... Der Gedanke drängte sich auf. Dann wurde es still. Beinahe zu still, eigentlich war es nicht schön, doch dann begann glücklicherweise eine Amsel zu singen. Und noch eine. Es klang genauso wie damals am alten Haus unter der Blutbuche. Als sie zusammen mit Vater dort gesessen hatten. Als die Zeit stillstand und sich ausweitete und nichts Böses sie erreichen konnte.

»Was würde Vater wohl sagen, wenn er uns so sähe? Er würde bestimmt stolz sein, glaubst du nicht?«

Plötzlich blickte ihn seine Mutter an, als wäre er nicht ganz richtig im Kopf. Er wollte schon böse werden und schimpfen, als ihr der Kater in den Schoß sprang, sich Robert zuwandte – und für sie nickte. Es half, es ging ihm sofort wieder besser. Die Sonne brach durch und schien ihm in die Augen, und er ging ins Haus, um seinen Cowboyhut zu holen.

Was sollten sie denn in Kopenhagen? Es ging ihnen doch sehr gut hier. Wenn man richtig darüber nachdachte, waren sie glücklich. Jedenfalls er. Fürchterlich glücklich.

## Erling Jepsen

### Die Kunst, im Chor zu weinen

Roman
Aus dem Dänischen von Ulrich Sonnenberg
suhrkamp nova
st 4030. 267 Seiten

»Wenn Vater eine gute Grabrede hält, dann haben ihn die Leute gern, und wenn die Leute ihn gern haben, dann hat er auch uns gern.«
Allan, der elfjährige Sohn des Milchmanns, weiß, wie man zu Tränen rührt. Zusammen mit seinem Vater besucht er sämtliche Beerdigungen des Ortes. Die Grabreden des Vaters – unterstützt durch den traurigen Blick des Sohnes – bringen die Angehörigen unweigerlich zum Weinen; und da eine gute Rede dem Umsatz des elterlichen Ladens zugute kommt und zudem die »psychischen Nerven« des Vaters beruhigt, ist die Logik für Allan klar: des einen Tod, des anderen Brot. Aber was tun, wenn die Todesfälle ausbleiben? Wer hat das Feuer gelegt, in dem Allans Großmutter umkam? Wird die große Schwester deshalb wenig später in die Psychiatrie gebracht? Oder etwa, weil sie nicht länger mit dem Vater auf dem Sofa schlafen mag?
Eine abgründige Familiengeschichte, geschildert aus dem treuherzigen Blickwinkel eines Elfjährigen, dem die familiäre Harmonie über alles geht und dem es deshalb zunehmend schwerer fällt, »gut« und »böse« voneinander zu unterscheiden.

NF 902/1/10.08

**Louis Begley**
- Lügen in Zeiten des Krieges. Roman. Übersetzt von Christa Krüger. st 2546. 223 Seiten
- Mistlers Abschied. Roman. Übersetzt von Christa Krüger. st 3113. 288 Seiten
- Schiffbruch. Roman. Übersetzt von Christa Krüger. st 3708. 288 Seiten
- Schmidt. Roman. Übersetzt von Christa Krüger. st 3000. 320 Seiten
- Schmidts Bewährung. Roman. Übersetzt von Christa Krüger. st 3436. 314 Seiten

**Thomas Bernhard**
- Alte Meister. Komödie. st 1553. 311 Seiten
- Heldenplatz. st 2474. 164 Seiten
- Holzfällen. st 3188. 336 Seiten
- Wittgensteins Neffe. st 1465. 164 Seiten

**Peter Bichsel**
- Eigentlich möchte Frau Blum den Milchmann kennenlernen. 21 Geschichten. st 2567. 73 Seiten
- Kindergeschichten. st 2642. 84 Seiten

**Ketil Bjørnstad.** Villa Europa. Übersetzt von Ina Kronenberger. st 3730. 536 Seiten

**Volker Braun.** Unvollendete Geschichte. st 1660. 112 Seiten

**Bertolt Brecht**
- Dreigroschenroman. st 1846. 392 Seiten
- Geschichten vom Herrn Keuner. st 16. 108 Seiten
- Hundert Gedichte. Ausgewählt von Siegfried Unseld. st 2800. 188 Seiten

NF 266c/2/6.08

**Lily Brett**
- Einfach so. Roman. Übersetzt von Anne Lösch. st 3033. 446 Seiten
- New York. Übersetzt von Melanie Walz. st 3291. 160 Seiten
- Zu sehen. Übersetzt von Anne Lösch. st 3148. 332 Seiten

**Antonia S. Byatt.** Besessen. Roman. Übersetzt von Melanie Walz. st 2376. 632 Seiten

**Truman Capote.** Die Grasharfe. Roman. Übersetzt von Annemarie Seidel und Friedrich Podszus. st 3135. 208 Seiten

**Paul Celan.** Gesammelte Werke 1-3. Gedichte, Prosa, Reden. Drei Bände. st 3202-3204. 998 Seiten

**Clarín.** Die Präsidentin. Roman. Übersetzt von Egon Hartmann. Mit einem Nachwort von F. R. Fries. st 1390. 864 Seiten

**Sigrid Damm.** Ich bin nicht Ottilie. Roman. st 2999. 392 Seiten

**Marguerite Duras.** Der Liebhaber. Übersetzt von Ilma Rakusa. st 1629. 194 Seiten

**Karen Duve.** Keine Ahnung. Erzählungen. st 3035. 167 Seiten

**Hans Magnus Enzensberger**
- Ach Europa! Wahrnehmungen aus sieben Ländern. Mit einem Epilog aus dem Jahre 2006. st 1690. 501 Seiten
- Gedichte. Verteidigung der Wölfe. Landessprache. Blindenschrift. Die Furie des Verschwindens. Zukunftsmusik. Kiosk. Sechs Bände in Kassette. st 3047. 633 Seiten

**Hans Magnus Enzensberger (Hg.).** Museum der modernen Poesie. st 3446. 850 Seiten

NF 266c/3/6.08

**Laura Esquivel.** Bittersüße Schokolade. Mexikanischer Roman um Liebe, Kochrezepte und bewährte Hausmittel. Übersetzt von Petra Strien. st 2391. 278 Seiten

**Max Frisch**
- Andorra. Stück in zwölf Bildern. st 277. 127 Seiten
- Biedermann und die Brandstifter. Ein Lehrstück ohne Lehre. st 2545. 95 Seiten
- Homo faber. Ein Bericht. st 354. 203 Seiten
- Mein Name sei Gantenbein. Roman. st 286. 288 Seiten
- Montauk. Eine Erzählung. st 700. 207 Seiten
- Stiller. Roman. st 105. 438 Seiten

**Carole L. Glickfeld.** Herzweh. Roman. Übersetzt von Charlotte Breuer. st 3541. 448 Seiten

**Norbert Gstrein**
- Die englischen Jahre. Roman. st 3274. 392 Seiten
- Das Handwerk des Tötens. Roman. st 3729. 357 Seiten

**Fattaneh Haj Seyed Javadi.** Der Morgen der Trunkenheit. Roman. Übersetzt von Susanne Baghestani. st 3399. 416 Seiten

**Peter Handke**
- Die drei Versuche. Versuch über die Müdigkeit. Versuch über die Jukebox. Versuch über den geglückten Tag. st 3288. 304 Seiten
- Kindergeschichte. st 3435. 110 Seiten
- Der kurze Brief zum langen Abschied. st 172. 195 Seiten
- Die linkshändige Frau. Erzählung. st 3434. 102 Seiten
- Mein Jahr in der Niemandsbucht. Ein Märchen aus den neuen Zeiten. st 3084. 632 Seiten
- Wunschloses Unglück. Erzählung. st 146. 105 Seiten

NF 266c/4/6.08

**Christoph Hein**
- Der fremde Freund. Drachenblut. Novelle. st 3476. 176 Seiten
- Horns Ende. Roman. st 3479. 320 Seiten
- Landnahme. Roman. st 3729. 357 Seiten
- Willenbrock. Roman. st 3296. 320 Seiten

**Marie Hermanson**
- Muschelstrand. Roman. Übersetzt von Regine Elsässer. st 3390. 304 Seiten
- Die Schmetterlingsfrau. Roman. Übersetzt von Regine Elsässer. st 3555. 242 Seiten

**Hermann Hesse**
- Demian. Die Geschichte von Emil Sinclairs Jugend. st 206. 200 Seiten
- Das Glasperlenspiel. Versuch einer Lebensbeschreibung des Magister Ludi Josef Knecht samt Knechts hinterlassenen Schriften. st 2572. 616 Seiten
- Siddhartha. Eine indische Dichtung. st 182. 136 Seiten
- Unterm Rad. Erzählung. st 52. 166 Seiten
- Steppenwolf. Erzählung. st 175. 280 Seiten

**Ödön von Horváth**
- Geschichten aus dem Wiener Wald. st 3336. 266 Seiten
- Glaube, Liebe, Hoffnung. st 3338. 160 Seiten
- Jugend ohne Gott. st 3345. 182 Seiten
- Kasimir und Karoline. st 3337. 160 Seiten

**Bohumil Hrabal.** Ich habe den englischen König bedient. Roman. Übersetzt von Karl-Heinz Jähn. st 1754. 301 Seiten

**Uwe Johnson**
- Jahrestage. Aus dem Leben der Gesine Cresspahl. Einbändige Ausgabe. st 3220. 1728 Seiten
- Mutmassungen über Jakob. st 3128. 308 Seiten

NF 266c/5/6.08

**James Joyce**
- Dubliner. Übersetzt von Dieter E. Zimmer. st 2454. 228 Seiten
- Ulysses. Roman. Übersetzt von Hans Wollschläger. st 2551. 988 Seiten

**Franz Kafka**
- Amerika. Roman. st 2654. 311 Seiten
- Der Prozeß. Roman. st 2837. 282 Seiten
- Das Schloß. Roman. st 2565. 424 Seiten

**André Kaminski.** Nächstes Jahr in Jerusalem. Roman. st 1519. 392 Seiten

**Ioanna Karystiani.** Schattenhochzeit. Roman. Übersetzt von Michaela Prinzinger. st 3702. 400 Seiten

**Bodo Kirchhoff.** Infanta. Roman. st 1872. 502 Seiten

**Wolfgang Koeppen**
- Tauben im Gras. Roman. st 601. 210 Seiten
- Der Tod in Rom. Roman. st 241. 187 Seiten
- Das Treibhaus. Roman. st 78. 190 Seiten

**Else Lasker-Schüler.** Gedichte 1902-1943. st 2790. 439 Seiten

**Gert Ledig.** Vergeltung. Roman. Mit einem Nachwort von Volker Hage. st 3241. 224 Seiten

**Stanisław Lem**
- Der futurologische Kongreß. Übersetzt von I. Zimmermann-Göllheim. st 534. 139 Seiten
- Sterntagebücher. Mit Zeichnungen des Autors. Übersetzt von Caesar Rymarowicz. st 459. 478 Seiten

NF 266c/6/6.08

**Hermann Lenz.** Vergangene Gegenwart. Die Eugen-Rapp-Romane. Neun Bände in Kassette. 3000 Seiten. Kartoniert

**H. P. Lovecraft.** Cthulhu. Geistergeschichten. Übersetzt von H. C. Artmann. Vorwort von Giorgio Manganelli. st 29. 239 Seiten

**Amin Maalouf**
- Leo Africanus. Der Sklave des Papstes. Roman. Übersetzt von Bettina Klingler und Nicola Volland. st 3121. 480 Seiten
- Die Reisen des Herrn Baldassare. Roman. Übersetzt von Ina Kronenberger. st 3531. 496 Seiten
- Samarkand. Roman. Übersetzt von Widulind Clerc-Erle. st 3190. 384 Seiten

**Andreas Maier**
- Klausen. Roman. st 3569. 216 Seiten
- Wäldchestag. Roman. st 3381. 315 Seiten

**Angeles Mastretta.** Emilia. Roman. Übersetzt von Petra Strien. st 3062. 413 Seiten

**Robert Menasse**
- Selige Zeiten, brüchige Welt. Roman. st 2312. 374 Seiten
- Sinnliche Gewißheit. Roman. st 2688. 329 Seiten
- Die Vertreibung aus der Hölle. Roman. st 3493. 496 Seiten
- Das war Österreich. Gesammelte Essays zum Land ohne Eigenschaften. st 3691. 464 Seiten

**Eduardo Mendoza.** Die Stadt der Wunder. Roman. Übersetzt von Peter Schwaar. st 2142. 503 Seiten

**Alice Miller**
- Am Anfang war Erziehung. st 951. 322 Seiten

NF 266c/7/6.08

- Das Drama des begabten Kindes und die Suche nach dem wahren Selbst. st 950. 175 Seiten

**Magnus Mills**
- Die Herren der Zäune. Roman. Übersetzt von Katharina Böhmer. st 3383. 216 Seiten
- Indien kann warten. Roman. Übersetzt von Katharina Böhmer. st 3565. 230 Seiten

**Adolf Muschg**
- Der Rote Ritter. Eine Geschichte von Parzivâl. st 2581. 1089 Seiten
- Sutters Glück. Roman. st 3442. 336 Seiten

**Cees Nooteboom**
- Allerseelen. Übersetzt von Helga van Beuningen. st 3163. 440 Seiten
- Die folgende Geschichte. Übersetzt von Helga van Beuningen. st 2500. 148 Seiten
- Philip und die anderen. Roman. Übersetzt von Helga van Beuningen. st 3661. 168 Seiten
- Rituale. Roman. Übersetzt von Hans Herrfurth. st 2446. 231 Seiten

**Kenzaburô Ôe.** Eine persönliche Erfahrung. Roman. Übersetzt von Siegfried Schaarschmidt. st 1842. 240 Seiten

**Sylvia Plath.** Die Glasglocke. Übersetzt von Reinhard Kaiser. st 2854. 262 Seiten

**Ulrich Plenzdorf.** Die neuen Leiden des jungen W. st 300. 140 Seiten

NF 266c/8/6.08

**Marcel Proust.** Auf der Suche nach der verlorenen Zeit. Frankfurter Ausgabe. Herausgegeben von Luzius Keller. Übersetzt von Eva Rechel-Mertens. Sieben Bände in Kassette. st 3641-3647. 5300 Seiten

**João Ubaldo Ribeiro.** Brasilien, Brasilien. Roman. Übersetzt von Curt Meyer-Clason und Jacob Deutsch. st 3098. 731 Seiten

**Patrick Roth**
- Corpus Christi. st 3064. 192 Seiten
- Die Nacht der Zeitlosen. st 3682. 150 Seiten

**Ralf Rothmann**
- Hitze. Roman. st 3675. 292 Seiten
- Junges Licht. Roman. st 3754. 238 Seiten
- Milch und Kohle. Roman. st 3309. 224 Seiten

**Carlos Ruiz Zafón.** Der Schatten des Windes. Übersetzt von Peter Schwaar. st 3800. 565 Seiten

**Jorge Semprún.** Was für ein schöner Sonntag! Übersetzt von Johannes Piron. st 3032. 394 Seiten

**Arnold Stadler.** Mein Hund, meine Sau, mein Leben. Roman. Mit einem Nachwort von Martin Walser. st 2575. 164 Seiten

**Andrzej Stasiuk.** Die Welt hinter Dukla. Übersetzt von Olaf Kühl. st 3391. 175 Seiten

**Jürgen Teipel.** Verschwende Deine Jugend. Ein Doku-Roman. Über den deutschen Punk und New Wave. Vorwort von Jan Müller. Mit zahlreichen Abbildungen. st 3271. 336 Seiten

**Hans-Ulrich Treichel**
- Der irdische Amor. Roman. st 3603. 256 Seiten

NF 266c/9/6.08

- Tristanakkord. Roman. st 3303. 238 Seiten
- Der Verlorene. Erzählung. st 3061. 175 Seiten

**Galsan Tschinag**
- Der blaue Himmel. Roman. st 2720. 178 Seiten
- Die graue Erde. Roman. st 3196. 288 Seiten
- Der weiße Berg. Roman. st 3378. 290 Seiten

**Mario Vargas Llosa**
- Das Fest des Ziegenbocks. Roman. Übersetzt von Elke Wehr. st 3427. 540 Seiten
- Das grüne Haus. Roman. Übersetzt von Wolfgang A. Luchting. st 342. 429 Seiten
- Der Krieg am Ende der Welt. Roman. Übersetzt von Anneliese Botond. st 1343. 725 Seiten
- Tante Julia und der Kunstschreiber. Roman. Übersetzt von Heidrun Adler. st 1520. 392 Seiten
- Das Paradies ist anderswo. Roman. Übersetzt von Elke Wehr. st 3713. 496 Seiten
- Tod in den Anden. Roman. Übersetzt von Elke Wehr. st 2774. 384 Seiten

**Martin Walser**
- Brandung. Roman. st 1374. 319 Seiten
- Ehen in Philippsburg. st 1209. 343 Seiten
- Ein fliehendes Pferd. Novelle. st 600. 151 Seiten
- Halbzeit. Roman. st 2657. 778 Seiten
- Ein springender Brunnen. Roman. st 3100. 416 Seiten
- Seelenarbeit. Roman. st 3361. 300 Seiten

**Robert Walser**
- Der Gehülfe. Roman. st 1110. 316 Seiten
- Geschwister Tanner. Roman. st 1109. 381 Seiten
- Jakob von Gunten. Ein Tagebuch. st 1111. 184 Seiten

NF 266c/10/6.08